幻の旗の下に

堂場瞬一

集英社文庫

目次

幻の旗の下に

プロローグ——1940年2月（昭和十五年二月）

ホテルでの勤務を終えると、澤山《さわやま》隆《たかし》は私服に着替えてビーチに出るのが習わしだった。砂浜を踏む前には必ず、ビーチバーの中にある巨大なバニヤンツリーに軽くタッチする。ホテルの象徴であるこの巨木に触れると、自分が名門・モアナホテルの一員だと強く意識できるのだ。

日勤が終わる午後六時には、まだ太陽は水平線のはるか上にある。大きく輝く太陽を見つめていると、一日の疲れが抜け、体の中に新たに力が満ちてくるようだった。

雨季の二月だが、ビーチでは泳いでいる人がいる。この辺は波が穏やかなので、サーフィンをする人の姿はほとんど見かけないが……それにしても、と羨ましく思う。本土《メインランド》から来る観光客は、澤山が働くモアナホテルに長期滞在して、たっぷり肌を焼いていく。毎日仕事に追われる自分にすれば、夢のような世界だ。アメリカにはこういう優雅な暮らしと、それを実現できるだけの金がある……一部の人には。

澤山はビーチに腰を下ろし、朝方届いた電報を改めて見た。差出人を確認して言葉を失うほど驚き、仕事の合間にも何度も見返した。

日本から。懐かしい名前だった。英語で書かれているものの、内容については今一つ理解できない。

WE INVITE HAWAII ASAHI TO THE TOA TOURNAMENT HELD IN JUNE. WE BEAR THE COST. LETTER FOLLOWS.（六月に行われる東亜《とうあ》競技大会にハワイ朝日を招待する。費用は当方持ち。詳細は手紙にて）

「タカ」声をかけられ、顔を上げる。同じホテルの同僚で、ランドリーで働く日系二世の西岡《にしおか》が、ぶらぶら近づいて来る。

「ああ」澤山は軽く手を上げた。

「ビールでも呑《の》みに行かないか」西岡が隣に座って誘ってくる。ビールで喉を冷やしたいような陽気ではない……二月のハワイは基本的に雨季だ。さほど雨が降るわけではないが、乾季の暑さに比べれば、ビール向きとは言えない。

「今日は無理だな。これからチームのミーティングがあるんだ」

「そいつはご苦労さん」

うう、と声を漏らして西岡が横になる。髪に砂がつかないよう、後頭部に両手をあてがった。人工的に作られたワイキキビーチの砂は細かく、髪の中に入りこむと、洗い流すのが大変だ。

「毎日疲れるなあ」西岡が溜息《ためいき》をつく。

「そうだな」

生返事して、澤山はまた電報に目を通した。詳細は分からないが、要するに日本へ来いということか……澤山にとっては懐かしい「故郷」へ。

日系移民一世である澤山の両親は、パイナップル農場と缶詰工場の経営で成功しており、澤山は日本の大学へ留学させてもらった。見知らぬ「故郷」へ行くのは不安でもあったが、日本で過ごした四年間は、今思うと人生で一番楽しい歳月だった。

「何見てるんだ？」西岡が寝転んだまま訊《たず》ねた。

「電報が来たんだ」

「お前宛に？」

「日本から」

「へえ、日本ねえ……」

西岡が少しだけ嫌そうな口調で言ったので、デリカシーに欠けていたな、と澤山は反省した。西岡の両親はサトウキビ畑で働く小作農で、経済的にはだいぶ苦しい思いをしているようだ。澤山が日本に留学したことを妬ましく思っているのは、言葉の端々から分かっている。

「また日本へ留学するのか？」

「まさか。ハワイ朝日への誘いみたいだ」

「お前のところのチームに誘い？　何だい、それ」

「何かの大会に出てくれってさ」ＴＯＡというのは「東亜」だろうか。

「変な誘いだな」上体を起こして肘で体を支えながら、西岡が首を捻《ひね》った。「行くのか？」

「そりゃあ、行きたいさ。せっかく呼んでもらったんだし」言いながら、次第に気持ちが昂《たかぶ》ってくるのを感じる。これは絶好のチャンスだ。ハワイ朝日はこれまでも、日本やメインランドのチームと対戦してきた。ただハワイリーグで戦うだけのチームではない、という誇りがある。

「ふうん」西岡が立ち上がり、両手を叩《たた》き合わせて砂を落とす。「まあ、俺には関係ないな。だけど、日本へ行くとなったら、相当大変じゃないか？　船で行くだけで十日ぐらいかかるだろう」

「ああ」

「となると、一ヶ月ぐらい休むことになるじゃないか。仕事の調整、つくのか？」

「いや、それは考えてもいなかった」ドアマンの仕事は交代制で、夜勤もある。一人が長く休みを取ると、ローテーションを組むのが大変になるのだ。

「ここぐらいいい仕事は、なかなか見つからないぞ……いや、お前はいずれ親の仕事を継ぐのか」

「分からない。農園と工場の仕事は兄貴がやってるから」澤山は肩をすくめた。「父親も、兄弟で同じ仕事をする意味はないと思ってるんじゃないかな」

「なかなか厳しいパパだ」

「そうなんだよ」だから澤山は、ホテルの仕事も大事にしていた。父親が「外での仕事も経験してこい」と勧めてくれたのだが、自分には合っていると思う。ドアマンから始まる下積み時代は長いだろうが、何とか出世して経営側に入りたい。

「まあ……忙しいなら、ビールはまたな」うなずき、西岡は去って行った。

さて、この件は早くチームに報告しないと。詳細はまったく分からないのだが、本当に日本へ遠征するとなると準備が大変だろう。マネージャーとしてやることは山積……あれこれ考えると悩ましいが、こういうことで悩むのが、まさにチームのマネージャーの仕事ではないだろうか。

ハワイ朝日の「本拠地」は、監督の出口《でぐち》の家だ。オアフ島内で三軒のクリーニング店を営んでいる出口は、アラ・モアナ地区にある大きな店舗兼自宅の一室を、チームのために開放している。ミーティングなどでは、ここへ集まるのが常だった。

バスに乗り、ホテルから三十分。自分の車を持っていない澤山は、移動の時には毎回苦労する。一人暮らしをしている家からホテルまでは歩いて行けるのだが、試合の時などはチームメートの車に同乗させてもらうことも多い。マネージャーとしては情けない限りだが、今の給料では車には手が出ない。

家の前の道路には、既に数台の車が停《と》まっている。どうやら自分が最後だと気づき、澤山は急いだ。今日は、今年のリーグ戦の日程について確認することになっているのだが、それはすぐに済んでしまうだろう。実質的には「ビールの会」だ。それにこの会の費用は、チームの監督兼会長である出口持ちなので、選手たちは気楽にやって来る。

やはり澤山が最後になった。他の選手たちは既に、二つの大きなテーブルについている。実質がビールの会であることを示すように、テーブルには大量のビール瓶が並んでいた。

澤山の姿を認めると、出口がすぐに「では、始めよう」と切り出した。出口は日系二世ではなく日本生まれで、ハワイに来たのは三歳の時だ。そのせいかもしれないが、英語が多少たどたどしい時がある。チームの中で話す時は、基本的に日本語だ。

予想通り、打ち合わせはすぐに終わった。そもそもリーグ戦の日程が発表されただけだから、打ち合わせにもならない。予定は各チームの代表で作る理事会で決められていて、選手にはそれが告げられるだけだ。

「対戦相手の分析は、また改めて行う。今年は各チームとも、新戦力が結構いるぞ」

「うちは相変わらずのメンバーだけど」誰かが声を上げ、笑い声が広がる。ハワイ朝日は日系人だけで編成されたチームだ。野球の上手《うま》い日系人の受け皿になってはいるのだが、必ずしも人材豊富というわけではない。高校時代までは野球をやる子どもはたくさんいるのだが、卒業後も続けようという者は必ずしも多くないのだ。

「それより、シーズンが始まるまでには、もう少し体を絞ってもらおうか。君らは気合いが抜け過ぎてる」出口が両手を打ち合わせる。「シーズン入り前には、全員体重測定を受けてもらうからな。体がダブついている選手は罰金だ」

また笑い声が広がる。出口は口は悪いのだが、これが本音でないことは全員が分かっていた。実際出口自身が大柄——でっぷり太っていて、現役時代は俊足で外野の広い範囲をカバーしていた選手だったというのが想像もできない。タロイモの食い過ぎだろう、と陰口を叩く選手もいた。現役を退いたのが七年前——今はまだ四十歳を超えたばかりだが、急激な変化は体に悪い。

「では、本題はここまで。今日はビールを楽しんでくれ」

笑い声が上がり、選手たちがビール瓶に手を伸ばした。出口もビール瓶を持って立ち上がる。乾杯の音頭を取りたがる人なのだ。澤山は慌てて手を挙げ、立ち上がる。

「ちょっと待って下さい」

「どうした、タカ」出口が怪訝《けげん》そうな表情を浮かべる。

「まだはっきりしたことは分からないんですが、日本から電報が届きました」

「日本から？　君のところに？」出口が目を細める。肉づきのいい顔のせいか、目は二本の細い線のようになってしまう。

「はい。読みますね」澤山はシャツの胸ポケットに入れておいた電報を取り出し、内容を紹介した。

ビールを持ったまま、選手たちの動きが止まる。出口も困惑した表情を浮かべていた。

「まず、その電報がどうして君のところへ来たんだ？」

「差出人が、私の知り合いなんです」

「どんな」出口が疑わしそうな視線を向ける。

「日本の大学時代の友人です――いや、友人ではなく、ライバルチームの選手でした」

「なるほど……まだつき合いがあるのか？」

「手紙のやり取りはしてます」節目に交わした手紙は、全て取ってある。澤山にすれば大事な、懐かしい友人なのだ。数年前まで日本にいたのに、もう「懐かしい」感覚があるのは自分でも不思議だったが、遠くにいる友人とはそういう存在だろう。

「ふむ……」出口が顎を撫《な》でながら腰を下ろした。「何の大会か分からないが、とにかく日本へ行って試合をしろ、ということか」

「そのようです」ＴＯＡという大会は、澤山にはまったく覚えがなかった。野球だけではなく、他のスポーツも開催されるのだろうか。

「その電報だけでは、詳細はまったく分からないな」

「後で、詳しい情報を手紙で知らせてくるようです」

「電報を送ってきた人は、そういう招待をするような立場の人なのか？」

「はい。大日本体育協会の理事長秘書です」

選手たちの間に、ざわざわした雰囲気が漂った。理事長秘書といえば、理事長の名《みょう》代《だい》である。実質的には、この電報は正式な招聘《しょうへい》だと言っていいだろう。

「そうか」出口は特に興奮した様子も見せなかった。

「監督は、日本チームと対戦したことがありますよね」澤山は勢いこんで訊ねた。

「大学のチームとな。向こうがこちらに遠征してきたこともあるし、我々が日本へ行ったこともある」

選手たちの間に「おお」という声が上がった。ここに集まっているのは出口以外全員が日系二世、三世だが、日本に対する思いが様々なのは、澤山もよく知っている。澤山のように「第二の故郷」「心の故郷《ふるさと》」と思っている人間もいるが、「自分には関係ない」

と完全に無関心な人間もいる。

「私が日本遠征に参加したのは、もう七年前……一九三三年だった。現役として最後の試合だったよ。あの時は日本の大学のチームと対戦して、痛い目に遭った」出口が苦笑する。「早稲田《わせだ》に、三原《みはら》といういい選手がいたな。二塁手で、とにかく抜け目ない男だった。守備も上手いし足も速い、バッティングもよかったよ」

「三原は、その後日本の職業野球で活躍しています」

澤山は指摘した。実際、日本にいる時に、発足したばかりの職業野球の試合を見に行って、巨人に入団した三原の活躍を目の当たりにしたのだった。巧みな守備の二塁手というのは、出口が抱いた印象と同じである。

「五年前に、大日本東京野球倶楽部《くらぶ》がハワイに来た時は、可哀想《かわいそう》だったがな」

今の巨人軍（東京ジャイアンツ）の前身になった職業野球チームだ。一九三五年にメインランド、それにハワイ遠征を行って素晴らしい戦績を挙げたのだが、当時日本にいた澤山は、ハワイでの東京野球倶楽部の試合は当然見ていない。しかし後に、不穏な雰囲気もあった、と聞いていた。華僑《かきょう》代表との試合が最後になったのだが、長期遠征で疲れ切っていた東京野球倶楽部はあっさり敗れた。その時に、日系人から浴びせられた罵声……日中の緊張関係はハワイにも伝わり、日系人と華僑の間には、当時から微妙な対立意識が芽生えていたのである。

「日本は、野球が盛んな国です。中学生を対象にした全国大会もありますし、大学野球では球場はいつも満員です。職業野球も発足して、誰もが野球に親しんでいます。行けば絶対歓迎されますよ。行きましょう」

「日本で野球が盛んなのは知っている」出口が重々しく言った。

「明治維新の後、最初に日本人が馴染《なじ》んだスポーツが野球なんです」澤山が日本にいる間に学んだことだった。西洋のスポーツが多く「輸入」されたが、野球は日本人によく合っていたのだろう。

「そうだな。私も、あんなにたくさんの観客がいる球場でプレーしたことはない」出口がうなずく。日本で大学野球が行われる神宮《じんぐう》球場は、ハワイリーグの試合が行われるホノルルスタジアムと同じぐらい大きい。

「そうですよね？　それに今は、若林《わかばやし》さんや田中《たなか》さんも日本の職業野球でプレーしています。だから日本人にとって、ハワイは親しみやすい場所なんですよ。そもそも私たちも、日系人じゃないですか。故郷に錦を飾りましょう」

若林忠志《ただし》も日系二世で、日本に渡って法政《ほうせい》大学で活躍し、その後職業野球の大阪タイガースに入団している。その活躍ぶりは、ハワイにまで伝わってきていた。澤山も、日本留学時代に法政大学に籍を置いていた関係で、若林とは面識があった。頼れる故郷の先輩、という感じである。田中義雄《よしお》もハワイ大学などで活躍した後、若林に誘われ、日本に渡ってタイガースで活躍している。日本の職業野球にとって、ハワイの日系二世は貴重な戦力というわけだ。

「しかし、今はどうかな」出口が渋い表情を浮かべる。「日本で、我々がどう見られているかが少し心配だ。少なくともハワイでは、肩身が狭い感じもあるだろう？　逆に日本では、我々はアメリカ人と見られて怖がられるんじゃないか？　わざわざそんな風に見られるために行くのは馬鹿馬鹿しい」

出口の言うことも分からないではない。今、アメリカは日本に対して厳しい視線を注いでいるのだ。日本が中国への軍事行動を続けている結果、通商航海条約は破棄され、新聞各紙も日本を非難する記事を立て続けに掲載した。アメリカにとって、日本が「要注意」の国になっているのは間違いない。逆に日本側にとっても、アメリカの印象はよくないだろう。

「今、日本に渡って試合をすることがいいのかどうか……何とも言えないな」出口は腰が引けていた。

「しかし、日本へ行くのを止めることは、誰にもできないでしょう。今でも向こうの大学で学んでいる二世の学生もいるし、ビジネスもあります。野球なんて、平和の象徴じゃないですか。日米友好のためにも、この話は受けましょう」澤山は強い口調で言った。

「詳細が分からない以上、返事のしようがないじゃないか。そもそも、いつ、どんな形で開かれるかも分からない。いずれ、詳細が届くんだろう？」

「電報にはそうありました」

「だったら、詳細が分かってから改めて検討すればいいんじゃないかな。情報が少ない中で、今、無理に結論を出す必要はないだろう」

「駄目ではないんですね？」澤山は念押しした。出口は、試合では常に積極的なのだが、それ以外のことではどうも頼りない。家業のクリーニング店の方も、実質的に仕切っているのは妻だ、という噂《うわさ》を聞いていた。

「結論を出すには早いよ。まあ、今日はビールの会だ。ゆっくり呑んでくれ。ビールは行き渡ったか？」

澤山は慌ててビール瓶を摑《つか》んだ。出口の乾杯の音頭に合わせて瓶を掲げる。一口呑んだが、いつにも増して苦味が強いように感じた。

出口の腰の引けた態度を見ているうちに、日本へ行かなければならない、という気持ちが急速に高まってきた。詳細が分からないからといって、それが何だというのだ。せっかくの友の誘いなのだし……そう、久しぶりに友とも会いたい。ハワイに戻る時には、第二の故郷の土を踏む機会はもうないだろうと思っていたのだが、そのチャンスが突然向こうから飛びこんできたのだ。

日本の風景が、強烈に脳裏に蘇《よみがえ》る。ハワイの豊かな自然とはまったく逆の、大都会・東京の喧騒《けんそう》。穏やかで親切だった人々。最初は緊張のあまり、毎日肩凝りに悩まされていたのだが、それも一週間で消え失《う》せた。その後大学で過ごした歳月は、今でも忘れ難《がた》いものとして記憶にある。

もう一度日本へ行ってみたい。日々の暮らしと、ハワイ朝日の活動で時間が潰れる中、一筋の光明が射《さ》したような思いだった。

第一章　巻き直し

I

昭和十三年七月（1938年7月）

「河野一郎《こうのいちろう》めが……」末弘厳太郎《すえひろいずたろう》は、珍しく激しい口調で言った。「あの男は、嘉納《かのう》先生の恩を裏切った」

まいったな、と石崎保《いしざきたもつ》はうつむいた。普段は穏やかなこの大日本体育協会理事長は、実は怒り出すとなかなか鎮まらない。秘書を務める石崎は、身を以《もっ》てそれを知っていた。暴力を振るうようなことはないが、怒りが続いている間は何を言っても無駄だ。

「石崎君、君はどう思う」

いきなり話を振られ、石崎は「はあ」と言うしかなかった。

「はあ、じゃない！」末弘がまた怒りを爆発させる。「あの男も今は偉そうに政治家をやっているが、元々はただ走るだけの男だぞ。走るだけで早稲田を卒業したんだ」

それは言い過ぎだと思うが……河野が陸上長距離の名選手だったことはよく知られている。今や長距離競走としてすっかり有名になった箱根《はこね》駅伝には第一回から参加して、計四回、走っていた。その縁もあって、初代の大日本体育協会会長を務めた嘉納治五郎《じごろう》の知遇を得たのだ。卒業後は朝日新聞社に入社し、政治家の秘書官を経て衆議院議員になったのが六年前、昭和七年のことである。末弘いわく「まだ駆け出しの小僧っこ」。

「先生、あまりお呑みにならない方が」石崎は思い切って諫《いさ》めた。元々末弘は、あまり酒が強くない。

「分かっておる！」末弘が、ウイスキーの入ったグラスを乱暴にデスクに置いた。

そもそも、理事長室のデスクの引き出しにウイスキーを入れているのが問題なんだ、と石崎は心配になった。末弘がいない間にどこかに隠してしまおう、と決める。理事長の体を守るのも、秘書の仕事だ。

河野一郎は、以前から東京オリンピック開催反対の急先鋒《きゅうせんぽう》だった。石崎の記憶では、昨年三月の衆議院予算委員会で、国際情勢が緊張していることを理由に、「オリンピックを開催するのはいかがなものかと思う」と疑義を呈したのが最初である。

その頃は、こんな発言を真面目に受け取る人間はいなかった。末弘はじめ諸先輩方――特に亡くなった嘉納治五郎の悲願であった東京オリンピックの開催が決まったのは、二年前の昭和十一年七月。嘉納治五郎の大演説もあり、投票でヘルシンキに打ち勝った時には、日本中が沸きたった。何しろ、アジアで初のオリンピックである。これで、「スポーツにおいても、日本がアジアの盟主として認められた」と、政治家たちも歓迎の談話を発表していたではないか。それから一年も経《た》たないうちに実質的な「開催反対」を打ち出すとは、河野一郎は何を考えていたのだろう。

しかし情勢は、日本に不利に働いた。イギリスやアメリカは、中国での戦争で日本を非難し――これは所詮は利権争いのためだが――国際オリンピック委員会（ＩＯＣ）会長のラトゥール伯爵の元には、東京開催返上を求める電報が百五十通も届いたという。ラトゥール伯爵もこれを無視するわけにはいかず、日本に開催辞退の提案を持ちかけてきた。末弘たちはこれを一蹴し、この話はそれきりになったと石崎も安心していたのだが……実際には、事態は悪化する一方だった。

日中戦争が長期化するに連れ、資材不足が深刻になり、競技施設の建設にも遅延が出てきた。東京市の予算は逼迫《ひっぱく》し、陸軍内からも反対の声が上がるようになって、河野は議会でしつこく反対論を唱え続けた。そうやって「包囲網」が狭まる中、今年――昭和十三年五月には、カイロからの帰途、嘉納が氷川丸《ひかわまる》船上で病死した。これで一気に、返上の機運が高まってしまったのである。そして今日、七月十五日に、閣議で開催返上が正式に決定……体協は、この世の終わりがきたような雰囲気に包まれた。

理事長室に集まった幹部の面々は、押し黙ったまま。決まってしまったことはどうしようもないだろう、と石崎は既に諦めていた。政府の方針が、体協の努力で覆るものでもない。今から騒いでもどうしようもないのだ。どうしようもないが、どうにかしたい、という幹部連中の気持ちは、石崎にも痛いほどよく理解できる。

石崎は、部屋の壁に掲げられた嘉納治五郎の写真を見上げた。講道館柔道の創始者にして、東京高等師範学校の校長を長年務めた教育者。「東洋初の国際オリンピック委員会委員」であり、体育協会の初代会長でもある。日本が初めて参加した一九一二年のストックホルムオリンピックでは団長を務めた。日本のオリンピック史に最初から関わっていた重要人物であり、石崎たちにとっては「教祖」のような存在でもある。その嘉納の生涯の目標が、日本でのオリンピック開催だった。

「このまま引き下がるわけにはいかない」末弘が宣言した。既にすっかり酔いが回った様子で、目が据わっている。

「しかし、今からでは難しいと思いますが」石崎は反論した。

「どうにもならないことなど、この世にはないんだ。努力すれば、必ず道は開ける」

末弘がこんなことを言い出すのが意外だった。本業は、東京帝大法学部教授。法律を専門にする人は、感情に溺れることなく、常に論理的に物事を考えているはずだ、と石崎は思っていたのだが……実際、普段の末弘は物静かに話す人で、石崎が個人的に怒られたことは一度もない。ただし、ことスポーツに関しては、急にむきになることがあった。何しろ大日本水上競技連盟の発足に尽力し、後に会長にもなったスポーツマンで、二年前のベルリンオリンピックには水泳競技の役員として参加している。そのオリンピックについて語る時は、微妙な表情になるのだが……ベルリンオリンピックは、ナチスの台頭と密接に結びつき、ドイツの国力を内外に示すために利用された、と体協内で評価されている。末弘はそれを肌で感じたわけだ。

「とにかく、今日は解散しよう。当面は、当局を刺激しないようにしながら、情報収集に努めてくれ」

末弘が解散を宣すると、理事長室にいた面々はすぐに出て行った。末弘の怒りを浴びるのはご勘弁、といった感じである。

石崎は残らざるを得なかった。秘書として末弘に一日中ついているので、家へ送り届けるまでが仕事なのである。今日はすぐには帰らないのではないかと思ったが、末弘はグラスに残ったウイスキーをぐっと呑み干すと、すぐに席を立った。「帰る」と宣言したので、石崎も慌てて荷物をまとめる。

理事長の専用車に乗りこんだ瞬間、末弘が溜息を漏らす。

「お疲れ様です」

「疲れた、などとは言っておられない」

「これからどうされるおつもりですか?」

「うむ……」末弘が短く唸《うな》って腕を組む。必死で考えているのは、石崎にも分かった。この理事長は、考える時には必ず腕組みをする。そのまま三十分、一時間と集中して固まっていることもしばしばだった。ちらりと横を見ると、神経質そうな細面の横顔は、いつも以上に険しい。

しかし今日は、沈思黙考の時間は短かった。薄く目を開けると、「無駄にしたくないな」とぽつりと零《こぼ》す。

「はい」石崎はすぐに応じた。

「これまで、東京市がオリンピックにいくら金を注《つ》ぎこんできたか、分かるか？」

「ほぼ九十万円、と聞いています」

「既に新しい競技場の建設も進んでいる。中途半端に終わらせたら、これまでの労力も無駄になるだろう。建設途中で放置してしまうわけにもいかない」

「仰《おつしや》る通りかと思います」

「君も考えなさい」

「……何をですか？」

「このままだとオリンピックは、東京と決選投票で争って敗れたヘルシンキで開かれることになるだろう」

「フィンランド、ですね」石崎には想像もできない遠い北欧の国だ。夏でも寒そうだし、選手たちは体調を保つだけでも大変なのではないか？

「当面は、ヘルシンキオリンピックへの参加を目指すことになる。そこでは当然、選手たちに存分に活躍してもらわねばならない。ヘルシンキに向けて、選手も役員も気持ちを変えていく必要がある」

「はい」

「君も、そのためにどうしたらいいか、しっかり考えてくれ。これは……君の専門の野球で言えば、毎年甲子園《こうしえん》で開かれている大会が、急に別の球場で開かれることになったようなものだ。それがどれだけ大変かは、君にも分かるだろう」

「もちろんです」

「今回は、その何倍も大変だ。海外で試合をするのは、選手にとっては過大な負担なんだ。移動するだけで、どれだけ時間がかかるか。私は、東京でオリンピックが開催されれば、日本人選手は大量の金メダルを獲得すると思っていた。しかし、長旅の末にヘルシンキで行われる大会となると、そう簡単にはいかんだろうな」

「船の上ではトレーニングもできませんしね」

「そうなんだ。陸上も水泳も事情は同じだ。特に水泳選手は、水の感覚を忘れてしまうと、取り戻すのに時間がかかる」

「日本で開催するなら、その心配はないですよね」

「ああ」末弘がまた腕を組んだ。

理事長は考えている……その思考がどちらを向いているか、石崎には想像もつかなかった。「ヘルシンキでどうやって選手を勝たせるか」だろうか。あるいは別のこと――あくまで東京でオリンピックを開催する方法を模索している？　いや、いくら何でもそれは無理だろう。政府が開催返上を決め、それをＩＯＣに正式に伝達してしまったら、もう絶対に覆らない。もしかしたら、その前に何とかしようとしている？　その「何とか」は、石崎にはまったく思いつかないのだった。

翌朝、石崎は末弘の家には行かず、直接体協（大日本体育協会）の本部に向かった。帝大教授でもある末弘は、常に忙しいのだ。帝大で講義がある日は、家へ迎えには行かない。

末弘は粘り強い――悪く言えばしつこい人間で、一つのことにこだわり始めると、なかなかそこから離れられない。昨日の不機嫌な調子につき合わされたらたまらない。秘書として毎日のように顔を合わせるのだが、この理事長の扱いには、未《いま》だに慣れなかった。

今日は何事もなく過ぎてくれよと祈りながら自席に着いた途端、体協会長の下村宏《しもむらひろし》がすっと近づいて来て、「石崎君」と声をかけた。会長が直接話しかけてくることなど滅多にないので、慌てて立ち上がる。

「ちょっと私の部屋に来てくれ」

「はい」

理事長室には始終出入りしているが、会長室に入ったことはほとんどない。命じられただけで緊張感が高まってきた。

下村は逓信省《ていしんしょう》や朝日新聞社に勤務した後、去年貴族院議員に勅選《ちょくせん》され、同時に体協の会長、オリンピック委員会の委員長になった。とはいえ貴族院議員の仕事が忙しく、体協には重大な会議の時などにしか顔を出さない。昨日、閣議決定を聞いて幹部が集まった時にも、姿は見えなかった。

「まあ、座ってくれ」

下村がゆったりしたソファに腰を下ろし、向かいのソファを指さした。会長と一対一は緊張するなと焦りながら、石崎は浅く腰かけた。

「昨日、ガンちゃんがかなり荒れたそうだな」

その一言で、石崎は少し緊張が解《ほぐ》れるのを感じた。末弘が、親しい人から「ガンちゃん」と呼ばれていることは、石崎も知っている。目の前の会長と理事長の関係がよく分からなかったが、少なくとも下村の方では末弘に対して気安い気持ちでいるようだ。これなら、さほど緊張しないでいいかもしれない。

「それほどでもありませんでした」

「そうかい？」下村が眉を持ち上げる。「理事長室で酒を呑んで、大荒れだったと聞いている」

「お怒りではありましたけど、荒れてはいません。家までお送りしましたが、ずっと考え事をしておられるだけでした」

「そうか……君は、ガンちゃんについて長いんだよな？」

「はい、二年になります」

「彼のことならよく分かってるだろう。もしかしたら家族以上に」

「そう……かもしれません」実際には、そこまでの自信はなかったが。

「できるだけ気を遣ってやってくれないか？　何かあったら、すぐに私にも教えてくれ。私にできることは何でもする」

「お気遣いいただいて恐縮です」同じ体協の中でこんな会話は他人行儀な感じもしたが、石崎は素直に頭を下げた。

「ガンちゃんは、真面目過ぎるんだよ。学者さんだからしょうがないかもしれないけど、ちょっとしたことで大袈裟《おおげさ》に悩み過ぎなんだ。体協には、これからまだまだやることがあるんだから、ガンちゃんには理事長として引っ張ってもらわないと。そのためには、元気で明朗でいてもらわないと困る」

下村はあくまで盟友を心配しているのだろうが……もしかしたら「監視」だろうか、と石崎は一瞬訝《いぶか》った。体協会長という要職にはあるが、下村は貴族院議員――政府の人間でもある。当然、政府内の様々な人と通じているだろう。開催返上に関して、体協が不穏な動きをしないかと監視していてもおかしくない。そして体協の動きは、末弘の気持ち、動きと一致するはずだ。

「理事長は、精神的に強い人です。何かあるとは思えません」

「いや。それは分からない」下村がゆっくりと首を横に振った。「君は、ガンちゃんたちがこれまでどれほどオリンピック招致に力を入れてきたか、正確には知らないだろう。君が物心つく前から、日本でオリンピックを開催することが、嘉納先生の悲願だったんだ。嘉納先生は、世界中を駆け巡って人脈を作り、自分の時間と金を犠牲にしてオリンピックに賭けた。その嘉納先生が亡くなった途端に政府が掌《てのひら》を返したわけだから、ガンちゃんたちが怒るのも分かるよ。でも、だからこそ無理して欲しくないんだ。ここで政府に抗議しても、何も覆らない」

「それは、理事長もご理解なさっていると思います」

「それならいいが、とにかくガンちゃんには無理して欲しくないんだ」下村が繰り返した。「ヘルシンキオリンピックのこともあるし、国内でも、昭和十五年は紀元二千六百年なんだ。体協としても、紀元二千六百年関連行事で、やることがいろいろある」

「そもそもオリンピックが、紀元二千六百年記念行事でもありました」

「そうなんだ」下村がうなずく。「国内各地で、様々な催しが開かれる。体協としても、黙っているわけにはいかない。オリンピックが中止になっても、国民の体力増強は大きな課題だからな。健康な、頑強な人を増やさないと、戦争には勝てない」

「ええ……」

「昨夜、ちょっとした案が浮かんだんだが、ガンちゃんたちと話している余裕がなかった。彼は今日、大学の方か？」

「一日講義の予定です」

「そうか……」下村が顎に手を当て、しばし考えた。「早い方がいいな。一筆書くから、君、大学まで届けてくれないか？」

「はい」

「準備するから少し待っていてくれ」

「分かりました」立ち上がって一礼し、会長室を出る。ひどく緊張していたことを意識し、肩を上下させて溜息をついた。席に戻ると、同い年の職員、滝川《たきがわ》に声をかけられる。滝川はひどく心配そうだった。一職員が会長に呼ばれるなど、やはり異例である。

「どうした？　会長、何の用事だった？」

「伝令を頼まれた」

「伝令？」

石崎は事情を話した。滝川は真顔で聞いていたが、石崎が話し終えると相好を崩した。

「会長、何かお考えがあるんだな」

「だと思う。でも、返上は覆らないだろう」

「ああ」

「だったら、いい考えなんてないんじゃないか？　オリンピックに代わる大会なんて、ないんだから」

「そうか……」一転して、滝川が深刻な表情を浮かべる。「分からないけど、俺たち下っ端は、上が言うことに従うだけだからな」

「そうだな」

十分後、石崎はまた会長室に呼ばれて封書を渡された。しっかり封がされているということは、開けて中を確認するわけにはいかない。

「内容を知りたいか？」下村が訊ねる。

「それはまあ……そうですね」石崎は思わずうなずいた。

「ここで説明している時間はない。ガンちゃんに見せて、彼から聞いてくれ」

「分かりました」

体協を出て、路面電車を乗り継いで帝大に向かう。幸い末弘は講義の合間で、自分の研究室にいた。ここには何度か来たことがあるのだが、大量に積み重ねられた本に毎回圧倒されてしまう。実際、狭い研究室に入るとまず目に飛びこんでくるのは本の山で、奥の机についている末弘の姿は見えないのだった。

「失礼します」ドアが開いていたので、顔を突っこんで声をかける。

「入りたまえ」ひどく遠くから末弘の声が聞こえてきた。床にも積み重ねられた本を避《よ》けながら奥へ進むと、末弘が顔を上げて「君か」と意外そうな声を上げた。

「どうした。急ぎの用件か？」

「会長から手紙を預かってきました」

「下村さんから？」

石崎は封筒を手渡した。受け取った末弘が乱暴に封を開け、中身を取り出す。忙《せわ》しなく引っ張り出すと、顔を近づけて読み始めた。目の動きから、二度読んでいることが分かる。視線を手紙に向けたまま「なるほど」とつぶやく。

「理事長、差し支《つか》えなければ、どういう内容か――」

「君は何も聞いてないのか？」

「はい。封書を渡されて、すぐに届けるように言われましたので」

「そうか……よし、できるだけ早く、政府関係者と会う算段を整えよう」

「会談、ですか」

「オリンピック返上が決まったのだから、こちらにも政府に対して正式に言いたいことはある。言っておかねばならない」

「それが……会長のお手紙に書いてあることですか？」

「そうだ。しかし、下村さんもさすがだな。私は、ここまで思いつかなかった。こういう時に、政府側ときちんと話し合っておく……考えてみれば当たり前だが」

「差し支えなければ、読ませていただけますか」

「ああ、君にも知る権利はあるな」

末弘が差し出した手紙に、素早く視線を落とす。言っていることは分かる――しかし末弘がすぐに元気を取り戻した理由がよく分からない。下村は「前提」を作ったという感じで、その先、具体的にどうするかまでは書かれていない。

「下村さんの提案は理解できたな？」

「はい」

「これは伏線だ。伏線を敷いたら、その先でどう回収するか、しっかり考えなければならない。それをきちんと計画するのが、我々の仕事だぞ。君も考えたまえ」

「私が、ですか？」自分はただの秘書――しかし末弘は、普段から自分に雑用だけを押しつけているわけではない。しばしば意見を求め、ちゃんと答えないと機嫌が悪くなる。まるで、大学で口頭試験を受けているようなものだった。

「そうだよ。いいかね、スポーツは、君たち若人《わこうど》のものなんだ。上から押しつけられた仕事をこなすだけではなく、自分で考えて企画していかないといけない」

「はあ」

「君はずっと、野球で頑張ってきた。甲子園でも六大学野球でも、その腕を十分発揮してきただろう。体協の仕事でも、そろそろ君の手腕を活《い》かしてみないか」

「はい……でも、これはオリンピックを開く、ということではないですよね」

「オリンピックは、あくまでＩＯＣが中心になって開催するものだ。我々がどれだけ騒いでも、この状態ではどうにもならない。仮に、日本が勝手に『オリンピックを開催する』と宣言しても、海外の選手は参加してくれないだろう。国際的にも大会として認められるとは思えない」

「でも、紀元二千六百年記念事業としては、大きなスポーツの大会が必要ですよね」

「ああ」

石崎は「大きなスポーツの大会」について考えた。オリンピックのように、世界各国から選手を集める大会は難しいだろう。しかし、国内の選手が参加するだけでは必ずしも「大きい」とは言えない。ふいに、ある考えが頭に降りてきた。

「でしたら、オリンピックに代わる大きな大会を開催すればいいんじゃないでしょうか。名前も変えた、新しい大会です。そうすれば、これまで建設が進められてきた施設も利用できて、無駄にならないんじゃないでしょうか」

「ふむ」末弘が顎を撫でる。「君、今まで体協や各団体が開催してきた様々な大会を、全部見直してみたまえ。今後、我々の参考になることもあるはずだぞ」

「分かりました」

「期待しているぞ。代わりの大会を開くことを、政府に呑ませられれば……本当に、スポーツは若い人のものなんだ。君たちが中心になって考えないと駄目だぞ」

そんな期待をされても……この時の石崎は、自分の一言がきっかけになって、その後事態が大きく動き出すことなど、想像もしていなかった。

Ⅱ

昭和十四年九月（1939年9月）

オリンピックそのものがなくなった。

きっかけは、ドイツのポーランド侵攻である。ヨーロッパ全土が戦火に呑みこまれつつあり、オリンピックどころではない、という声が高まってきて、結局ヘルシンキ大会の中止も決まったのだった。

東京オリンピックの二の舞か……オリンピックが戦争に負けた。

石崎は、朝食も食べずに家を出た。去年、東京オリンピックの返上が決まった日と同じような大騒ぎになるだろう。各競技の選手たちは、東京からヘルシンキに目標を変えて、今まで調整を続けてきた。晴れの舞台を失った選手たちが動揺するのは簡単に想像できる。おそらく、朝から問い合わせが殺到して大変なことになるだろう。

石崎の予感は当たった。体協の電話は鳴りっぱなしだが、石崎としては「今のところは何も分かっていません」と答えるしかなかった。「ヘルシンキオリンピック中止」は、新聞の現地特派員からのニュースとして伝えられただけで、ＩＯＣから体協には、正式に話がなかったのである。ＩＯＣから国際電報が届いたのは、結局夕方近くになってからだった。

石崎は鳴り止《や》まない電話の応対で昼飯も食べ損ね、胃は空っぽ、気力も体力も底をついていた。今日は末弘も下村も体協に詰めている。幹部はずっと善後策を協議していたのだが、国際電報が届いてから、話は一気に決まった。体協として正式に声明を出し、それで国内の騒ぎを鎮めるしかない――。

声明は末弘自身が筆を執ってまとめた。新聞各社に連絡を入れてこの声明を発表すると同時に、問い合わせに関しても、この声明を元に応対するようにと指示される。

声明自体はごく簡単なものだった。

ヘルシンキオリンピックの中止に関して、体協は遺憾の意を表明する。各競技の選手においては、これに動揺することなく、今後も研鑽《けんさん》を積んで欲しい。

これじゃ何も言っていないのと同じじゃないか、と石崎は呆《あき》れた。しかし、IOCから詳細な情報が入ってきていない状態では、これ以上のことは発表できないだろう。

詳しい情報は、その後五月雨《さみだれ》式に入ってきて、IOCの正式な方針が次第に明らかになってきた。結局、来年――昭和十五年のオリンピックは中止。代わりの開催地を見つけることもできそうにない。戦争に巻きこまれていないアメリカでの開催を検討する意見もあったようだが、昭和七年にロサンゼルスで開かれたばかりということもあって見送られた。アメリカは豊かな国ではあるが、八年で二度のオリンピック開催は、さすがに負担が大きいのだろう。前回使った施設はそのまま利用できるとしても、準備が間に合うとは思えない。「選手村の準備が特に大変なんだ」と末弘も言っていた。

オリンピック中止の記事が出てから一週間ほどして、石崎は突然、末弘に呼ばれた。ひどく改まった雰囲気なので、嫌な予感を抱く。

「今夜、文部大臣に会う」

「河原田《かわらだ》大臣ですか？」石崎は一気に緊張した。

「ああ。下村会長が骨を折って下さった。君もつき合いなさい」

「私がですか？」石崎は思わず、自分の鼻を指さした。秘書になってから、末弘の行くところにはどこにでも付いていくのだが、政治家との会合に出たことはなかった。そもそも末弘自身、政治家を嫌っている。

「君は私の秘書だ。私が誰かと会う時は、一緒にいてもらわないと困る」

「はあ……河原田大臣はどんな人なんでしょうか」

「私にとっては帝大の先輩だよ。私は学術の道に進んだが、河原田さんは官僚になり、今は貴族院議員で文部大臣だ。しかし、私の先輩である事実に変わりはない」

「面会の目的は何なんですか？」

「君の考えを説明するんだ。オリンピックができなくなった今、どうするべきか――去年、君と話したのを覚えているだろう」

「ええ」確かに。下村会長の手紙を持って、帝大の部屋へ行った時に出た話だ。

「内容も覚えているな？」

「はい、オリンピックの代わりに大きな大会を開く、という案でした」

いわば口から出まかせ――末弘の指示もあり、過去の大きな大会の運営について調べてみたのだが、なかなか厳しい、という結論に至らざるを得なかった。オリンピックのように海外から選手を招くとなると、国内大会とは予算の規模が二桁ぐらい違う。

「予算的にかなり難しい、という報告だったな」末弘が厳しい表情を浮かべる。「しかし私は去年から、ずっと君の考えを頭の中で転がしていたんだ。大きな大会は前例もあるし、何とかなると考えている」

「本当ですか？」

「ああ。とにかくこれを一つのきっかけにしたい。体協は、オリンピックを諦めてはいけないんだ。まず、大きい話で切り出してみよう。それで向こうの出方を見る」

　石崎と末弘は、その日の夜、河原田大臣の私邸を訪ねた。河原田は短髪、鼻の下にちょび髭《ひげ》を蓄えた男で、妙な威圧感がある。細面の末弘が日本刀のような感じだとすれば、この男は鉈《なた》だろうか。官僚、そして貴族院議員ということで、石崎のような男から見ると雲の上の存在である。しかし、末弘に対する態度を見た瞬間、石崎は少しだけ緊張感が緩むのを感じた。

「いや、末弘君、久しぶりだ」

「ご無沙汰しています」

「天才にお目にかかれて光栄だよ」河原田が相好を崩す。笑うと威圧感が薄れて、妙に愛嬌《あいきょう》のある表情になった。

「恐縮です」

「君は」河原田が石崎に目を向けた。「自分が仕えている人が天才だということを分かっているかね」

「日々勉強させていただいています」石崎は頭を下げた。

「帝大卒業時に、成績優等で銀時計をもらった男だからな。その時点で、研究者としての将来は約束されていた」

「はい」

「帝大で一番優秀なのは、大学に残って研究者になる人間だ。私のように宮仕えの人間はその下……そもそも頭の出来が違うんだよ」

威張っているのか卑下しているのかよく分からない。石崎は仕方なく、御追従《おついしょう》の薄い笑みを浮かべた。

畳敷きの応接間には、一人がけのソファが四つ置いてあり、石崎は小さなガラステーブルを挟んで河原田と向き合った。

河原田が湯呑みを取り上げ、音をたてて茶を啜《すす》った。

「しかも、頭だけじゃない。運動もだ。末弘君が発表した『練習十則』は、大したものだね。私は感銘を受けたよ」

石崎も当然、読んでいた。水泳の練習と試合の心構えを説いた精神論だが、野球が専門の石崎にも一々うなずける内容だった。特に最後の第十則は衝撃的だった。「良き練習は良きコーチによってのみ行われ得る、しかしコーチにのみ頼って自ら工夫することなき選手は上達しない」。学生時代、無条件に監督に従っていたことを全否定されたようなものだったが、何故《なぜ》か得心できた。そうだよな、自分で考えて練習や試合をしない選手が上手くなるわけがない。運動選手は、機械や兵隊ではないのだ。いざ試合になれば、誰も助けてくれない。コーチや監督頼りでは、本番では戸惑うばかりだろう。

「あんなもの、お読みになったんですか」末弘が苦笑した。

「もちろん。あの十則は、水泳だけじゃなくて他の競技でも通用するんじゃないか？」

「いやあ、どうですかね。私は水泳以外の競技に関しては素人ですから」

「しかし、大日本体育協会理事長なんだから。日本の運動全般に目を配る立場だ」

「その理事長として、今日はお話があります」

「聞こうか」それまで機嫌よく話していた河原田が、急に真顔になる。鈍の雰囲気が戻って来たぞ、と石崎は身構えた。

「ヘルシンキオリンピックが中止になりました」

「そうだな」重々しい雰囲気で河原田がうなずく。「残念なことだ。ただ、こういう事態になっては仕方あるまい。ドイツは日本の友好国だから、そのことについては批判もできない」

批判もできない、というのは微妙な表現だと石崎は思った。本音では批判的であっても、それを表には出せない、とも聞こえる。

「選手たちは、意気消沈しています」末弘が訴えた。

「それは分かるよ」河原田が煙草《たばこ》に手を伸ばした。マッチを擦って火を点《つ》けると、部屋の中がたちまち白くなる。「東京オリンピックを目指して研鑽を積んできて、それが中止になってヘルシンキに気持ちを切り替えたら、今度はそちらも中止だ。どんなに精神力が強い選手でも、これは相当きついだろう」

「仰る通りです」末弘がうなずく。「我々体協としては、若い有望な選手たちの夢を、ここで壊すわけにはいかないと考えています」

「気持ちは理解できる。理事長としては当然だろうな」言って、河原田が煙草をふかした。「しかし、いったい何なんだい？　愚痴を零しにきたのか？　私も、愚痴につき合うほど暇じゃないんだが――」

「大臣にお願いがございます」末弘が、河原田の言葉を遮った。

「お願い？」河原田の目がきゅっと細くなった。

「石崎君、説明したまえ」

河原田の顔がゆっくりと石崎の方を向く。その鋭い視線に射抜かれ、石崎は妙に緊張するのを感じた。一つ咳払《せきばら》いし、背筋を伸ばして切り出す。

「体協では、新しい大会を開けないかと考えています」

「新しい大会？　オリンピックではなく？」

「はい」石崎はうなずいた。「時局に鑑みますと、ヨーロッパ各国の選手に参加要請するのは極めて難しいと思います。はっきり言えば、ヨーロッパの各国も、今はオリンピックどころではないでしょう」

「それは日本も同じだぞ」河原田が厳しい口調で言った。「中国の戦線は未だに厳しい状況だ。今は、国力を全てそちらに振り向けなければならない」

「仰る通りです。しかし、一つ言わせていただければ、健全で頑強な若者を育てるには、運動が一番じゃないでしょうか」これは体協の公式見解でもある――石崎は必ずしも納得しているわけではなかったが。

「そういう議論は、昔から続けられてきたな。しかしそれも、時と場合による」

「承知しています」石崎は、こめかみに汗が流れ始めるのを感じた。拭うわけにもいかず――焦っていると河原田に悟られたくなかった――そのまま話し続ける。「東京オリンピックの開催返上が決まってから、私たち体協の中でも、様々な議論をしてきました。その中で、若い選手たちのために、国際的な、大規模な大会を開催すべきではないかという声が上がりました」

　最初にそれを言い出したのは自分だ。しかし、過去の調査結果を踏まえた報告では「実現は難しい」と結論を出していた……ところが何故か、末弘はこの可能性をずっと考えていたらしい。

「しかし、大規模と言っても……どんな大会を考えているんだ？」

「今年、新京《しんきよう》（長春《ちようしゆん》）で日満華交歓競技大会が開催されたのは、大臣もご存じかと思いますが」

「ああ」

「来年は、東京で行われる予定になっています」

「そうだったかな」河原田が首を傾《かし》げる。

「はい。それと以前、日本、中国、フィリピンの三国で極東大会という大規模な大会を開催していました」

「あれは既に終了したのではなかったか？」

「ご指摘の通りです」大正二年（１９１３年）に始まったこの大会は、十回で幕を下ろしている。「現在、フィリピンと満州の体育協会と合同で、東洋体育協会が設立されています。この協会を開催主体にし、中国も誘って、大阪で新しい大会が開催される予定だったのですが、こちらも時局に鑑み、延期になっています」

「それも知っている」

「しかし今まで、アジアの各国が参加した競技会に関しては、私たちも様々な経験を積んできました。使える施設もあります。それを遊ばせておくのはもったいないですから、何とかアジア各国の選手を集めて、総合的な競技会を開催できないかと考えました」

「アジアだけのオリンピックのようなものか」

さすがに河原田は理解が早い。ただし、文部大臣としてこれに乗ってくれるかどうかは分からなかった。

「その通りです」石崎は少しだけ身を乗り出した。「名称などは決まっていませんが、今まで積み重ねて来た経験、各国の体育協会との関係などから、開催は難しくないと思います。東洋の盟主たる日本で、大規模な大会を開催することは、国民の意識高揚のためにも役立つのではないでしょうか」

話しながら、何だか心がざわついてくる。これは本音ではない。あくまで目的を達成するための方便だ……。

「まあ、そうかもしれないが、しかしこのご時世ではどうかな」

予想通り、河原田は簡単には乗ってこなかった。石崎としては、言うべきことは全て言った。今は、これ以上説得できる材料がない。末弘に助けを求めるのは申し訳ない——みっともない。何とか説得を続けようと言葉を探していると、結局末弘が口を挟んできた。

「体協としては、オリンピックへの参加だけが仕事ではないと考えています。その上位には、『国民体育奨励』という大きな目標があります。この件は、去年、体協の機関誌でも発表させていただきました。つまり、体協としての公式見解と受け取っていただきたい」

「それで？」河原田の問いは素っ気なかった。

「私たちは、あくまで日本という国を強くするために、スポーツを推進しているんです。その前提での、今回の新しい大会の開催です」

「しかしねえ……」

「大臣、ご存じないですか？」

「何をだね？」

「我々は政府との約束を大事に考えて、それを果たそうとしているだけです」

「約束？」

「大臣は、ご存じない？」末弘がぐっと身を乗り出して繰り返した。

「いや……心当たりがないな」

「そうですか」末弘がすっと背筋を伸ばす。「東京オリンピックの返上が決まった時、私どもと政府の間で、正式な文書を交わしていたんです。昭和十五年度において、オリンピックに代わるべき適切なる大競技会を挙行する、という約束でした」

「それは初耳だ」

「これをご覧下さい」

末弘が言ったタイミングで、石崎は鞄《かばん》から一枚の書類を取り出した。開催返上が決まった後、下村が素早く動いて、政府側との会談を実現させ、その結果生まれたものだということは石崎も知っている。末弘も下村も意外に「業師《わざし》」だ。ただその時点では、この密約が本当になるかどうかは分からなかったのだが。そしてこの話を下村が進めた時点では、アジア各国の参加を求める大きな大会、という具体案はまだ出ていなかった。今回の計画は、下村の「寝技」と石崎の閃《ひらめ》きの合体と言っていいだろう。

「これは……」

「近衛《このえ》総理の署名があります」書類を渡しながら、末弘は指摘した。「総理は代わりましたが、この約束は有効だと思います。法的にも――」

「いや、ここで君の専門を持ち出す必要はない」河原田が嫌そうに手を振った。

「では、もう一つ」末弘が人差し指を立てた。「本来、東京オリンピックは、紀元二千六百年記念行事でもありました。日本の国力を世界に示す、またとない機会だったと思います。それができなくなった今、新しい方法で日本の力を世界に示す必要があるのではないでしょうか。各界が、紀元二千六百年記念行事を敢行する中、体協だけが何もしないわけにはいかないんです」

「うーむ……」河原田が腕を組んだ。「君の言い分は分かるが、これは文部省だけで判断できることではない。担当である厚生省の体力局が何と言うかだな」

「そこで、大臣のお力をお借りしたいんですよ」末弘がにこりと笑った。「文部大臣から厚生大臣に話していただくこともできるんじゃないですか？　大臣同士の話し合いで何とかなるのではないかと、私は期待しています」

「それは、かなり無理な……」

「帝大の後輩としてお願いします」

末弘が頭を下げたので、石崎も慌てて倣った。顔を上げると、河原田は依然として渋い表情を浮かべている。最高学府である帝大の先輩後輩の結びつきは強いというが、河原田は生来、面倒臭がりなのかもしれない。今日も、何となく話の乗りが悪い。

「大臣、歴史に名前を残したくないですか」

「私が？」

「オリンピックに代わる新たな国際大会を主導した大臣ということで、間違いなく歴史に名前が残ります」

「まあ……そういうことで名前が残っても、意味があるかどうかは分からないが」河原田が咳払いした。「いずれにせよ、だ。私が了解して、厚生大臣が了解しても、それで全て丸く収まるわけではないぞ」

「承知してます」

「軍が何と言うか……実際に中国で戦っているのは軍だ。彼らにすれば、新しい国際大会など、まったく無駄なものに思えるのではないかな」

「反対されれば、説得するだけです。まず、大臣のご協力がないと話が進みません。ですから、政府関係者の中で最初にご相談させていただいたんです。大臣を、一番頼りにしていますから」

「そうかね？」河原田の表情が微妙に変わる。

「当然です。とにかくこの大会を成功させて、歴史に名前を残しましょう」

　帰りの車の中で、石崎は思わず訊ねてしまった。

「理事長、河原田大臣は本当に頼りになるんですか？」

「ならないと思うか？」末弘が逆に聞いてきた。

「はい、あの……失礼ですが、この話を面倒臭がっているように聞こえました」

「そんなことは分かってるよ。河原田さんは、基本的には内務省の官僚だ。官僚というのは、自分からは新しいことをやりたがらない。上から命令されると抜群の能力を発揮するが、どうしても仕事に関しては保守的になるんだな」

「では、河原田大臣のさらに上に頼むのが筋ではありませんか」

「ということは、いきなり総理大臣だぞ。それは難しい」

　阿部信行《あべのぶゆき》総理は、予備役陸軍大将でもある。河原田は軍部の説得が難しいと言っていたが、だからこそ、一番上に最初にぶつかるべきだったのではないだろうか。そう指摘すると、末弘が力なく首を横に振った。

「阿部総理には伝手《つて》がないんだ」

「貴族院議員の下村会長なら――」

「下村さんも官僚出身だ。官僚出身者と軍出身者は、馬が合わないことが多いんだよ。実際、もう下村さんには相談して、取り敢《あ》えず河原田さんを攻めてみよう、という話になったんだ」

「そうだったんですか……」この作戦が上手くいくかどうかは分からない。それよりも、石崎には気になることがあった。「理事長、先ほどの国民体育奨励の話ですが、あれは本音なんですか」

「あの話が出た時の座談会には、君も参加していただろう」

「参加というか、座って話を聞いていただけですが」

「どう思った？　何が我々の本音だと思う？」

「それは……私は理事長ではないので分かりません」

「君はまだ経験不足だな」末弘が指摘した。

「仰る通りです。申し訳ありません」

「まあ、勉強する機会はいくらでもある。君には、私にはないものがあるからな。若さと時間だ」

「それしかありません」

「卑下することはない。いろいろ考えてみたまえ」

「はい」

「君は、ベルリンオリンピックの話をどこまで知っているかね」

「それは……ラジオの中継も聞きましたし、新聞も隅々まで読みました」

「ここだけの話にしてくれ」末弘が静かに言った。「ドイツは友好国だから、表立って悪口は言えない。しかし、ナチスというのは、歴史に残る愚行をしているのかもしれないぞ。正式に伝わってこないだけで、ドイツ国内ではとんでもないユダヤ人弾圧などが行われているようだ。ヒトラーというのは……」末弘が首を横に振った。「我々とはまったく別の世界に生きる人間かもしれない。非常に危険な人物だと思う」

「理事長……」その発言こそ危険だ、と石崎は思った。

「ベルリンオリンピックは記録映画になったそうだ。いずれ日本でも見られるかもしれない。それを見て、君がどう思うかだ。記録映画と言いながら、たぶんナチスの宣伝になっていると思う。私も水泳の総監督としてベルリンに行ったが、あれは……一種異様な雰囲気だった」

「そうですか……」

「最初私は、オリンピックというのは、ドイツにおいては一つの催しものに過ぎない、と思った。つまり、ドイツは必ずしもオリンピック一色ではなかったのだ。私が想像していたのとは違った」

「はい」

「それも、国としては一つの方針だろう。オリンピックだけがスポーツではない——オリンピックで行われないスポーツの愛好家も多いだろう？　日本の場合、柔道も剣道もオリンピックの競技ではないが、国民にとっては大事な武道だ。しかし、ドイツはオリンピックを政治利用した」末弘の目つきが鋭くなる。「本来、オリンピックと政治は、まったく別物だと思う。もちろん、政府の支援がないとオリンピックは開催できないわけだが、政府にとっては、様々なことを宣伝する場にもなるんだ。世界各国から選手も報道陣も集まって来るわけだからな。ナチスはそれに気づいて、オリンピックを最大限に利用した」

「しかし理事長は先ほど……」

「政治におもねった、かね？」

「いえ、そういうわけでは」石崎は慌てて否定した。

「私がおもねったかどうかは、後で判断してもらおう」末弘が厳しい表情で言った。

「私は別に、理事長が……」生意気を言い過ぎた、と思って慌てて言ったが言葉が出てこない。

「気にするな」末弘がきっぱりと言った。「汚れ仕事があれば、我々年寄りがやる。君らが汚れることはない――どうしても汚れたければ、三十年後にやるんだな。君の後の若い世代のために」

Ⅲ

昭和十四年十一月(1939年11月)

十一月十七日、体協の理事会が開かれた。ここで正式に、新しい大会について話し合われることになっている。書記役を命じられた石崎は、緊張し切って末席に座った。

しかし、理事会はまったく支障なく進んだ。末弘が新しい国際大会の開催を打ち上げると、満場一致で賛成の手が挙がる。末弘が準備委員長に、理事の松沢一鶴《まつざわいっかく》が実質的に準備を取り仕切る幹事を務めることまでが決まってしまった。

理事会が早々に終わると、末弘は松沢と相談を始めた。松沢は水上競技連盟の重鎮であり、末弘にすれば一番頼れる右腕でもある。ベルリンオリンピックでは末弘が水泳の総監督、松沢がヘッドコーチを務め、二人三脚でメダル量産を実現した。

二人だけの話もあるだろうと思い、石崎は会議室から出ようとしたが、すぐに末弘に引き留められた。

「これから、君には目一杯働いてもらうからな」

「はい、そのつもりでいます」いよいよ計画が動き出すわけか……しかし、その後政府との話し合いが持たれた様子はなく、そちらは大丈夫だろうかと心配になる。

「それで、だ。今後計画のために実動部隊が作られることになるが、君にはそちらに専従してもらう。私の秘書からは離れる」

「しかし、今まで理事長にはいろいろ勉強させてもらいました。私はまだ――」

「君は硬いねえ」松沢がからかうように言った。「野球選手は、皆そんな感じなのか？」

「そんなことはありません」少しむっとして石崎は否定した。

「まあまあ」末弘が取りなした。「私の方の雑務については、気にする必要はない。自分で何でもできる。そもそもこの計画は君の発案でもあるんだから、そちらに専念して欲しいだけだ」

これは、抵抗しても無駄だろう。実質的に命令なのだ。石崎は「分かりました」と言って深く一礼した。しかし、どうしても自己主張しておきたいことがある。

「つきましては、一つ、お願いがあるんですが」顔を上げて切り出した。

「何だね」

「実施競技については、これから検討するんですよね」

「そうなる」末弘がうなずく。「何か、案でもあるのか？」

「野球を入れていただくわけにはいきませんでしょうか」

「野球を？」松沢が甲高い声を上げた。「しかし君、野球はオリンピックの正式競技にも入っていないんだぞ」

「だからこそ、です。幸い、参加を要請する中国でも満州でも、野球は行われています。代表チームを編成するのに問題はないと思いますが」

「日本が優勝できる競技を一つ増やそうという狙いかね」松沢が皮肉っぽく言った。彼が、オリンピックのメダルにこだわる人間であることは、石崎も知っている。ベルリン大会でも競泳はメダルを量産したものの、その前のロサンゼルス大会に比べれば少なく、選手の調整に失敗した自分の責任だ——と以前語っていたのを聞いたことがあった。ある意味分かりやすい、結果重視の方針だ。

「必ずしもそういうわけではありません。野球は、陸上や水泳と違って団体競技です。一人の力が秀でていても、絶対に勝てるわけではありません……もちろん、メダルは欲しいですけど、野球は日本では人気のスポーツです。メダルよりも何よりも、やれば絶対に盛り上がりますよ」

「確かにそれは否定できないな。私も野球は好きだ」末弘が同意してくれた。「その辺も、理事会で細かく詰めていこう」

石崎が「ありがとうございます」と言って頭を下げると、松沢がすかさず釘《くぎ》を刺した。

「石崎君、あくまで検討課題にするだけだぞ。やると決まったわけじゃない」

「承知してます。しかし——」

少しぐらい松沢を凹《へこ》ませようかと思って口を開いた瞬間、滝川が会議室に入ってきた。

「理事長、お電話が入っています」

「誰からだ？」末弘が立ち上がる。

「それが」滝川の顔が暗くなる。「内務省の大臣官房から、と言っています」

「きたか」つぶやき、末弘が会議室を出て行った。

「何でしょうか」石崎は思わず松沢に訊ねた。

「まあ……何か文句を言ってくるだろうな」松沢が渋い表情を浮かべる。

「内務省が、ですか？　この件は内務省とは関係ないじゃないですか。体育関係は、文部省と厚生省の問題です」

「内務省は、全ての役所の上に立つ役所だからな。内務省の中から反対意見が出たんじゃなくて、どこかの意向を反映して言ってくるのかもしれない」松沢の表情は暗い。

「軍部、とかですか」石崎は思わず背筋を伸ばした。

「たぶんな。直接圧力をかけてくるんじゃなくて、内務省に言わせるつもりなんだろう。

陸軍省や海軍省が直《じか》に口出ししてくると、話が複雑になる」

「大丈夫ですかね」

「末弘さんなら、何とかしてくれるだろう」松沢が大袈裟に肩をすくめる。洋行経験の豊富な松沢は、時々外国人のような仕草をする。

ドアが開き、末弘が戻って来た。表情は厳しい。それで石崎は、最悪の事態を想像した。

「石崎君、明日は空けておいてくれたまえ」

「内務省へ行くんですか？」

「ああ。取り敢えず明日は、私の秘書としてつき合って欲しい」

「分かりました」うなずき、石崎は密《ひそ》かに唾を呑んだ。いったい何を言われることか……軍部が背後にいるとしたら厄介だ。殺されるようなことはないだろうが、こちらの計画をきちんと押し通せるかどうかは分からない。

大勝負だ、と石崎は覚悟を決めた。


石崎は夕方、滝川とともに銀座《ぎんざ》のカフェにいた。軽くビールを呑むつもりが、妙に酔いが回ってしまう。

「お前、どうした」滝川が呆れたように言った。「そんなに弱くないだろう」

「気分が悪い。モヤモヤする」

「ビールを呑んだぐらいで吐くなよ」滝川が石崎の肩に手を載せた。

「酒のせいじゃない」石崎は体を捻って、滝川の手から逃れた。一瞬置かれただけの彼の手は石のように硬く、重く感じられた。

「キャッチボールしないか？」急に思いついて提案した。

「ああ？　酒を呑んでキャッチボール？」

「いいじゃないか。酔ってないよ」

「まあ、お前がそう言うならいいけど……」

石崎の住む渋谷《しぶや》区穏田《おんでん》までは、銀座四丁目から市電で一本で行ける。結構乗りでがあるのだが、酔いを覚ますにはちょうどいい——つまり、酔ってはいるわけだ、と石崎は自覚した。

石崎は横浜《よこはま》の出身で、立教《りっきょう》大学に入ると同時に東京へ出て、それ以来ずっと下宿暮らし、一人暮らしをしている。今の家は小さな長屋で、周りは家族持ちばかりだった。

「何だ、綺麗《きれい》にしてるじゃないか」家に入るなり、滝川が言った。

「忙しくて、寝に帰るだけだからな」石崎は押し入れからグラブを二つと、黒ずんだボールを持って来た。最近はボールを握ることもないが、それでも吸いつくようなしっくりした感覚がすぐに蘇ってくる。

二人はそのまま、穏田神社の近くまで行った。既に陽《ひ》は暮れていたが、この辺は街灯の灯《あか》りがあるので、路上で軽くボールを投げ合うぐらいなら大丈夫だ。

「ゆっくり投げろよ」滝川が本気で怯《おび》えた様子で言った。

「何だ、もう感覚を忘れたのか」滝川も中学時代は野球選手だった。しかし大学では野球から離れたので、ボールを握るのは本当に久しぶりなのだろう。さすがに石崎も遠慮して、山なりのボールを投げた。恐る恐るといった感じで、滝川がボールをグラブに収める。

「ほら、これなら臆病な君でも大丈夫だろう」

「舐《な》めるなよ」

滝川が思い切りボールを投げ返してきた。そこそこスピードはあるが、とんでもなく高い球になってしまう。石崎は飛び上がって何とか摑んだ。急に動いたせいか、また酔いを強く意識する。心臓が激しく打ち始めた。

「すっかり投げ方を忘れたみたいだな」

「久しぶりなんだよ、こっちは」滝川が唇を尖《とが》らせる。「お前みたいに甲子園に行って、六大学で活躍した御仁とは基礎が違う」

「よし、僕がちゃんと鍛えてやろう」

キャッチボールは次第に熱を帯び、滝川の投げるボールも安定してきた。しかし、石崎が全力で投げこんだボールを捕った瞬間、大袈裟に悲鳴を上げる。

「お前……やり過ぎだよ」

「悪い、悪い」今のは本気の、縫い目にしっかり指がかかったいいボールだった。石崎は現役時代、ショートやセカンドを守ることが多かったが、ショートの深い位置で逆シングルでボールをキャッチし、踏ん張って一塁へ送球した時の感覚が蘇ってくる。

「職業野球に行こうとは思わなかったのか」

「お声がかからなかった」職業野球は、ちょうど大学を卒業する年に始まったのだが。

「このボールを投げられるなら、プロとしてやっていけたと思うけどなあ」

それは難しい……職業野球が始まってからまだ三年しか経っていないのだ。神宮球場の大学野球は大変な人気で、石崎もいつも大きな声援を受けてプレーしていたのだが、それに比べて職業野球は、まだ海のものとも山のものともつかない。六大学の試合よりも観客が少ないこともあるぐらいだった。ただし、さすがに技術はすごい——石崎も何度か試合を見に行って、「金の取れる野球とはこういうものか」と納得した。特に大阪タイガースの藤村富美男《ふじむらふみお》の豪快な打撃には目を見張らされた。巨人の沢村栄治《さわむらえいじ》がノーヒットノーランを達成した試合も目の前で見ている。浮き上がるような沢村の速球と藤村の打棒の対決は、実に見応えがある……何より試合数が多いので、いつでも気楽に見に行けるのがいい。

もっとも「金のために野球をやるのは不真面目だ」と言う人もいるのだが。

二人は連れ立って、穏田神社に入った。何となくお参りして、片隅にあるベンチに腰を下ろす。滝川は、真っ赤《まか》になった左手をしきりに摩《さす》っていた。

「こいつは、明日の朝には腫れるな」

「大したことはないよ。すぐに慣れるさ。何だったら、明日もやるか？」

「やめておく」滝川が左手をぶらぶらと振ってみせた。「しかしお前も、本当に野球、好きだな」

「君もだろう？」

「お前とはのめりこみ方が違うよ。まさか、今回の大会で野球を競技に入れようとするとはね」

「オリンピックの代わりだけど、オリンピックとは違うからね」世界的に見て野球が盛んなのは、日本とアメリカ、それに中米の一部の国ぐらいだ。オリンピックはどうしてもヨーロッパの国々が中心だから、自分たちに馴染みのないスポーツを取り上げようとしないのは当然だろう。

「できるかねえ」

「やりたいな」

「だけど、軍部に睨《にら》まれてまでやる意味はあるのかな」滝川は一歩引いた姿勢だった。

この男は以前からこんな感じ……何に対しても、あまり熱がない。

働く場所としての大日本体育協会は、実に不思議な場所だ。元々、去年亡くなった嘉納治五郎らが尽力して立ち上げ、日本のオリンピック参加や選手強化に取り組んできたのだが、最初はあくまで「熱心な有力者が手弁当でやっている」感じだったという。そういう人たちは——末弘も含めて——しばしば非常識とも言える熱を持って事業に取り組む。しかし石崎や滝川のように、一般職員として雇われた者は、どうしても末弘たちのような熱を持つことができない。石崎は末弘を尊敬しているが、時々彼のやり方についていけない、と感じることさえあった。

「俺たちは、あくまで宮仕えの身だよ」滝川が言った。「理事長や会長みたいに、帝大を出て、本業でも世間から尊敬されている人たちとは違う。でも俺は、心配だよ。理事長も会長も、突っ走っちまう時があるからな」

「確かに」

「それで、誰も抑える人間がいないんだから……軍部と正面衝突なんて勘弁して欲しいよ。俺たち、目をつけられて、召集令状がくるんじゃないか」

「まさか」

いや、あり得ない話でもないのではないか。権力に逆らう人間を召集して前線に送り出すのは、反抗を抑える最良の方法だろう。体《てい》のいい殺人ではないか、と思うとぞっとする。

「まあ、軍もそこまで暇じゃないだろうけど」滝川が、自分を勇気づけるように言った。

「だけどお前、どうしてそんなに野球をやりたいんだ?」

「好きだから」

「何だよ、それ。子どもじゃないんだから」滝川が苦笑する。「何か、ちゃんとした理由があるんだろう?」

「あるような、ないような」

「何だい、はっきりしない奴《やつ》だな」

「悪いな。僕も考えがまとまらないんだ」

頭の中に浮かぶ場面しかない。石崎はこれまで、甲子園や神宮など、大きな球場で試合をして、「見られる快感」を感じてきたのは事実である。今はその快感を味わうことはできないが、大きな球場を大観客で埋めて、野球の魅力を広く伝えたい、という気持ちはずっと持っていた。

まだまだ、野球の魅力を知らない人は多いのだ。そういう人たちに、まず満員の球場に来て欲しい。

Ⅳ

1940年2月（昭和十五年二月）

「ヘイ！　よく見ていけ！」

監督の出口が太い声で選手たちに気合いを入れる。そう言いながら、実際にはサインを出しているのだ。

シーズンオフの練習試合。ハワイリーグの試合が行われるのは、収容人員一万六千人のホノルルスタジアムだが、今日はそのすぐ近くにあるモイリイリ球場での試合だった。グラウンドは一面綺麗な芝だが、観客席はごく小さなもので、大きなホノルルスタジアムでの試合に慣れている澤山にとっては、ここはあくまで「練習場」だった。ホノルルスタジアムができる前は、ハワイリーグの試合はこの球場で行われていたそうだが、かなり寂しい感じだっただろう。野球は、観客が大勢いて、下品な野次が飛んでこそ盛り上がる。

「タク！　向こうはストライクが入らないぞ！」

出口の言葉は「指示」ではなく「野次」になっていた。しかし密かに出しているサインは「打て」。出口は人一倍声が大きく、その野次はしばしば相手チームの選手に嫌な顔をさせるのだが、実際のサインは野次の内容とはまったく関係ない場合がほとんどだ。「よく見ろ」の場合は「次のボールを打て」。「打っていけ」の場合は「待て」。こういうのがどれぐらい、相手チームを混乱させているかは分からない。

今日の練習試合の対戦相手は、地元の白人の若者たちで作るワンダラーズ。去年のリーグ優勝チームだ。そう……去年、ハワイ朝日は決勝シリーズに進んだが、一勝五敗で最下位に終わっている。毎年優勝できるわけではないにしても、最下位というのは実に情けない限りだった。そのせいか、出口は去年のシーズン終わりに「来年は現役として復帰しないか」と澤山に誘いをかけてきたぐらいである。澤山は、日本の大学時代に膝を痛め、本来のポジションであるキャッチャーとして守れなくなってしまい、選手としてのキャリアを終えたのだが、出口は一塁での起用を考えていた。実際、去年レギュラーで一塁を守っていた田端《たばた》は守備に難があり、エラーには記録されない彼のミスで何点かを失ったのは間違いない。田端よりはお前の方がましだろう、と出口は露骨に言っていた。

しかし、一度「やめた」と決めたのだから、戻らない。男にはケジメが必要だ。

タク——神岡拓実《かみおかたくみ》はバットを振り出したが、ボールと判断して途中でバットを止めた。審判が、一瞬間を置いて「ボール」を宣告する。三番を打つ神岡は堂々たる体格——チーム最長身の六フィート一インチ《185センチ》あり、去年のリーグの首位打者だ。審判の方でも、こういう選手に対しては一種の「遠慮」が働く。これだけいいバッターが見逃したのだから、ボールに違いない……。

神岡がダグアウトを覗《のぞ》きこんだ。出口が両手を二度叩き合わせ、ユニフォームの胸のマークに触れる。いかにもサインを出しているようだが、これも偽物だ。どうも出口は、事を複雑にすることを楽しんでいる節がある。

出口がベンチに腰を下ろし、足を組んだ。これが本当の「打て」のサインで、足を組まなければ「待て」になる。結果的に、出口はやたらと立ったり座ったりを繰り返すので、試合が終わる頃には選手並みに汗だくになってしまう。他のチームは、ここまでうるさく選手に指示しないのだが……出口は以前、日本遠征で「細かい野球に目覚めた」と言っていた。「ベンチも一体になって戦うべきだ」とも。そのせいだろうか、試合中の選手はいつも窮屈そうだ。

神岡は、次の一球を見逃さなかった。外角低めの難しいボールだったが、迷わずバットを振り出すと、芯で捉える。「キン」という金属音を残して、打球はライト方向に飛んだ。伸びて——伸びて——ライナーでフェンスを越える。神岡はゆっくりと走り出し、ホームランの余韻を楽しむようにダイヤモンドを一周した。

先にホームインした二人のランナーが待っていて、神岡と握手をかわす。

すごいよなあ……澤山は心底感心していた。外角の速球を流し打って、あそこまで飛ばせるとは。澤山は現役時代、ミートには自信があったが、パワーはなかった。神岡のように、ミート力とパワーを持ち合わせたバッターは、本当に羨ましい。

四回を終わって、3対2と逆転。今日先発のエース、横山照雄《よこやまてるお》は立ち上がりが悪く、制球が安定しなかったが、逆転してもらって落ち着いたようだった。左ピッチャーで、右打者の内角に食いこむような速球が武器なのだが、得意のこのボールが走り始める。四回までは、まだ肩慣らしの感じだったのかもしれない。

サード、ショートが処理する打球が増えてくる。特に六回は、三つのアウト全てがサードゴロで、三塁を守る神岡は大忙しになった。しかし逆転のホームランを打ち、強い打球を難なくさばいて調子に乗ると、さらにタイムリーヒットを放ち、朝日は結局5対2でワンダラーズに快勝した。

わざわざ練習試合を見に来ていた熱心なファンから拍手が上がる。出口は上機嫌で、小さなスタンドの観客に向けて手を振ってみせた。それを見た選手たちが、うつむいて失笑する。この監督は、自分がチームで一番のスターだと思っているようなのだ。実際は、妻に頭が上がらないクリーニング屋、冴《さ》えない四十男なのに。

基本的に、朝日の練習や試合は土日に組まれている。平日は皆仕事があるので、その合間、ということだ。澤山も、モアナホテルのドアマンの仕事を、試合優先で組んでもらっている。取り敢えず、上司が野球に理解がある——チケットは毎回特別に融通しているが——人で助かっていた。

　試合が終われば即解散。澤山は、神岡の車に乗せていってもらうことになっていた。神岡の家も、澤山の実家の近くで、やはりパイナップルの栽培をしているのだ。

「いいバッティングだった」

「いや」車のエンジンをかけながら、神岡が不満そうに言った。「ホームランを一本損した」

「二本目のタイムリーか？」

「初回の打席だよ」

　思い切り引っ張って、レフトフェンスまで届く一撃だった。最後は、ワンダラーズのレフトがフェンスに張りついてジャンプし、何とかキャッチした。

「あれはホームランにできた、か」

「少しだけ食いこまれたんだ。あと、ほんのちょっと早くバットが出れば、ジャストミートできた」

「ジャストミートじゃないのにあそこまで持っていくのはすごいよ」

「俺もまだまだ修業が足りないな」神岡が自嘲気味に言った。「もっと練習したいんだけど、その暇がない」

「仕事が忙しい、か」

「まあな」

神岡が、ユニフォームから着替えたTシャツの袖をぐいとまくって太い二の腕を剝《む》き出しにする。窓のハンドルを回して下ろすと、煙草をくわえ、肘でハンドルを器用に押さえたままマッチを擦った。すぐに、車内に白煙が流れ始める。

「煙草吸ってて、よく普通に走れるな」

「煙草ぐらいで変わらないよ」神岡が笑いながら言った。「それより、ちょっとうちに寄っていかないか？」

「いいけど、何かあるのか」

「見てもらいたいものがあるんだ」

「ああ……そうか」彼が何を見せたいかは分からないが、別に見て損することもあるまい。それに、彼の家と澤山の実家は一キロほどしか離れていないから、歩いて帰ることになっても大した手間にはならない。

神岡の車は、仕事でも使う大きなトラックだ。朝日のレギュラー選手全員を荷台に乗せて移動できそうなぐらいである。パイナップル畑の間のガタガタ道を走り、家に辿《たど》り着いた時には、澤山は何だか全身の骨が緩んでしまったような感じがしていた。

家の前にトラックを停め、歩いて裏手に回る。そこで澤山は、ネットを張ったフレームを見つけた。近くには籠に入ったボール、そしてバットも置いてある。

「バッティング練習用か？」

「ああ」

「自分で作ったのか？」木製のフレームは、少し歪《ゆが》んでいて、いかにも手作りという感じだった。

「二週間ぐらいかかったよ」神岡が笑う。「仕事の後にやってたから」

「大丈夫か、これ？」澤山はフレームを摑んで少し揺らしてみた。ちょっと緩い感じがする。下は、砂か何かを詰めた袋で固定しているが、どうにも危なっかしい。

「まだ使ってないんだよ」

「せっかく作ったのに？」

「うちは、誰も野球に興味がないからなあ」神岡が頭をがしがしと搔《か》いた。

「ああ……そうだよな」広島出身の神岡の両親は、この農場を育て上げるのに全ての力を注ぎこんだ。今は使用人もいて、かなり大きな規模でやっているのだが、そうなったらそうなったで楽ができるものでもなく、今でも仕事に追われる毎日だ。神岡の下には妹が二人。というわけで、神岡一家の中で野球をやる——興味があるのは彼一人だった。

「タカ、少し練習を手伝ってくれないか？」

「いいよ」

神岡が笑みを浮かべ、バットを手にした。試合の後で体は解れているはずだが、何度か素振りを繰り返す。間近で見ると、本当に迫力のあるスイングだ。空気を切り裂く鋭い音は、かすかに風圧を感じるほどである。

「よし、頼む」

澤山は籠の前にしゃがみこみ、ボールを手にした。斜めの位置から、構えた神岡の前にボールを投げる。ストライクゾーンでいうと、ちょうどど真ん中。神岡が、鋭いスイングでボールを打ち返した。間近で聞くと、何かが爆発したような強烈な音である。打球は、ネットを突き破りそうな勢いだった。

二球、三球と続ける。これはなかなかいい練習になるな、と澤山は納得した。そう言えば、日本で所属していた法政大学の野球部にも、こういうものがあった。

言葉が途切れ、神岡のバットが空を切る音、打球音だけが響く。籠の中のボールが少なくなってきた。最後の一個——少しコースがずれた。神岡が窮屈そうな振りでボールを捉えたが、直後、激しい音が響き、木製のフレームが瞬時に崩壊する。

「ああ、クソ!」神岡がバットを地面に叩きつけた。

「お前、馬鹿力過ぎるんだよ」澤山は呆れた。

打球が直撃した木製のフレームが真っ二つに折れ、網がだらりと垂れて地面に広がってしまっている。

「これ、作り直しだな」神岡が残念そうに言った。

「そもそも小さいんじゃないか？　もう少し大きくしないと、打ち損じた時にぶつかって、また壊れるよ」

「そうだなあ」

「そうじゃなければ、鉄のフレームにするとかさ」

「俺は、溶接はできないよ」神岡が肩をすくめる。

「ワンダラーズのジミー・ホワイト。あいつの家、自動車修理工場をやってなかったかな」

「ああ」神岡がうなずく。「頼んでみるかな。でも、ふっかけられそうだ」

「敵だからな」

「頼むにしても、後にするよ。あいつ、今日は四打席凡退だから、苛々《いらいら》してるだろう」

「ジミーは気が短いんだよ。野球向きじゃない」

二人は笑い声を交わした。神岡が、何か飲んでいかないかと誘ってくれたので、喜んで受け入れる。大して体を動かしたわけでもないのに、やけに喉が渇いていた。

ボールを拾い集め、壊れたフレームを片づけてから、家の裏手にあるポーチに腰かける。神岡はパイナップルジュースを用意してくれた。澤山も毎日のように飲んでいるので飽き飽きした味なのだが、汗をかいた後にはこのしつこい甘味がありがたい。

神岡が大きなグラスに入ったパイナップルジュースを半分ほど飲み、煙草に火を点ける。空を見上げて煙を噴き上げると、急に真顔になった。

「あのさ、例の日本行きの話、どうなった？」

「向こうから新しい情報がこないから、詳細が分からないんだ」しかし依然として澤山は、行く気満々である。

「日本ねえ……六月だっけ？」

「ああ」

「六月だと、今年のリーグ戦はできないんじゃないか？」

「そうなるな」毎年、リーグ戦は五月から六月にかけて行われる。

「リーグ戦を欠場して日本か……どうなのかね」

彼が何を気にしているかは分かる。ハワイリーグに参加しているチームの選手は、全員が他に職業を持っている。いわば半分プロのようなものなのだ。試合で入る入場料は、基本的に対戦する両チームの選手に分配される。その金額は、決して少なくない。貴重な臨時収入だ。

「金のことを心配してるんだろう？」

「そりゃそうだよ。あそこで儲《もう》かる金は、全部俺の懐に入るんだから」

「家でも給料、もらってるんだろう？」

「一応会社になっていて、俺は社員だからな」言った直後、神岡の顔が歪む。「だけど親父《おやじ》は厳しくてさ。試合や練習で仕事を休むと、その分は給料から引かれる」

「会社だったらしょうがないさ。俺だって、ホテルの仕事を休めば、その分の給料はもらえない」

「俺も、ここじゃなくて他の仕事を探せばよかったよ。果物相手だから、時間の自由がないんだよな」

「それは俺も知ってる」

「お前、日本へ行ってたんだよな」神岡が突然話題を変えた。

「ああ」

「どうだった？　どんな国なんだ？」

「静かだよ。大人しいというか」それは初めて日本に上陸してから離れるまで、変わらぬ印象だった。

「静かって？」

「人が大人しいんだ。声高に議論したり、喧嘩《けんか》したりは日本流じゃない」

「何だか張り合いがないな」

「いや、慣れるといいぞ。いい国だ」

澤山は日本の中学に一年通い、その後に法政大学へ入学した。ハワイに住む日系人は、子どもたちを日本へ「留学」させることがあり、澤山の場合も、熊本出身の両親が「今は余裕があるから行ってこい」と勧めてくれたのだ。父の兄が東京で働いているので、後見人になってくれた。

「そんな静かなのは、俺には合わないな」神岡がジュースを飲み干す。

それはそうかもしれない、と澤山は思った。神岡はチームでも一番賑《にぎ》やかな男なのだ。試合では他の選手を鼓舞して引っ張り、ビールパーティがあれば一番たくさん呑んで一番騒ぐ。ただ騒がしいだけではなく、リーダーシップもあり、マッキンリー高校——日系人がたくさん通っている——の野球部ではキャプテンを務めていた。

「日本に興味、ないか？」澤山は訊ねた。

「ないわけじゃないけど……親父たちは、よく日本の話をしてる。でも、聞いてもピンとこないんだ。広島って、結局田舎だろう？」

「いや、そんなこともない。中国地方では一番大きな街だ」

「ふうん……ホノルルと、どっちが大きい？」

「たぶん、広島」

「そうなのか」神岡が目を見開く。

彼の人生は、今のところオアフ島で完結してしまっている、と澤山は気づいた。地元の農園に生まれ、地元の高校に通い、今は親が経営する農園で働いて、空いた時間に野球をやっている——それが死ぬまで続くことに、閉塞感を抱かないのだろうか。

「お前は日本贔屓《びいき》だから、行きたいんだろうな」

「日本の野球はレベルが高いんだぞ。今まで朝日は、日本の大学と何度も対戦してきただろう？　向こうがこっちへきたり、朝日が日本に遠征したり。戦績は勝ったり負けたりなんだ。ハワイの野球のレベルは、日本の大学と同じぐらいだと思う」

「へえ」

「日本には、プロの野球ができたんだよ」澤山が帰国する直前だった。

「メジャーリーグみたいなものか」

「ああ。でも、できたばかりだから、メジャーよりはずっとレベルが低いと思うけどね。でも、金を稼げる選手がいるっていうことは、それだけ実力がある証拠だろう？　そういう国で試合をすると、朝日のレベルも上がるんじゃないかな」

「でも、プロと試合するわけじゃないだろう？　学生相手じゃないのか？」

「その辺は、俺にはまだ分からない。何しろ、向こうから詳しい情報がまったく届いてないんだ」澤山は肩をすくめた。

「日本には知り合いも多いのか？」

「全部、野球で知り合った人たちだけどな。今回連絡をくれたのも、ライバルチームの選手だった男なんだ」

「ライバル転じて友だち、か」

「いい男なんだよ。ショートやセカンドで、いい守備を見せていた。堅実なタイプだ」

「野球選手としてと、人間としては違うだろう」苦笑しながら、神岡が新しい煙草に火を点ける。「しかし、そんな人が、どうしてお前を誘ってきたんだ?」

「詳しい事情は分からないんだけど、彼は大学を卒業してから、大日本体育協会というところで働いているんだ」

「ああ、そう言ってたな。その大袈裟な名前の協会は何なんだ?」

「日本のスポーツを統括する団体だよ。オリンピックの時に窓口になったりする」

「そう言えば、日本って、オリンピックを返上したんじゃなかったか?」

澤山は無言でうなずいた。日本とオリンピックの関わりは、ハワイでも関心を持って受け入れられていた。日系人の故郷に関する感覚は微妙なものだが、移民一世は、やはり日本に特別な思い入れがある。澤山の父親たちも、オリンピックでの日本人選手の活躍に興奮していたものだ。そう言えば、金栗四三《かなくりしそう》というマラソン選手の話を延々と聞かされたことがある。オリンピックに三度も出てマラソンを走った金栗は、澤山の父親の出身地の隣町で生まれ育ったのだという。父親にすれば、金栗は「故郷の英雄」という感じかもしれない。それ故、父親はオリンピックでの日本人選手の活躍に期待を寄せていたのだろう。

「日本でオリンピックって言われても、何だかピンとこないんだけどな」神岡が、煙草の灰を地面に落とす。「オリンピックを開催できるような力があるのか？」

「あのな、お前が想像しているより、日本はずっと大きい国なんだぞ。皆真面目に働くから、金もある。東京なんて、世界に冠たる大都市だ。実際、オリンピックの誘致には成功したんだし」

「想像もつかないな……でも、結局返上したじゃないか」

「それは時局に鑑みってことだろう。中国での戦争が大変なんだ」

「何だかなあ」神岡が頭の後ろで手を組んだ。「戦争をしてる国に行って野球をやるのも、何だか気が進まない。危ないこと、ないんだろうな？」

「戦争は中国でやってる。日本では何もないよ。心配するな」

「そうか……」

「お前、そんなに日本が嫌いだったか？」

「嫌いというか、よく分からない。日本まで、どれぐらいかかるんだ？」

「船で十日ぐらいじゃなかったかな」今思えば、日本へ行く船に乗った瞬間から日記をつけておけばよかった。見るもの全てが新鮮で、強烈に記憶に残るだろうと思っていたのだが、ほんの数年前なのに思い出せないことも多い。日記をつけておけば、かなり正確に思い出せたはずなのに。

「十日か……行くだけで十日だろう？　向こうにはどれぐらいいるのかな」

「分からない」

この新しい競技会——日本にいる時、澤山は聞いたこともなかった——がどれぐらいの規模で、何日ぐらい続くのか、まったく情報がなかった。

「分からないことだらけじゃないか」

「悪いな。すぐに詳しい情報が入ってくるとは思うんだけど……向こうからくる手紙を待って、判断してくれないか？」

「うん、まあ……話は聞くよ」神岡が太い指をいじった。

「乗り気じゃないな」

「何だかよく分からないからだよ。もう少しはっきりしたら、前向きに考えられるかもしれない」

「分かったら、すぐに教えるよ」

「とにかく……まあ、お前が行きたがるのは分からないでもないけど、チーム全体で意見が揃《そろ》うとは限らないぞ」

「分かってる。でも、皆に納得してもらうよ。特にお前には、俺の味方になって欲しい。絶対日本に行こう。行けば、必ず新しく見えてくるものがある」

「そうか」

神岡が膝を叩く。そろそろ帰ってくれ、の合図だと判断して、澤山は立ち上がった。

「送ろうか？」言って、神岡が煙草を地面に押しつける。

「いや、いい。歩くよ。虹も出てるし」

「そいつはいいや」神岡が笑みを浮かべたが、心からのものではなかった。

オアフ島ではしばしば虹が出る。島の中心部にある山地に、頻繁に雨が降るためだ。あまりによく出るので感動することもないが、見れば何となく縁起がいいような気はする。

その虹を眺めながら、澤山は未舗装の道路を歩いて実家へ向かった。時々、パイナップル農家のトラックが通り過ぎ、激しい土埃《つちぼこり》を巻き上げていく。この辺も、ワイキキの中心部と同じように舗装してくれればいいのに。舗装路は足に優しくないが、こういう埃は気にしなくて済む。

澤山は、普段はモアナホテルの近くに借りている家から職場に通っているのだが、週末はよく実家に戻る。父親はともかく、母親は顔を見たがっているし。

澤山の実家は、パイナップル農場に加えて、缶詰工場を経営している。幸いというべきか、物心ついた頃から家は比較的裕福で、金に困った記憶はない。だからこそ、日本へも留学できたのだが、その件では未だに父親に対して負い目のような気持ちもある。

日本で小学校を出た後、家族の口減らしのためにハワイに渡ってきた両親は、四十年以上ずっと、苦労を続けてきた。五歳年長の兄が幼かった頃はまだ事業も軌道に乗らず、かなり苦しい生活だったようだ。しかし澤山、それに三歳年下の弟はさほど苦労を知らずに育ってきた。

家に戻ると、その弟が暇を持て余していた。澤山の顔を見ると、ぱっと表情を明るくする。

「兄さん、キャッチボール、やらない？」

「いいよ」マッキンリー高校からハワイ大学へ進んだ弟は、今年卒業を控えている。農場の仕事は兄が全面的に引き受けていることもあり、澤山と同じように家を出て、銀行で働く予定になっていた。そんな歳《とし》になってまで、兄とキャッチボールをしたがるのもどうかと思うが。

弟がグラブを持ってきて、二人は庭でキャッチボールを始めた。ちょうど工場での仕事を終えて戻って来た父親が、ポーチに座って煙草をふかしながらその様子を見守る。しばらく無言で見ていたが、やがて澤山に声をかけた。

「お前、また野球をやる気はないのか？」

「それはないな」澤山はすぐに答えた。一度やめたら戻らない——その決心は強い。

「できそうじゃないか。いい球、投げてるぞ」

そう言われても、と澤山は苦笑した。

父親は、もともとスポーツ好きだった。子どもの頃は「村で一番足が速かった」のが自慢で、もしもハワイに来ないで日本にいたら、オリンピックにだって出られたはずだ、とよく言っている。それはホラだろうと思うが、年齢の割に頑健な体を見ると、あながちホラではないかもしれないと思えてくる。

日本にいる時は野球に興味はなかったというが、ハワイに来てからその面白さに目覚めたようだった。ハワイでは前世紀から野球が盛んで――野球のルールを制定したアレクサンダー・カートライトが人生の後半をホノルルで過ごしたことにも起因しているらしい――週末ともなると、あちこちで試合が行われているから、観戦する機会はいくらでもあるのだ。父親はさすがに自分でプレーするつもりにはならなかったようだが、その入れこみ具合は相当なもので、生活が安定してからは、ハワイ朝日に毎年かなりの額を寄付している。日系人のチームということで特に思い入れが強いのだ。澤山にこのチームでマネージャーをやるように勧めてくれたのも父である。

「そう言えば、日本行きの話はどうなった？」父がいきなり訊ねた。

「まだ分からないんだ。これから詳しいことを書いた手紙が届くはずなんだけど」

「絶対行ってこいよ。日本でハワイ朝日が試合するなんて、名誉なことなんだから」

「もちろん俺は行くべきだと思うけど、チーム全体の雰囲気がね……」澤山は耳を掻いた。強硬な反対派はいないが、何となく反応が薄い。興味がない、という感じだろうか。

「ちゃんと説得しろ。それもマネージャーの役目だから」

「そうなんだけどさ……」

「どうだ、これから縁起担ぎでカートライトの墓参りにでもいかないか」

「いや……」澤山は苦笑した。

父は何かあるとすぐに「墓参り」「神社へ参拝」を言い出す。ハワイには日本の神社もあるから、そういうところへ行くのは何となく分かるが、墓参りがカートライトの墓、というのはどうにも理解し難かった。日本では様々な機会に祖先の墓を参る習慣があるそうだが、カートライトはそもそも澤山家とは何の関係もない。父親は「野球の祖先」という意味で崇拝しているだけだ。

オアフ墓地にあるカートライトの墓には、澤山も何度か参ったことがある。なかなか立派な墓で、誰が供えるのか、いつも野球のボールが置いてある。噂では、かつてベーブ・ルースもここにきたことがあるという。ベーブ・ルースが墓参というのも、何だか想像しにくい光景だが。

父親が家に引っこみ、キャッチボールも終わりになった。弟と並んでポーチに腰かけ、少し涼しくなってきた風で体を冷やす。夕方のこの時間が、澤山は一番好きだった。ホテルにいれば、一日の勤務が終わってほっとする時間帯。気温は少し下がり、昼間の強烈な陽光で火照《ほて》った肌を冷やしてくれる。

澤山は親指でスピンをかけながら、ボールを高く投げ上げてはキャッチする動きを繰り返した。隣に座る弟の視線が、ボールの動きに合わせて上下する。

「兄さんは器用だねえ」

「こんなことができても、金にならないよ」澤山は自嘲気味に言った。「お前は頭がいいんだから、うんと金儲けして父さんたちに楽させてやれよ」

弟は、ハワイ大学で経営学を学んでいる。取り敢えず銀行に就職することが決まっているが、将来は農場と工場の経営を近代化してさらに大きくするのもいいだろうし、普通の企業で経営者を目指すのもいい。そういうことを考えるべき人間だと澤山は評価していた。ちょっとぐらい野球が上手いよりも、やっぱり頭がいい方が将来有望だ。いくら野球が上手くても、それで生活できるだけの金を儲けられるわけではないのだから。もちろん、本土《メインランド》へ行けば大リーグがあるし、日本で職業野球の選手になる手もあった。しかし大リーグなど夢のまた夢だったし、日本の職業野球にも誘われなかったのだから──発足時で大学の選手は引っ張りだこだった──自分の腕の限界は分かっている。膝の怪我《けが》もあったし、野球は所詮、若いうちだけの「遊び」なのだ。帰国した時にもそれは十分意識していて、ハワイ朝日のマネージャーをやれと言われた時にも躊躇《ためら》った。自分でプレーするわけでもないのに、チームに関わり続ける意味はあるのか？　結果的に新しい仲間ができたことは嬉《うれ》しかったが、それでもチームメートが潑剌《はつらつ》と試合をしているのを見ると羨ましく感じる。

何というか……自分の人生は中途半端なんだよな、と思う。まだ何事も成し遂げていないし、これから何かできるとも思えない。

「日本へ行って大会へ参加するのは、大変なことなんだろうね」弟がぼそりと訊ねる。

「金は向こう持ちみたいだけど、大人数を引き連れていくのは、やっぱり大変だろうな。日本へ行ったことのある人間は監督と俺ぐらいだし。初めて行く国だと、何が起きるか分からない」

「日本にいた時、何が一番大変だった？」

「寒さかな」

「寒さ、ねえ」

ハワイでも雨季の時など、半袖では震える晩もある。とはいえ日本の寒さは、ハワイにしか住んだことのない人物には理解できないだろう。澤山も日本で初めて雪を経験して、仰天したのだった。知識としては知っていたが、街が白く染まり、一晩で景色が一変してしまったのを見た時には、異国にいることをつくづく感じた。とにかく日本は四季が豊かで、季節の変わり目には澤山もよく風邪を引いていた。ハワイにいる時には、風邪など引いたこともないのに。

「僕も行ってみたかったけど、そういう機会はないだろうな」弟が寂しそうに言った。

実際、そういう話はあったのだ。しかし弟は喘息《ぜんそく》持ちで、急な環境の変化は体によくないと、医者に止められてしまった。愚痴をこぼすことはないが、本気で日本の大学で学びたかったことを、澤山は知っている。

「いや、まだチャンスはあるよ。そのうち、飛行機で簡単に行けるようになるんじゃないか」

「空を飛ぶのは、考えただけでも怖いけどね」弟が肩をすくめる。「兄さん、やっぱり日本へ行ってくれよ。それで今度は、一杯写真を撮ってきてくれ。大学時代は、せっかく日本にいるのに、全然写真も撮ってこなかったんだから」

「カメラがなかったんだから、しょうがないだろう」

「今度はカメラを持っていってさ。僕も、日本の様子は見たい」

「分かった」

今は、「日本へ行きたい」という気持ちがどんどん強くなっている。かつて学んだ国。今ももう一つの故郷と思う国。そして何より、友が住む国。石崎、お前は今何を考えている？　どうして俺たちに声をかけてきた？

第二章　闘　争

I

昭和十四年十一月（1939年11月）

内務大臣官房秘書官。

肩書きだけ聞くといかにも偉そうだが、石崎の目の前に現れた富田《とみた》という秘書官は、まったく偉そうに見えなかった。小柄で小太り。丸顔に丸眼鏡のその顔は、喜劇俳優の古川《ふるかわ》ロッパに似た感じがする。

その柔らかい表情を見ても、石崎の緊張が解れたわけではなかったが……内務省に呼びつけられたので、どうしても「敵陣」の中で孤立した感じになってしまう。

「ええと……」富田が探るような口調で切り出した。「わざわざ末弘先生においでいただき、申し訳ありません。お忙しいでしょう？」

「呼ばれれば出てきますよ」末弘が硬い口調で言った。今のところ、対決姿勢を明確にはしていないが、いつでも遣《や》り合える、と覚悟を決めているに違いない。議論になったら末弘は絶対的に強い。

「オリンピックに代わる、新しい競技会を計画しておられるそうですね」

「ええ。もう準備に入っています。何しろアジア各国の選手を招く大規模な大会になりますので、時間が足りません。アジアの盟主として、参加する各国の選手たちには最高の試合を戦って欲しいですからね。おもてなしの心で臨みます」

「なるほど」富田が手元の書類に視線を落とした。ひどく小さな字で、反対側から見ている石崎には、何が書いてあるのかまったく読めない。「時局に鑑みてオリンピックが中止になった、ということは、ご理解いただいていると思いますが」

慇懃《いんぎん》無礼《ぶれい》な口調が、気に障り始める。こういう人は、上の命令を守るためならどんな手でも使いそうだ。

「それはよく分かっています。しかし、紀元二千六百年記念行事として大規模な大会を開催することは、オリンピック返上を決めた時点で、政府と合意が取れています」

そのタイミングで、石崎は鞄から念書を取り出して富田に渡した。富田は眼鏡を額に上げ、念書に顔を近づけて確認した。

「これがあることは承知していますよ」富田が、念書をそっと石崎に返した。

「念書と言いましたが、正式な政府文書のようなものですよ。紀元二千六百年は、日本にとって極めて大事な年ではないのですか」末弘がさらに切りこんだ。

「国民の意識を一つにするためにも、大事な一年ですね」うなずき、富田が同意する。

「そのためにも、大規模なスポーツの大会が必要でしょう。スポーツは特に、若者が力を発揮する場ですから、若い人たちにも紀元二千六百年を意識してもらえる」

「まあ、しかし、他にもいろいろな記念行事が予定されていますからね。美術展覧会や武道大会……全国で、様々な催しが行われるわけですから、はっきり言えばもう十分ではないですか」

「スポーツは、国威発揚のためには非常に効果的ですよ」末弘は引かなかった。「オリンピックでの日本人選手の活躍で、日本国民がどれだけ一体感を得たか、あなたもご存じでしょう」

「私は、まあ……スポーツにはあまり興味がないもので。海外で開かれる大会だと、直接見るわけにもいきませんからね」

「だからこそ、日本で大会を開きたいんです。それで、多くの人が一流選手の活躍を直接見ることができます。これは、日本国民の意識を一つにするために、大変役立つと思います」

「仰ることは分かりますが、わざわざ手間と金をかけて、無理に開催するようなものではないでしょう」

「金の心配はいりません。オリンピックに向けて積み立てていた資金もあります。寄付金も集まるでしょう。これだけ大きな大会をやるとなると、我々の仲間が無償で手を貸してくれますから、人手も十分あります。施設も、これまでに完成しているものを上手く利用します」

「なるほど……とはいえ、やはりご一考いただけませんか？　時節柄、あまり派手な催しはいかがなものかと。こうして我々が話している間にも、中国では若者たちが戦っているんですよ？　スポーツとは関係のない若者たちが」

「そういう若者たちも、勇気づけられるんじゃないですか。彼らの友人や知り合いが大会で活躍すれば、励みになるはずです」末弘は一切引かなかった。

「理屈は分かります。しかしそれは、あまりにも理想論に過ぎませんかね」

「理想を追うのがスポーツの役目でもありますよ」

「まあ、とにかくご一考いただけませんか」富田が引かずに繰り返した。

「誰がこの件に反対しているんですか？　政府と開催の合意が取れていることなのに、この時点で反対される理由が分からない」末弘が突っこんだ。

「そこは、察していただけませんかね」富田がすっと視線を逸《そ》らした。「こういうのは、暗黙の了解ということもあるでしょう」

「それでは納得できませんね」末弘は譲らなかった。

「私としては、言えない――言いにくいこともあるんです」富田は完全に腰が引けている。

「だったら、計画を一考すべしというのは、あなたの個人的な考えということで理解してよろしいですか？」末弘が念押しした。

「いや、それは……」富田が言葉に詰まる。

「あなたの個人的な考えでないとしたら、誰がそう言っているのか、教えていただきたい。その人を説得します」

「そういうことは、していただきたくないんですよね。私にも役目がありますから」

「役目とは、防波堤になることですか？」

「そう考えていただいて結構です」富田があっさり言った。

「分かりました」末弘が大袈裟にうなずく。「一考いたしません。これまでと同じように計画を進めます。何しろ時間がないですからね。来年半ばの開催を目指すためには、遅くとも年明けには実際に動き出さないといけないんです」

「末弘先生――」

「ご期待に応えられずにすみませんが、これは我々の問題です。文部省や厚生省が何か言ってくるならまだ分かるが、内務省から横槍《よこやり》を入れられるいわれはない」

毅然《きぜん》とした口調で言って、末弘が立ち上がる。富田は困惑した表情で末弘を見上げるだけだった。

帰りの車の中で、石崎は末弘の静かな怒りを感じていた。黙りこんでいるので話しかけるわけにはいかないが、必死に考えているのは分かる。

「陸軍だろうな」末弘がぽつりと漏らした。

「陸軍が反対しているんですか？」言った瞬間、石崎は緊張するのを感じた。軍を敵に回したらまずい——。

「そうとしか思えない。君が協会に来たばかりの頃だが、体協は陸軍といろいろあったんだ。前の会長は陸軍中将でね。陸軍から無理に押しつけられたような人事だった」

「確か、半年ぐらいで辞められたのではなかったですか」

「九ヶ月、だったかな」末弘が訂正する。「もともと陸軍は、馬術競技を通じて体協とは深い関係があった。しかし陸軍は、東京オリンピックの馬術競技からの撤退を決めた。何があったかは私にも分からないが、その時に前の会長は辞意を表明したんだ。以来、陸軍と体協のパイプも切れている……さて、どうするかだな」

これ以上は話せる相手がいない、ということか。末弘が悩んでいるぐらいだから、自分にはどうしようもない。どうしようもないことは分かっているが、石崎としては力になれないのが情けない限りだった。

「まあ、こういうのが官僚のやり方だよ」呆れたように末弘が言った。「何事もはっきり言わない。相手に決して言質《げんち》を取らせない」

「そんなものですか？」

「今まで散々、痛い目に遭ってるよ……まあ、考えよう。考える分には金もかからないし腹も減らない」

そんな呑気《のんき》なことを言っていていいのだろうかと、石崎はむしろ心配になった。


体協へ戻ると、末弘はすぐに会長室に入り、下村と相談を始めた。石崎としては待っているしかないのだが、席にどっかと座っているわけにもいかない。立ったままうろうろしていると、滝川に声をかけられた。

「落ち着けって。座れよ」

「そんな気楽にしていられない」

「話し合い、上手くいかなかったのか」

「あれは話し合いじゃない。こっちが一方的に勧告されただけだ」

「計画を中止しろって？」

「そういう風にはっきり言われないから困るんだよ」石崎は顔をしかめた。「一考を要する、だってさ。判断はあくまでこっちに委ねているんだ。でも本音は……分かるだろう?」

「もっと強く言ってきそうなものだけど」滝川が首を傾げる。

「僕には分からないよ」石崎は音を立てて椅子に腰を下ろした。どこへも持っていきようのない苛立ちと焦りが、体全体に満ちていくようだった。

「石崎君!」大声で呼ばれ、またすぐに立ち上がる。会長室から下村が顔を出して、声を張り上げていた。

「はい!」

「ちょっと」

手招きされ、小走りで会長室に入る。後ろ手にドアを閉めると、鼓動が速くなっているのを意識した。末弘も下村も立ったままで、表情が厳しい。難しい話し合いが行われたのは明らかだった。

「今、末弘君から話は聞いた。大変だったな」下村が石崎を労《いたわ》った。

「いえ、私は同席していただけですから」

「そうか。だったら、まだこれから動く力はあるか?」

「もちろんです」

「君には、少し面倒な仕事を頼みたい。これからあるところへ行ってもらう。伝令だ」

「はい」こういうことはよくある。郵便では済まない用事——重要かつ急ぎの手紙を届けるために石崎が伝令役になるのだ。今回もそういうことだろう。下村は、「手紙魔」として知られているし。

「これから手紙を用意するから、少し待ってくれ。なに、すぐに済む」

「どちらへ行けばいいでしょうか」

「大亜連《だいあれん》」

「ダイヤ、ですか？」

「いや、大亜だ。大きいに亜細亜《あじあ》の亜」

下村が苦笑した途端に、石崎はさらに鼓動が跳ね上がるのを感じた。大亜連——要するに国粋主義団体だ。

「もしかしたら、大亜連の代表の……大角光南《おおすみこうなん》さんですか」

「その通り。大光《だいこう》さんだ」

石崎は思わず黙りこみ、唾を呑んだ。右翼の大立者《おおだてもの》にして、政界・財界・軍部などに隠然たる影響力を持っていると「される」。中国などでの秘密工作に関わっていると「される」。何でも「される」になってしまうのは、その活動の多くが地下で行われているからだ。表面上は、憂国の雑誌を刊行するなどの活動をしているが、実際には裏での動きが本筋、と言われている。通称「大光」と呼ばれる大角は、なかなか表に出てこない、正体不明の人物と「される」。

得体の知れない団体の、得体の知れない責任者のところへ行けというのか。緊張感で全身が震えるようだった。

「会長は……面識があるんですか」

「ああ、ある」下村があっさり認めた。「礼儀にうるさい、元気な爺《じい》さんだよ。難しい話をする時に、郵便なんかで頼んだら見もしないだろう。礼儀を尽くして、直接手紙を持っていくしかない。今回は、私たちと面会するように頼む手紙を書くから、君、持っていってくれたまえ」

「大丈夫……なんでしょうか」石崎はこめかみを汗が伝うのを感じた。

「とって食われるようなことはないさ。間違わなければ」

「どうやればいいんですか」急に胃も痛くなってきた。

「礼儀を失さないように気をつける、それだけだ」

そんな抽象的なことを言われても……こちらは礼儀正しくやっていると思っても、向こうがそう受け取ってくれるとは限らない。もしも大角の逆鱗《げきりん》に触れるようなことがあったら、下村にまで迷惑をかけてしまうだろう。こんなことなら、他の人に頼んで欲しい。

「よろしく頼むよ」末弘も下村に同調した。「君は、人の懐に入るのが上手い。その力に期待する」

理事長まで……万が一に備えて遺書を書いておいた方がいいかもしれない、と石崎は覚悟した。

大角は既に七十七歳だが、未だに大亜連の全てを取り仕切っているという。その拠点になっているのは、新橋《しんばし》にある大亜連の本社ビルではなく、霞町《かすみちょう》にある自宅だ。石崎は、そこへ下村の手紙を届けるように指示された。

霞町停留所は、市電二本が通る場所なのだが、一歩裏道に入ると閑散としていて、夜になるとコウモリが飛び交いそうな雰囲気があった。近くに櫻田《さくらだ》神社があるので、何となく石崎の住む街とも環境が似ている。

門構えからするとそれほど大きな家ではないようだが、異様なのは、門の両側に立派な体格の若者二人が立っていることだった。石崎が近づくと、さっと距離を詰めて門の前に立ちはだかる。まさに門番だ。自分より背が高い男二人を相手にして、石崎は一瞬怯《ひる》んだ。

「大日本体育協会会長、下村宏の名代で参りました、石崎保と申します」深く一礼。顔を上げると、門番二人の間隔が少しだけ――石崎が通れるぐらい空いていた。入れてくれる、ということか。

左にいる眼鏡の男が、門に手をかけた。ギシギシという鈍く重い音を伴って、門がゆっくりと開く。

「こちらへどうぞ」眼鏡の男が先に立って中に入る。石崎は念の為《ため》、もう一人の男――柔道選手のようにがっちりしていた――に一礼したが、反応はない。余計なことは一切しないように、と命じられているのかもしれない。それにしても、門番のいる家というのはどういうことだろう。そんなに襲撃を恐れているのか？　やはりまずいところに足を踏み入れてしまったのかもしれない、と恐怖が募ってくる。

大きな門構えからすると、庭はささやかだった。ただ、建物の近くにある大きな桜の木が目を引く。春にはここで花見ができそうだ。

「どうぞ。先生は承知しています」

それはそうだ。自分の目の前で、下村が大角に電話を入れたのだから……あの時の下村の態度は、初めて見るものだった。太い口髭を生やした下村は非常に威圧感のある人物なのだが、その彼が電話口で何度も頭を下げていた。

眼鏡の男の案内で、家に入る。中にはひんやりした空気が流れていて、嫌でも背筋が伸びた。突然障子が開いて、日本刀で斬りかかられてもおかしくないような感じがする。喉がカラカラだった。

家の中はかなり複雑な造りで、石崎は一度末弘のお供で行った料亭を思い出した。待合のような雰囲気がないでもない。通されたのは八畳間二つをつないだような部屋で、床の間の前に一人の男があぐらをかいている。眼鏡の男が「大角先生です」とだけ言って引き下がった。

大角は着物姿で煙管《キセル》を吸っているのだが、何だか銅像のような感じがする。体は大きく、どっしりしていて、とても七十七歳の高齢には見えなかった。完全な禿頭《とくとう》で、頭は電球の光を照り返して白く光っている。石崎は、僧兵などという言葉を思い浮かべていた。

どこに座っていいか分からず、石崎は二間続きの部屋の、床の間の反対側で正座した。そのまま頭を下げ、ゆっくりと五つ数える。大角好みの礼儀は、こんな感じで大丈夫だろうか。

「大日本体育協会の理事長秘書をしております、石崎保と申します。本日は、会長の下村からの手紙をお届けに参りました。お受け取りいただけますでしょうか」緊張に加えて、部屋が冷え切っているせいもあり――大角は平気な様子だが――声が震えてしまう。

大角がゆっくり顔を上げ、石崎を睨みつけた。まさに刺すような視線……左手に煙管、右手は火鉢の上に置いたまままったく動かない。恐怖を何とか抑えつけ、石崎は背広のポケットから封筒を抜いて立ち上がった。このまま持っていっていいものか？　しかし、動かないと手紙を渡せない。石崎は大角の二メートルほど手前でゆっくりと正座し、腕を伸ばして封筒を畳の上に置いた。何だか時代劇みたいだと思いながらそのまま下がろうとしたが、大角が声を張り上げる。予想外に甲高く、よく通る声だった。

「もっと近くへ」

慌てて封筒を取り上げ、彼が座っている座布団のすぐ前に置いてから、急いで二メートルほど下がった。大角が大儀そうに屈《かが》みこみ、封筒を取り上げる。

「何だ、君は。殿様に密書を持ってきた家来のつもりか？」

「いえ、そういうわけでは……」

「普通に渡せばいいんだ。江戸時代じゃあるまいし」

「申し訳ありません」かえって無礼だったかと焦り、深々と頭を下げる。

「ふむ……」

大角が分厚い唇をねじ曲げる。乱暴に封筒の封を破ると、下村の手紙を引っ張り出した。指先を舐め、手紙をゆっくりと読んでいく。トンボを思わせる大きな目の動きは、どこか気味が悪かった。不気味さ、怖さの原因はもう一つ。彼が背負った床の間には、掛け軸の他に日本刀が置いてあるのだ。あれを取り上げて、「斬り捨て御免」ときたら……全力で逃げ出すしかない。さすがに、七十七歳の人間よりは早く動けるだろう。

大角が手紙をゆっくり畳んで封筒に戻した。

「下村君は――君たちは、こんなことを考えているのか？　こんな大会を」

「はい」石崎は背筋を伸ばした。声が少し掠《かす》れてしまう。

「このご時世に……オリンピックを返上したのに、別の大会を開く？　それは筋が通らないのではないか？」

「紀元二千六百年記念です。私たちスポーツ界の人間も、紀元二千六百年を祝福したい気持ちは同じです」こういう風に話していると、気持ちがじゃりじゃりする。

「他にいくらでも行事はあるだろう」

「オリンピック返上が決まった時に、それに代わる大会を開催することは、政府との間で合意が取れていました」必死に反論しながら、石崎は背中が汗で濡《ぬ》れ、シャツが張りつくのを感じた。いつの間にか部屋の寒さは感じなくなっている。この人に、一々逆らうようなことを言って大丈夫なのだろうか？　今のところ、大角の口調にも態度にも変化はないが。

「君は、今、中国で必死に戦っている若者たちのことを考えているのか？　君と同世代の若者たちが命を懸けているんだぞ？」

「承知しています。私の友人も、中国で戦っています」

「日本でこんな大会を開いても、中国で死と隣り合わせでいる若者たちには気持ちは届かない。彼らにすれば、自分たちとは関係ない世界の出来事だ。それにわざわざ金をかける意味はあるのか？　今は、金を使うべきところは別にあるだろう」

「予算については、オリンピックで使う予定だった予算をそのまま流用できます。それほど大変なことではありません」

「生意気を言うな！」大角が声を張り上げた。「こういうご時世でなければ、好きにやればいい。しかし、今こんな大会を開いても、誰も見向きもしないぞ」

自分はただの伝令だぞ、と石崎は自分に言い聞かせた。つい反論して言い合いになってしまっているが、下村の手紙を届け、面会を受けてもらえるかどうか確認するだけが仕事である。これで大角を怒らせてしまったら、下村の面子《メンツ》も潰してしまうことになる。

「申し訳ありません」石崎はさっと頭を下げた。「私はこの手紙を預かってきただけで、大角先生と話をする許可は与えられておりません」

「話をするぐらいは自由だ。君は、自分が単なる操り人形だと思っているのか？」

「自分には職分があります」

「明治維新は、職分を乗り越えた若者たちの力で実現した。君はどう思う」

石崎は黙りこむしかなかった。こういうスポーツの大会と明治維新を同列に並べられても……大角が、右肩をぐっと前に押し出すようにして身を乗り出す。十分距離があるのに、彼の息遣いも感じられるほどだった。

「私は……私は、こういう時だからこそ、日本の力を示すために大きなスポーツの大会を開くべきだと思っています。戦時中であっても、世界の国を招いた大会を開くことで、日本には余裕があると主張できます」

ああ、僕は何を言ってるんだ……石崎は顔から血の気が引くのを感じた。こんなことは本音でも何でもない。本当は、戦争とスポーツは切り離して考えるべきだと思っている。東京オリンピック返上が決まった時、石崎は砂を噛《か》むような不快感を味わった。戦争は、政治——外交の失敗の果てである。そんなことにスポーツが影響されてはいけないはずなのに。しかし今は、どんな手を使っても大角の気持ちを引きつけておかねばならない。

「戦争で戦っている私と同世代の人間が苦労しているのは、十分理解しているつもりです。しかし彼らにも、日本のニュースは届くでしょう。日本は安泰だ、スポーツでも紀元二千六百年を祝っていると分かれば、彼らも勇気づけられるはずです。私は、戦地で頑張る仲間たちのためにも、この大会はぜひ実現させるべきだと考えています」

「ふむ……」大角が急に静かになった。畳に置いた封筒を取り上げ、もう一度手紙を引っ張り出して読み直す。「下村君は、私と会いたいわけか」

「はい」

「要するに、軍部で反対している人間が誰かを割り出して、そいつに反対を取り下げるよう私に説得して欲しい——そういうことだな？」

「私は、手紙の内容については把握しておりません」

「本当にただの伝令——使いっ走りかね」大角が鼻を鳴らした。

「……申し訳ありません」

「まあ、いい」大角が、封筒を懐に入れた。「これは確かに預かった」

「どうぞ、よろしくお願いします」何とか一山越えた、とほっとする。

「そう言えば――君は、野球選手ではなかったか？」大角が唐突に切り出した。

「はい――あの、大学時代まで」突然何を言い出すんだ？　訝りながら石崎は認めた。

「立教だな」

「はい。立教大学野球部です」

「君の試合を見たことがあるぞ」大角が、太い人差し指を石崎に突きつけた。「あれは……四年前の早稲田戦だ。君は、見事な三塁打を放った」

石崎は一瞬言葉を失った。その試合、そして三塁打のことは覚えている。一塁走者が三塁を回ったところで足を滑らせて一瞬止まらなければ、ランニングホームランになっていたかもしれない。大学時代に打った、唯一の三塁打。

「失礼ですが……大角先生、野球をご覧になるんですか？」

「そんなに詳しいわけではないがね」大角が真顔でうなずく。「うちの若い者が、揃って野球好きなんだ。つき合って、たまに球場に行くよ」

「そうなんですか……」これは何かのチャンスなのか？　分からない。たまたま大角が自分の試合を見ていても、それが今回の大会に関係するとは思えない。

「あの時、君は三塁へ滑りこんで、相手の三塁手とぶつかった」

「――はい」その場面も覚えている。外野からの返球と石崎がサードへ到達するのがほぼ同時になり、石崎はベース上で待ち構えるサードに思い切って突っこんだのだ。サードの姿勢から、ストライクの送球がくるのは分かっていた……結果的に二人は、正面衝突した。判定はセーフ。サードがボールを取り落としたからだが、石崎にも、ホームを狙う余裕はなかった。軽く頭を打って、クラクラしていたのだ。

しかし、立ち上がった時、早稲田のサードがまだ倒れているのに気づき、思わずタイムをかけて手を差し伸べた。

「君はあの時、早稲田の三塁手を助け起こしただろう」

「……そうでした」

「その前は、相手を倒そうという勢いだったのに、急に変わった。あれは、どういうことだったんだ？」

「それは――」石崎は背筋を伸ばした。「それがスポーツマンシップです」

「たまにその言葉を聞くが、私には意味がよく分からん」

「いろいろな意味がありますが……試合の最中は、相手を完全に倒す強い意志でやっていくことだと思います。逆に言えば、それが終われば相手を称《たた》え、怪我をしていれば助けることかと。野球はしばしば間が空きますから、一つのプレーが途切れた時に、相手を助け起こすことは珍しくありません」

「なるほど……武士の情けのようなものか」

「多くのスポーツは西洋から入ってきたものですが……はい。日本でも西洋でも同じような感覚はあると思います。スポーツは、世界共通の言葉なんです」

「君の持論をもう一回聞こうか」

「はい？」何の話だ？　石崎は戸惑いながら、大角の顔を見た。先ほどよりも少しだけ表情が柔和になっている。

「こういう大会を開く意味だ」

「戦地の仲間たちに、日本にはまだまだ余裕があると知らせるためです。そして日本の国力を世界に示すためです」本音ではない。しかし本音だと思わせなければならない。

「結構だ」

「それは――」

「君の主張は分かった。体協全体が、同じ考えということだな？」

「もちろんです」そんな話し合いをしたことはない。石崎の本音ですらない。しかし今は、これで押していくしかないだろう。少なくとも大角は、興味を抱いている様子だ。

「下村君に伝えたまえ。私はいつでもここにいる。連絡してくれて構わない」

「ありがとうございます」石崎は、畳に額がつくほど深く頭を下げた。顔を上げると、初めて大角の笑みが見えた。

「試合と、どっちが緊張した」

「――今です」

大角が、今度は声を上げて笑う。甲高い笑い声は耳に突き刺さるようだった。

「私はそんなに怖いかね」

「先生が怖いというより、先生の後ろにある刀が怖いです」

「あれは竹光《たけみつ》だ」

「竹光……偽物ですか?」

「あそこに収まりがいいものでな。ただし、このことは誰にも言うなよ。皆勝手に怖がってくれて、こちらは助かってるんだ」


何なんだ……外へ出て歩き出したものの、足元はふわふわした感じで、何だか雲の上にいるようだった。シャツが濡れるほど汗をかいていたので、冷たい外気に触れて体が急に冷えてくる。

大角の本音が読めない。愛国主義者の琴線に触れる発言ができたかどうかも分からない。しかし、下村に会うと言ってくれたのだから、自分は役目を果たしたことになるだろう。

大股で坂を下りて行く。市電の停留所はすぐそこだ。とにかく早く体協に戻って報告しないと。

歩いているうちに、気分が落ちこんでくる。

嘘《うそ》をついてしまった。何が「戦地の仲間たちに、日本には余裕があると知らせるため」だ。「日本の国力を世界に示すため」だ。そんなこと、スポーツとは何の関係もない。スポーツはスポーツ。政治や戦争には影響されるべきではない。

しかし今は、スポーツのために戦争を利用していることになるのかもしれない。それが正しいこととは石崎には思えなかった。

Ⅱ

昭和十四年十一月（1939年11月）

翌日、下村は早くも大角と面会した。戻って来ると上機嫌で、「これでうるさい声は収まるだろう」と自信ありげに宣言した。しかし、事はそう簡単には進まない……帰ろうとした夕方、石崎はまた下村に呼ばれた。

「大光さんへの連絡役は、ご苦労だった」そう言いながら、下村の表情は険しい。「君は上手く大光さんに取り入ったようだな。面白い男だ、と言っていた。どんな手を使ったんだ？」

石崎は苦笑するしかなかった。決して取り入ったわけではない。ただ夢中で、必死に喋《しゃべ》っただけだ——本音でも何でもないことを。その気持ちは押し隠して、石崎は大角との会話をできるだけ正確に再現した。下村がどんな反応を示すか分からなかったが、彼は結局「分かった」と言うだけだった。

「この段階では、一番上手い説得だったな」話を聞いていた末弘も認めてくれた。

「しかし……」石崎は思わず言ってしまった。「これは私の本音ではありません。戦争をスポーツに利用するようで、あまりいい気分ではありませんでした」

「そうか。しかしそれで、話は次の段階に入った」末弘は、この件にそれ以上触れようとしなかった。

「次の段階があるんですか？」大角が動いて軍部の然《しか》るべき人を説得して、それで変な圧力はなくなるものだと思っていた。

「大光さんは、私の目の前である人物に電話をかけて、説得してくれた。しかし向こうは納得していなかった。私たちがもう一度、直接話さねばならないだろう」下村が渋い表情で説明する。

「その相手は……」

「白井《しらい》陸軍次官だ」

石崎は、また緊張で背筋が強張《こわば》るのを感じた。昨日から緊張しっぱなしで、肩や背中がひどく凝っている。しかし、まさか陸軍相手とは……。

「今回の大会に反対しているのは、白井次官なんですか？」

「白井次官が代表する陸軍、ということだ。本丸はそこだな」

「大角先生でも説得できないんですか？」

「大光さんと白井次官は、あまり関係がよくない。白井次官は、大光さんに反論できる強い性格の人だ」

そんな面倒な……さらに面倒なことになると、石崎は覚悟した。予想通り、末弘が切り出してくる。

「大角先生が、白井次官と面会できる手筈《てはず》を整えて下さるそうだ。私と下村会長が話すが、君も同席したまえ」

「私は役に立たないと思いますが……」石崎は思わず引いた。

「君は大角先生を説得した。何か、特殊な力があるんじゃないか？」

「とんでもないです」石崎は否定した。「私には、何の力もありません」

「本当に、この大会はやるべきだと思うかね」末弘が、いきなり大前提になる話を振ってきた。

「それは、もちろんです」そもそも自分で提案したことだ。

「だったら、君にも責任がある。一緒に行こう。何かあったらすぐに口を出してくれて構わない」

参ったな……自席に戻り、天井を仰ぐ。まさか、陸軍次官と対決することになるとは——対決だろうな、と覚悟した。穏やかな話し合いで済むとは思えない。

自宅へ帰って背広を脱いだ瞬間、電報が届く。こんな時間に誰だろう……まさか、横浜の実家の方で何かあったんじゃないだろうな? 商売をしている父親が、最近体調があまりよくないと聞いて心配していたのだ。

しかし電報の内容は、石崎が予想もしていないものだった。差出人も——昔からの知り合いである立花長子《たちばなながこ》——旧姓新井《あらい》長子だった。久しく会っていないが、何事だろう。

ヒロアキヒザヲケガ　チユウゴクカラキコク　ヨコハマリヨウヨウインニニユウイン

頭がかっと熱くなった。長子の夫、立花博明《ひろあき》は、石崎の幼馴染《おさななじみ》で、小学校の時に一緒に野球を始めた仲だ。中学校も一緒で、二人で甲子園の土を踏んでいる。右腕のエースで、後ろで守っていた石崎は、いつも安心してその投球を見ていられた。コントロールがよく、キャッチャーのミットは、最初に構えたところから絶対に動かない。石崎はサインでコースと球種を読み、「この辺りに打球がくるな」と予想して外れたことはほとんどない。石崎たちの中学は「鉄壁の守備」と褒め称えられたものだが、その九割は立花のコントロールのおかげである。

今は徴兵され、中国にいたはずだ。負傷して帰って来たのか。

暗くなった部屋の中で、壁の時計を見上げる。午後六時半……横浜療養院がどこにあるかは知らないが、今から行っても会えるかどうかは分からない。明日は日曜日だし、陸軍次官との対決もないだろうから、朝から横浜へ行ってみるか。

しかし、今夜は眠れないだろうと分かっていた。膝を怪我？　あのピッチングがもう見られないのか？

近所の公衆電話から実家に電話をすると、横浜療養院の場所はすぐに分かった。結局ほとんど眠れぬまま、日曜日の朝、食事も摂《と》らずに家を出てしまう。日曜日の午前中から面会が許可されるかどうかは分からないが、とにかく病院まで行かないと気持ちが落ち着かない。

石崎は病院にあまり縁がない。子どもの頃は体が弱く、しょっちゅう医者の世話になっていたと母親が話していたが、そんなに頻繁に病院に通っていた記憶はない。尋常小学校に上がって野球を始めてからは、一度も医者にかかっていなかった。幸い、野球で怪我をすることもなかった。

受付で確認すると、すぐに病室が分かった。急ぎ足でそちらへ向かった瞬間、怪我の具合を確認しておけばよかったと悔いたが、受付では分からないかもしれない。

六人ほどが入れる病室に入った瞬間、ベッドに横たわった立花と目が合う。立花は笑みを浮かべ「よう」と言って右手を上げた。それでほっとして、力が抜けてしまう。取り敢えず、それほどひどい怪我ではない様子だ。

ベッドの脇にいた長子が立ち上がった。しばらく会っていない間に、すっかり落ち着いた様子——彼女も今や立花の妻なのだ、と強く意識する。

「何だ、来てくれたのか」

立花が明るい声で言ったが、石崎の気持ちは晴れなかった。

「ああ……電報をもらった」

「ごめんなさい」長子が、誰に言うともなく謝った。「あなたには言わなかったけど、石崎君には知らせないといけないと思って。心配したでしょう？」

「心配したというか、驚いたよ」

石崎は、近くの椅子を引いてきて、ベッドの脇に腰を下ろした。立花は浴衣姿で、下半身は毛布の下に隠れている。

「どっちの膝だ？」

「右」

右利きの立花が投げる時、軸足になる。石崎は、平静な表情を保つのに苦労した。せっかく、将来がある立場なのに……。

「何があったんだ？」

「撃たれたんだよ。中国兵にも、腕がいい奴はいるんだな。狙い撃ちだったと思う」

立花が他人事《ひとごと》のように言うのが気になる。元々冷静な男なのだが、膝を撃ち抜かれて絶望していないわけがない。これで、この先野球はできるのか？

「まあ、怪我のお陰で無事に日本へ帰ってこられたんだし」

「無事じゃないだろう」石崎は指摘した。「怪我の具合、どうなんだよ」

「……あまりよくないな」立花の顔が初めて曇った。

「投げられるのか？」

「そんなの、今はまだ分からないよ。取り敢えず怪我を治して、それからまず、歩く訓練を始めるんだ。何とかなるとは思うけどな」

「本当に？」

「もう軍に呼ばれることもないだろうし、これからは野球に集中できるよ。ちょっと歩いてみせようか？」

「いや、無理するなよ」石崎は慌てて止めた。

「大丈夫だって」立花がベッドから抜け出した。浴衣の裾から、包帯でぐるぐる巻きにされた膝が覗く。右膝は、伸ばすことも曲げることもできないようだ。もしかしたら、ギプスをはめられ、固定されているのかもしれない。膝の骨をやられたのか……。

立花が松葉杖《まつばづえ》を両脇の下に挟み、ベッドの周りを歩き回った。

「ほら、いけるだろう」

これは「歩いている」とは言わない。上半身の力を使って、完全に松葉杖頼りなのだ。本当に歩けるようになるのだろうか。そして野球は？

中学を卒業した後、立花は父親が経営する書店で働きながら、横浜のクラブチームに入った。都市対抗野球に出場したこともあり、その腕に目をつけられて、発足したばかりの職業野球に誘われた。特に熱心だったのは大阪タイガースで、立花も「腕試ししてみるよ」と胸を張って入団を決めたのだが、実際には一球も投げていない。入団が決まった直後に召集され、中国戦線へ送られてしまったのである。石崎も、職業野球のマウンドで投げる立花の姿を心待ちにしていたのだが。

「無理するなよ」石崎はつい言った。

「いや、平気だ」しかし、額には早くも汗が浮かんでいる。

立花がベッドに戻り、長子が水差しからコップに水を注いで渡してやる。立花は、いかにも美味《うま》そうに水を一気に飲み干した。

「日本の何がいいって、水が美味いことだな。中国の水ってのは、どこへいっても濁っていて、黄色い泥水みたいなんだ。何度も腹を壊したよ」

「君は意外と神経質だからな」

「あの水じゃ、誰だって腹を壊すぜ……とにかく日本は、水も食い物も何でも美味い。こんなところでのんびりしてたら、太っちまうなあ」

「すぐに取り戻せるさ。向こうでは、野球はやってたのか？」

「ああ、経験者が何人かいたんだ。明石《あかし》中学の浅野《あさの》、覚えてるか？」

「もちろん」甲子園で対戦した相手だ。大柄で巧打の三塁手で、立花との対決は、守っていても見応えたっぷりだった。

「あいつが、たまたま同じ部隊にいてさ。時々キャッチボールはやってた。だから、ボールの感触は忘れてないよ」

「そうか」

「でも、だんだん状況が厳しくなって、キャッチボールどころじゃなくなったけどな。厳しいぞ。中国は、お前らが考えているよりずっと厳しい」一瞬、立花の表情が険しくなる。「それで？　お前はどうしてた？　体協の仕事は忙しいのか？」

「今、大変なんだ」石崎は打ち明けた。まだはっきり決まった計画ではないが、立花には話しても大丈夫だろう。

「そんな大きな大会が？」

「実現すれば、だけどな」

「野球もやるのか？」

「僕は強く推してるけど、決定権はない。体協の中では、やっぱり陸上と水泳部門が強いんだ。選手が多いし、今までオリンピックでも結果を出しているから」

「派閥とか力関係があるわけだ。スポーツでは、そういうことは関係ないと思ってたけど」

「そうでもないんだよ。結構政治的だ」

「政治ねえ」立花が首を捻る。「政治とスポーツは、何だか相性が悪いような気がするけどな」

「まあ、いろいろあるんだ」石崎は言葉を濁した。愚痴は零したくない。

石崎は敢えて話題を変え、昔の仲間たちの最近の動向を伝えた。立花は一々うなずいて聞いていたが、今も野球を続けている人間が一人もいないことを知ると、がっかりした表情を浮かべる。

「しょうがないさ。君みたいな選手、百人に一人もいない」

「そうだけど、趣味でやることはできるんじゃないか。せっかく一生懸命やってたのに……お前は、どうしてやめちゃったんだよ」

「まあ、僕には限界があった、ということだよ」

「だらしないなあ。まあ、俺がそのうち、職業野球のマウンドですごい投球を見せてやるから」

石崎は、三十分ほどで病室を辞することにした。元気そうに見えるが、相手は怪我人だ。長時間話して疲れさせてしまってはよくない。それに、夫婦二人の時間も大事ではないか？　結婚してすぐに召集されて、二人で過ごす時間はほとんどなかったはずだし。

「お前、今日、暇か？」

「予定はないけど」

「だったら親父に会っていってくれよ。お前に会いたがってたぞ」

「そうなのか？」

「お前は東京へ行っちゃったから、滅多に会えなくなっただろう」

「東京と横浜なんて、近いよ」

「でも親父は商売があるから、簡単に東京へは出ていけない。お前、実家に顔出してるか？」

「いや、最近忙しくてな」

「義理を欠くなよ」

「分かってる」

「それと」立花が急に真顔になった。「お前らが計画している大会、本当に野球をやってくれよ」

「頑張るよ。上の偉い人を説得しないといけないけど」

「頼むぜ」立花が頭を下げた。「そういう大きな大会で野球をやれたら、素晴らしいじゃないか。俺は職業野球の人間だから参加はできないだろうけど、試合は見てみたい。球場は超満員になるだろうな」

「ああ」

「楽しみにしてるよ」

立花が差し出した右手を握り、石崎はその力強さに驚いた。昔から握力は強かったのだが、それは一切衰えていないようだ。膝以外はまったく健康体というのが、逆に可哀想である。

「じゃあ、君の実家に行ってみるよ」

「ああ。親父によろしく言っておいてくれ」

「何だよ、君は会ってないのか？」

「いや、昨日も会ったけど」

「何だよ、それ」

ようやく笑いが弾《はじ》けたので、ほっとした。思ったよりも落ちこんでいない——またすぐに野球ができるようになると信じているに違いない。

「私、外まで送っていくわ」長子が言った。

「ああ、頼むな」立花がうなずく。

病室の外へ出ると、長子が溜息をついた。

「ごめんね、忙しいのにわざわざ来てもらって」

「驚いたよ。まさか、こんなことになってるなんて」

「戦争だからしょうがないけど……取り敢えず、命に別状がなくてよかったわ」長子が胸のところで両手を合わせた。「これでもう、召集されることはないでしょうね。不謹慎だけど、それだけは安心だわ」

「でも、膝はどうなんだ？　あいつはまた野球ができるって思ってるようだけど、本当のところは……」

「厳しいみたい」長子の目尻に涙が溜《た》まっていく。細い指先で涙を拭うと、震える声で続けた。「先生は、難しいだろうって言ってるの。骨も筋肉も、かなりひどい怪我で……普通に歩けるようになるかどうかも分からないって。一生松葉杖のお世話になるかもしれない」

「そうか……」立花には本当のことは知らされていないのだろう。それを聞かされた長子の苦悩はいかほどのものか。石崎は黙ってうなずくしかなかった。

「たまに見舞ってくれる？　石崎君と話すのが、一番気が紛れると思うから」

「僕より奥さんの方がいいだろう」

「でも私は、野球をやっていたわけじゃないから」

「そりゃそうだ……分かった。また必ず見舞いに来るよ」

それは自分にとっても、試練になるだろう。立花はこれから怪我の本当の具合を知って、苦しむことになるはずだ。二度と野球ができないかもしれないと覚悟した瞬間に居合わせるような勇気は、石崎にはなかった。

重い気分を抱えたまま、病院を出る。歩き出した瞬間、ふと人の気配に気づく。ただの人ではない。威圧感を持った人――顔を上げると、意外な人物に気づいて石崎は驚いた。

若林忠志、大阪タイガースのエース。何でこんなところに？　いや、今は晩秋で、職業野球の試合はない。もしかしたら、立花の見舞いに来たのだろうか。

「若林さん」

呼びかけてしまってから心配になる。若林はハワイ生まれの日系二世である。日本に来てかなりの時間が経つはずだが、言葉は通じるだろうか……しかし若林は立ち止まった。

「タイガースの若林さんですよね？」

「ああ。君は？」普通の日本語だった。がっしりした体格で胸板が厚いのは、さすがに職業野球の選手という感じがする。

「大日本体育協会の石崎と申します」石崎はさっと頭を下げて名刺を差し出した。

「大日本……」受け取った名刺を見ても、若林はピンときていない様子だった。

「はい、あの、オリンピックとか……」

「ああ、そういう協会か」

「あなたの試合を見たことがあります。素晴らしいピッチングでした」

「タイガースで？」

「はい」

「まさか、去年とかじゃないだろうね」若林は何故か不満げだった。

「いえ、今年です。後楽園《こうらくえん》で巨人戦を見ました」

「それなら結構」若林がにこりと笑う。それから急に真顔になって「去年までは、まだ本調子じゃなかったんだ。今年初めて、満足のいく投球ができたよ」と打ち明けた。

「はい。すごいピッチングでした」

褒められて、若林は急に上機嫌になった。言葉は少し頼りない——詰まる時もあるが、外国人が日本語を話している時に特有の抑揚はない。もしかしたら、ハワイで生まれ育っても、家では日本語を喋っていたのかもしれない。いや、確か若林は、日本にきてから、日本人の奥さんをもらったはずだ。それなら日本語で困ることはないだろう。

しかし……どうしてこんなところに？　若林は以前、石崎の家にも近い穏田に住んでいたと近所の人から聞かされたことがあったが、今は当然関西にいるはずだ。ふと思いついて聞いてみる。

「失礼ですが、もしかしたら立花の見舞いですか」

「ああ。君もか？」若林が眉を吊《つ》り上げる。

「昨日、奥さんから電報をもらいまして、慌てて飛んできました」

「私もだよ。私の場合は、球団に連絡が入ったんだが……」若林が周囲をさっと見回し、急に声を潜める。「それで、立花君の怪我はどんな具合なんだ？　撃たれたと聞いて驚いたんだが」

「膝です」

「膝」若林が太い眉をひそめる。「どちらだ？」

「右です」

「右膝か……うーん」若林は天を仰ぎ、頭をがしがしと掻いた。「どれぐらい深刻な怪我なんだ？」

「すみません」石崎はさっと頭を下げた。「私の口からは申し上げにくいです。本人に確認していただけませんか」

本人は「復帰できる」と胸を張るだろうが……その横で、長子が暗い表情を浮かべる場面を想像すると辛《つら》い。父親が大きな書店を経営しているから、仮に野球ができなくなっても食うには困らないだろうが、一生松葉杖頼りの生活はきついはずだ。しかも、自分が豪速球を投げていた時の記憶はいつまで経っても消えない。自暴自棄にならないでくれよ、と石崎は祈った。

「君はもう、引き上げるところか」

「はい。これから立花の実家に挨拶に行くんです」

「急ぐか？」

「いえ」

「だったら、ちょっと待っていてくれないか」若林が左腕を持ち上げて腕時計を見た。

「もう少し君と話したい。どこか、この近くで話ができる場所は……」

「駅からここへ来る途中に喫茶店がありました」

「ああ、いいな。悪いが、そこで待っていてくれないか？　怪我人とあまり長い時間話していると体に障るだろうから、三十分ほどで切り上げるよ」

「分かりました」

若林は何を話したいのだろう。急に石崎に興味を持ったようだが……まあ、いい。今日は急ぐわけではないのだ。それにまだ午前中である。

喫茶店は結構賑わっていて、内密の話をするには向いていない。しかし、一度座ってしまったので、すぐには出られない。仕方なくコーヒーを頼み、新聞を持ってきて目を通し始めた。一面は中国の戦線の記事……立花が傷ついた戦争の話など読みたくないと思っていたが、どうしても目に入ってしまう。まったく、どうしてあいつみたいに将来のある男が召集され、負傷することになったのだろう。こんなことなら、あいつではなく自分が呼ばれればよかったんだ——「誰かの代わり」などできるわけもないが、石崎はついそう考えてしまった。

時々壁の時計を睨みながら待っていると、若林は四十分後に店に入って来た。店内の客の視線が、さっとそちらを向く。野球好きでないと、彼が若林だということは分からないだろうが、それでも独特の強い気配を発しているので注目を集めてしまうのだろう。石崎はすぐに立ち上がった。タイガースの大エースが店内で迷ってしまったら——結構広い店なのだ——まずい。店内を一瞥《いちべつ》した若林がすぐに手を上げ、大股で近づいて来る。

「やあ、待たせてすまない」

「あいつ、どうでした？」

「うん。元気……元気なふりをしていたな」若林の顔が暗くなる。

「分かりましたか？」

「後で奥さんから話を聞いた。再起不能の可能性もあるんだな」

「医者はそういう風に言っていたそうです。立花は、マウンドに戻る気満々ですけど」

「ああ、僕もそう聞いた」若林が両手で思い切り顔を擦《こす》った。「治ると信じているようだが……辛いな」

若林がゆっくりと首を横に振る。それから急に気持ちを入れ替えたように、長い手を高く上げて女給を呼んだ。コーヒーを注文すると、長々と息を吐く。

「偶然君に会っていてよかったよ」若林が無理に笑みを浮かべる。「心構えなしで彼を見たら、ショックだったな」

「僕もショックでした」

「そうだろうね」

「あの、タイガースとしては、立花をどうするんでしょうか。そもそもあいつはまだ、タイガースの選手なんですか」

「応召選手という枠があって、チームに籍だけは残してあるんだ。さすがに給料は出ないけど」

「どうしてそんなことをするんですか？」無事に除隊できるかどうかも分からないのに。

「籍が残っていないと、戻って来た時に他の球団が勝手に引っ張るだろう」

「立花の怪我が治らなかった場合、どうするんですか？　馘《くび》ですか？」

「うーん……」若林が腕組みをした。「今まで、あれほどひどい怪我をして帰ってきた選手はいないんだ。だからどうなるか、まったく分からない。チームの方には、僕から話しておこうと思う」

「若林さん、今はどうしてこっちにいるんですか？　わざわざ立花の見舞いに来たんですか？」

「たまたま東京で知人に会う予定だったから、ついでにだ。ついでと言ったら彼に申し訳ないが、大した怪我じゃないと思っていたんだよ。だから見舞いも持ってこなかった」

石崎は黙ってうなずいた。「調子はどうだい」と軽く声をかけにきたら、相手は再起不能の可能性が高い重傷——いくら若林の肝が据わっていても、動転しないわけがない。

「君も野球をやっていたそうだな。立花君から聞いたよ」若林が突然話題を変えた。

「はい——ええ。大学までやっていました」

「どこだい？」

「立教です。ちょうど若林さんとは入れ違いでした」厳密に言えば一年被《かぶ》っているのだが、一年生の時には、石崎は試合に出られず、対戦したことはない。

「そうか、我がライバル校か。立教には何度も痛い目に遭わされたよ」

そんなことはないだろう。若林は法政の大エースで、昭和九年のシーズンにはチームの全十五試合に登板して法政を優勝に導いた。在学中の通算四十三勝は、六大学の通算最多記録である。

「君はどうして野球を続けなかったんだ？　ちょうど職業野球も始まったところじゃないか」

「そこまでの腕はありません」

「中学で甲子園に出たそうじゃないか。立花君が褒めていたぞ」

「立花は点数が甘いんです。僕たちは、立花におんぶに抱っこで、甲子園に連れていってもらったんです」

「そう卑下しないでもいいんじゃないかな。野球は、ピッチャー一人でできるものではないし……それより、立花君から聞いたが、君たちは大きなスポーツ大会を計画しているそうだな。中止になったオリンピックの代わりに」

「まだ決定したわけではないですが」

「ぜひ、実現してくれ。特に野球はやって欲しい。立花君も、どうしても見たいと言っている」

「立花は、どうしてそこまでこだわるんでしょうか」石崎は首を捻った。「さっき、話したばかりなんですよ。野球を見たいなら、職業野球でも大学野球でもいいのに」

「それは、この大会が君の大会だからじゃないか」

「僕の……ですか？　僕は、体協の中では下っ端ですよ」

「君が関わっていれば、君の大会なんだ。君は野球をやめたかもしれないが、別の形でまだ野球に関わっている。立花君にとっては、それが大事なんじゃないかな」

Ⅲ

昭和十四年十一月（１９３９年11月）

週明けの月曜日、早くも事態は動き出した。陸軍省からの呼び出し——三宅坂《みやけざか》の陸軍省へ来い、という指示を聞いただけで、石崎は震え上がってしまった。

軍服姿の人間を街で見かけることもよくあるし、立花の場合のように知り合いが徴兵されることもある。しかし石崎にとって、軍部はまだ縁遠い存在だった。中国で戦争が行われていることは間違いないのに、どこか遠くの世界の出来事のような感じがしている。しかし日曜日、病院のベッドで寝ている立花を見て、一気に戦争を身近に感じるようになった。今回の呼び出しで、さらに緊張感が高まった。

「まあ、そう緊張するな」下村が、車の助手席に座る石崎に後ろから声をかけてきた。

「陸軍省はただの役所だ。兵隊さんが集まっている場所じゃない」

「そうですか……」

「最初から緊張していたら、上手くいくものもいかなくなる。とにかく平常心だ。平常心で臨めば、道は開ける」

「その通りだ」末弘も同調した。「緊張していると、向こうにつけこまれるからな」

「頑張ります」

「頑張る、と言うのが既に、緊張している証拠なんだがな」

厳しい表情の末弘に言われ、石崎は自分の心の強張りをさらに強く意識した。緊張しないわけがないよな、と思うとさらに緊張してしまう。

陸軍省の建物は素っ気なく、その分威圧感がある。車を降り、末弘と下村の後について歩き出した瞬間、石崎は右手と右足が同時に出てしまったことに気づいた。おい、しっかりしろ、と自分に言い聞かせる。いくら何でも、これはみっともないぞ。

通されたのは、これも素っ気ない、会議室のような部屋だった。待つように言われたので、仕方なく背筋を伸ばしてひたすらじっとしている。客を迎える部屋には、どんなところでも絵の一つぐらいかかっているものだが、ここには見るべきものが何もなかった。

誰も来ない。お茶が欲しいわけではなかったが、呼びつけておいて放置というのは、いくら陸軍省でも失礼ではないだろうか。大日本体育協会の会長と理事長がわざわざ足を運んだんだぞ……。

たっぷり十分ほど待たされた後、ようやくドアが開いた。入って来たのは、ひどく背の高い痩せた男で、身長は軽く六尺（約182センチ）ありそうだった。軍服を着ているのかと思ったが、普通の背広姿である。半分白くなった髪を短く刈り上げ、鼻の下には立派な髭をたくわえている。

「どうも、お待たせして。白井です」

長身を折り曲げるように一礼し、ゆっくりと席に着く。長机を挟んで対峙《たいじ》しているのが、何だか妙な気分だった。まるで取り調べを受けているような……しかし白井は、書類の類をまったく持ってきていない。

末弘が目配せしたので、石崎は鞄から書類を取り出した。簡潔に二枚でまとめた大会の計画書。細部はまだまったく詰まっていないが、読めば概要は分かる。石崎は立ち上がり、白井の前に書類を置いた。

「これは？」

「私たちが計画している大規模な大会の概要です」下村が説明を始めた。「これをご一読願えますか」

「失礼します」

やけに丁寧に言って、白井が書類を取り上げる。目の動きを見ていると、異常に速く読んでいるようだ。一枚目の紙を持ち上げたまま読み終え、そっと長机に置く。

「オリンピックの返上が決まった時に、政府と約束ができていた、というわけですか」

「仰る通りです」下村がうなずく。「約束は約束です。私どもはそれに従って、この大会を計画しました」

「約束は、単なる約束です」

「きちんとした念書もあります」

「そうであっても、状況は変わります」白井が急に態度を硬化させた。目を細くして、三人を順番に睨みつける。石崎は身がすくむ思いだった。しかし何とか目を逸らさず、白井の視線を受け止める。「オリンピック返上が決まった時よりも、中国での戦況ははるかに厳しくなっている。今や戦火は中国各地に広がりつつあるんですよ。それは皆さんもご存じかと思いますが」

「もちろんです」下村がうなずく。

「下村さん、あなたは文人だ。戦争の本当の状況を理解しているとは思えない。あなたが想像しているよりずっと、状況は厳しいのですよ。浮かれ騒ぎをしている場合ではない」

確かに下村は文人だ。歌人としても活躍し、歌集も出していることは石崎も知っている。そして白井の「文人」には、下村を露骨に揶揄《やゆ》する調子が感じられた。隣に座る下村が身を硬くするのが分かったが、石崎は何もできない。そもそも、下村よりも自分の方がまだ緊張している。

「紀元二千六百年記念事業の一環です」下村は引かなかった。「武道の天覧試合もあれば、美術展も予定されています。全国民が参加し、あるいは観戦するという意味では、この時節に私どもが計画したスポーツ大会を開催する意義は十分あると思います。東京オリンピックには、そもそも国威発揚の意味もありました。それが中止になったのですから、代わりの大会が絶対に必要です」

「記念行事は、既に十分予定されている」白井も引かなかった。「これ以上必要とは思えない。そもそもオリンピックを返上したのも、時局に鑑み、ということだったではないですか。返上が決まった後、さらに状況は悪化している。返上したのに、わざわざ同じように大きな大会を開催するのは筋が通らない」

「通ります」

「いや、通らない」

「私どもは、欧州や米国の選手を招くつもりはありません。これはオリンピックの代わりではありますが、オリンピックではない。あくまで、アジアの国々を対象にした大会だと考えていただきたい。東亜新秩序の考えにも合うのではないですか」

「それはまったく別問題だ」

白井が不機嫌に言って、黙りこむ。話は先ほどから平行線を辿ったままだった。

「政府との間に交わした念書は、法的に有効なものであると考えています」専門分野から、末弘が攻め始めた。「口約束なら、『そんなことはなかった』と言われても仕方がありません。しかし私たちは文書を交わしている。しっかり、双方の印も押された正式の文書です。軽視できるものではありませんよ」

「契約は、いつでも破棄できるものでは？」

「一つ、お伺いしたい」末弘がぐっと身を乗り出した。「陸軍としては、この大会に反対なのですか」

「私がここで話していることが」白井が自分の胸に親指を向けた。「陸軍の総意です」

「大臣のお考えでもあるわけですか」

「陸軍の総意です」白井が繰り返した。

ふいに沈黙が訪れる。白井は腕組みをし、目を細めて視線を宙に漂わせていた。絶対に引かないという強い意志を感じる。つまり、最初からこちらの話を聞く気はないのだ。これはあくまで儀礼的な会合で、「君たちの話は聞いた上で反対する」という姿勢を見せるためだろう。

「大光さん――大角さんから、話は聞かれたと思いますが」下村が切り出した。

「話はしましたけどね」

「大角さんは、歴代の陸軍大臣とも懇意にされている方です。これまで陸軍のために、様々な便宜も図ってこられた国士です。そういう方の意見を無視されるんですか」

「大角さんは、あくまで外部の協力者です」白井は譲らなかった。

これはまずい――石崎は、足元ががらがらと崩れるような危うい感覚を味わっていた。辛《かろ》うじて積み上げてきた計画が、今やすっかり危うくなっている。あれだけ怖い思いをして大角に頼みこんだのも無駄になるのか……。

またも沈黙。末弘も下村も攻め手を失ってしまったようだ。切り札と考えていた大角の援助が、まったく効いていない。大角はいったい誰に話したのだろう。それがどんな風に白井に伝わったのだろう。白井は、たとえ大臣の命令であっても拒否できるような強い立場なのか？

石崎は混乱し、肩が急に重くなってきたのを感じた。この会合は完全な失敗だ。陸軍側が、一方的にこちらの希望を押し潰し、それで終わりになる。今回の大会の開催に関しては、陸軍は可否を決定する立場ではないはずだが、彼らの感覚では、そういうことは関係ないのだろう。戦争を遂行するために、余計なものは排除する権利がある、とでも考えているのかもしれない。

「紀元二千六百年の記念式典は、日本全国を挙げての祭りだ」白井が指摘した。「しかし、祭りはこれが最後になります。この後は、日中戦争に勝利するまでは、厳しい毎日に戻るんですよ。国民に節約や自粛を求めるのは、陸軍としても心苦しい限りだ。だからこそ、紀元二千六百年記念式典は、あまり華美なものにしてはいけない。そして終われば直ちに日常に戻ります。全国規模でスポーツの大会をやるなど、とんでもない。国民の意識が緩んでしまう」

「むしろ、国威発揚の効果を期待できます。国民が一丸となれます。スポーツで外国の選手を打ち倒すことができれば、日本人にとって大きな誇りになるのではないでしょうか」下村が強い口調で迫る。「白井さん、ベルリン大会での田島《たじま》や前畑《まえはた》の金メダルに、日本人としての誇りを感じませんでしたか？」

「いや」白井があっさり否定した。「我々は武器を手に命懸けで戦っている。呑気に金メダルなどと言っている人の気持ちは理解できない。だいたい、今中国戦線で命を賭して戦っている若い兵士たちにとっては、日本でどれだけスポーツが盛り上がっていても関係ない。日本人が頑張ってメダルを取っても、それで戦況が好転するわけではない。スポーツは、戦争の役に立たない」

「国民がスポーツに関心を持ち、自分でもやるようになれば、将来的には健康増進、体格向上など、様々な利点が期待できます。それは、強い皇国の戦士を作る基本になるのではないですか」末弘が問いかけた。「以前から、日本人は体格的・体力的に外国人に劣ると言われていました。実際、平均身長などは欧米人に比べてずっと低い。急に身長を伸ばすことは難しいでしょうが、スポーツで体力を増強させることは可能です。私ども大日本体育協会は、何もオリンピック開催のためだけに活動していたわけではない。例えばドイツでは、オリンピックはあくまで一行事に過ぎません。それが成功したのは、国民の間で、スポーツを楽しむことが普遍的になっているからです。私たちは、この件に関してはドイツを見習うべきだと考えています。まず、国民皆体育。その上でのオリンピックです」

末弘の堂々たる演説に、石崎はつい聞き入ってしまった。これなら白井も納得するはず——読みが甘かった。

「だったら、きちんと体操をするように号令をかけておけばいい」白井が鼻を鳴らした。

「号令だけでは、人が動くのに限界があります。個人として興味を持ってもらわないと……そのためには、大きな大会を開催して、日本人選手に活躍してもらうのが一番です。人の興味を集めるための大会だと思っていただいて結構です」

「はっきり申し上げましょう」白井が身を乗り出し、両手を組み合わせて長机に載せた。「陸軍の中では、この時期に国際的な大会を開く意味はない——むしろ不謹慎だという声が多数です。私もそう思う。中国で苦労している若者たちのためにも、この計画はご一考——おやめいただきたい。私の方からはそれだけです」

「このまま計画を進める、と申し上げたらどうしますか」末弘が厳しい表情で確認する。

「それはできない。私どもがいいと言わない限り、文部省も厚生省も首を縦に振りません。どうか、無駄な努力はやめていただけませんか。私は、お二人を大変尊敬している。尊敬するお二人にご苦労をおかけすることは、申し訳なく思います」

慇懃無礼な態度が癇《かん》に障る。丁寧に言ってはいるが、結局この男は、圧力をかけて大会を潰したいのだ。理由など、どうでもいいのかもしれない。「不謹慎だ」という声が上がり、それに対する反対意見が出ない以上、陸軍の中では「反対」が共通意見になってしまったのだろう。軍人の中にもスポーツマンはたくさんいるはずなのに。

「とにかく、戦う若者たちに失礼なことはしないでいただきたい。彼らは命を懸けている。あなたたちがやろうとしているのは、単なる遊びだ」

白井が立ち上がる。石崎は思わず「お待ち下さい！」と叫んで立ち上がった。一瞬で頭に血が上ったが、何とか深呼吸して気持ちを落ち着かせる。

「スポーツに助けられる人もいるんです。それは、戦地で苦労している私たちの仲間も同じです」

「何の話だね」白井が睨みつけてくる。

「私の友人が……中学時代に一緒に野球をやっていた仲間が、中国で負傷して帰国しました。膝を撃たれて、もう一生運動はできないかもしれません。もちろん、前線に復帰することなど不可能でしょう。でも彼は、落ちこんではいないんです。スポーツが自分を助けてくれると信じています」

「君たちがこの大会を開催しても、その負傷兵の膝が治るわけではあるまい」

「心を」石崎は拳を胸に押し当てた。「心を治してくれます。人が活躍するのを見ただけで勇気が出てくる——それがスポーツなんです。私も、選手の素晴らしい活躍を見て勇気づけられたことが何度もありました。そもそも負傷した友人は、私にとって英雄だったんです。彼の素晴らしい投球に惚《ほ》れこんで、一緒に野球ができることが誇りでした。辛いことがあっても、彼と一緒に野球をやってきた経験があったから耐えられたんです。今度は私が友人を、スポーツで勇気づけて、支えてやりたいんです」

「そんなのは、君の個人的な事情に過ぎん」白井が冷たく言い放つ。

「陸軍は、負傷して前線を離れた兵隊を、そんなに冷たく扱うんですか」

「馬鹿なことを言うな」白井が吐き捨てる。「皇国のために戦った兵士を、無下《むげ》に扱うわけがない」

「私たちも同じ気持ちです。もともと、前線で頑張る兵士の皆さんの中には、スポーツが好きな人も多いはずです。ですから、大きなスポーツの大会は、一種の慰問になるのではないでしょうか」

「君は……その、負傷した友人の件は、作り話ではないのか」

「違います」石崎は白井の顔を真っ直《まっす》ぐ見た。「昨日、久しぶりに会いました。見舞いという形ですが」

「誰だ」

「それは申し上げられません。私と彼との間の問題です」

「しかし君は、二人の間の問題を一般的な──普遍的な問題にしようとしている。論理のすり替えだ」白井が厳しく指摘する。

「はい。仰る通りかもしれません」石崎は認めた。「しかし、前線で戦う多くの兵隊さんたちは、私と同世代です。日本に残っている我々が彼らを元気づけるためには、スポーツしかないんです」

白井が黙りこむ。口が一本の線のようにきつく引き結ばれているが、どこか迷いが感じられた。もう一撃──口を開こうとした瞬間、白井が話し出す。

「この件については、後ほどまた──今度は正式に通達させてもらう。今日はご苦労様でした」

ご苦労様と言いながら、白井は頭も下げずに部屋を出て行った。石崎は一気に力が抜けて、椅子にへたりこんだ。大失敗だ、と頭を抱えてしまう。会長と理事長を前にして、勢いに任せて言ってしまった。これで白井が完全に臍《へそ》を曲げていたら……。

石崎はもう一度立ち上がり、さっと長机から離れて、二人に向かって頭を下げた。

「申し訳ありません！　余計なことをしました」

「いや」下村が末弘と視線を交わした。「プラスになるかどうかは分からないが、マイナスにもならんだろう。我々も手詰まりだった」

「しかし……白井さんを怒らせてしまったかもしれません」

「それは分からない」下村が髪を撫でつけた。「白井さんは、表情を読みにくい人だ。本音を出さないように、訓練されているんだろう」

「そういうことでしょうな」末弘も同意した。「とにかく、戻りましょう。ここにいても仕方がない」

「確かに居心地はよくないな」下村がうなずき、立ち上がる。

部屋を出ると、廊下に控えていた二人の職員――こちらは軍服姿だった――が、さっと敬礼して歩き出す。三人は、後に続いて歩き出した。石崎はまた、右手と右足が一緒に出てしまっていることに気づく。まったく、緊張するにもほどがある。元々緊張しやすい性格なのだが、いつまでもこんなことじゃいけない。どこかで一皮剝けないと――この大会を実現させることで、それが可能になりそうな気はしているが。

車に乗りこむと、下村と末弘が同時に溜息を漏らした。やはり自分の最後の一言で、二人に冷や汗をかかせてしまったのではないだろうか。

「石崎君」末弘が話しかけてくる。

「はい」

「先ほどの君の友人の話だが、あれは本当か？」

「本当です。大阪タイガースの立花という投手が、私の幼馴染なんです」

「聞いたことがないな」

「入団はしたんですが、すぐに召集されて、試合では一度も投げていません」

「そういう巡り合わせか……それで、負傷して帰って来たわけか」

「はい」

「ついてない、などと言うと、白井次官は激怒するだろうね」下村が苦笑しながら言った。「彼の考えでは、名誉の負傷だろう」

「この話を出したのは、まずかったでしょうか」石崎はおずおずと訊ねた。

「分からん」そう言って、末弘が大きく息を吐いた。「白井次官は、会長の仰る通り本音が読みにくい人だ。大会に反対するのも、彼自身の考えなのか、誰かの考えを代弁しているのか分からない。あれは軍人じゃないな。典型的な官僚だ」

「まあ、君がやったことは、決して失敗とは言えないよ」下村が慰めてくれた。「私も理事長も攻め手がなくなっていたからな。困ったら何でも言ってみた方がいい。これで話がどう転ぶかは分からないが」

石崎は完全に酔っ払ってしまった。そんなに酒が強いわけでもないのに、今日は呑まずにいられない。つき合ってくれた滝川も明らかに困っている。

石崎は箸を持ち、おでんの大根を割ろうとした。しかし箸が通らない。このおでんは、ちゃんと煮えていないいんじゃないか？　そんなおでんを出すなんて、ふざけた店だ。

「お前、何やってるんだ」滝川が呆れたように言った。

「何だって？」

「何でずっと皿を突《つつ》いてるんだ？」

言われてみれば……箸先は、カツカツと硬い音を立てている。酔眼で皿を見ると、大根にはかすり傷一つついていない。面倒臭くなって箸を放り出し、コップ酒をぐっと呷《あお》った。

「それぐらいにしておけよ。お前、もう限界だぞ」

「冗談じゃない。呑まないとやってられないよ。親父さん、おかわり」

石崎はコップを摑もうとして、空振りした。かすかに指先で触れたコップが倒れて、机の上を転がる。滝川がさっと手を伸ばしてコップを押さえた。

「親父さん、もう呑ませないでくれ。連れて帰るから」

「ああ？　これからだぞ」

「駄目だ」滝川が財布を取り出した。「家まで送ってやるから、今日は大人しく帰れ」

　呑み足りない――しかし実際には、喉まで酒が入っているのは分かっていた。しばし押し問答した後、結局滝川が金を払い、二人は店を出た。

　完全に足にきている。このままだと歩けない――滝川が腕を引いてくれたが、一歩歩く度に吐き気がこみ上げてくるのだった。

「ちょっと、ちょっと待て」

　石崎は足を止め、電信柱に寄りかかった。背中に感じる冷たさが心地好《よ》い。

「まったく、酒に弱いんだから無理するなよ」滝川が煙草に火を点けた。「これじゃ、家まで帰れないな」

「いや、帰る。酔ってない」

「馬鹿言うな……ちょっと待て」

　滝川が手を上げて円タクを停める。最近は、車に乗るのもうるさく言われるようになったが、神田《かんだ》付近では、流している円タクがまだ結構いるのだ。滝川が石崎を強引に立たせて、タクシーに押しこむ。自分も乗りこむと、行き先を告げた。

　石崎は胸に顎を埋《うず》め、目を細めた。何とか目を開けていようと思ったが、無理……次に目が覚めた時には布団の中で、激しい頭痛に襲われていた。

「クソ……まいったな」起きあがろうとしたものの、少し動いただけでまた頭痛が襲ってくる。吐き気もあるし、体全体が火照ったように熱い。こんなにひどい二日酔いは初めてだった。

辺りを見回す。見慣れぬ部屋……記憶がゆっくりとつながってきた。滝川にタクシーに押しこまれた記憶はあるが、そこから先、何も覚えていない。ここが自宅でないのは間違いないが、どこなのだろう？　もしかしたら、滝川の家か？　滝川の実家は神田で蕎麦屋《そばや》をやっている。石崎も何度か来たことがあるが、昨夜呑んでいたおでん屋のすぐ近くだったはずだ。

「あら、起きました？」

襖《ふすま》が開き、冷たい風が部屋に入りこんでくる。その冷気が頭に触れて、少しだけ気分が持ち直した。

「なおさん」

滝川の妻、なおだった。水差しとコップを載せたお盆を持っているのが分かる。

「何時ですか？」石崎は何とか布団の中で体を起こした。

「もうすぐ六時半」

「ええと」石崎はゆっくりと首を横に振った。「昨夜、私は何時ぐらいにここへ来ました？」

「九時過ぎですよ」

「それからずっと寝ていた？」

「そうです」なおが小さく笑った。盆を置くと、コップに水を注いで渡してくれる。恐る恐る一口飲むと、軽い吐き気が襲ってきたが、喉を滑り落ちる水の冷たさは心地好い。思い切ってコップを空にすると、体が一気に目覚める感じがした。それで喉の渇きを意識し、自分で水差しからコップに水を注ぐと、また一気飲みした。はあ、と息を吐いて、コップをそっと盆に置く。改めて自分の体を確認した。シャツとズボンを身につけたまま寝てしまっている。シャツはクシャクシャだが、今から家に帰って着替えている暇はないだろう。

「だいぶ荒れてましたね」なおが言った。

「申し訳ない」石崎は頭を下げた。なおは、滝川と一年前に結婚したばかりである。滝川にとっては幼馴染——蕎麦屋のすぐ近くにある老舗の鶏鍋屋《とりなべや》の次女だ。蕎麦屋と鶏鍋屋の縁ができたわけだ、と面白がったのを石崎は覚えている。

「主人は話してくれなかったけど、何かあったんですか」

「仕事でちょっと……大きな失敗をしたかもしれないんです」

「しれない？」なおが、石崎の言葉尻を捉えて言った。以前から感じていたことだが、なおは頭の回転が速い。相手の言葉のちょっとした矛盾にもすぐに気づくのだ。

「結果がどうなるか、まだ分からないということです」

「大変ですね」

「それは滝川も同じですよ」

「主人は呑気ですから」

それは否定できない……滝川は、いずれこの老舗の蕎麦屋を継ぐ予定なのだ。元野球選手として、スポーツに関わる仕事をしたいと大日本体育協会に入ったのだが、それが腰かけだということは本人も周りも分かっている。家は守らねばならないのだ。

「おい、飯にしようぜ」今度は滝川が入ってきた。

「まだ食べられないよ」石崎は弱気に言って、掌で胃を摩った。吐き気はまだあるし、かすかな胃の痛みもある。

「蕎麦を打ったんだ。食ってけよ」

「君が？　親父さんならともかく、君の蕎麦が食えるのか？」

「馬鹿にするなよ」滝川が本気でむっとした表情を浮かべた。「こっちはガキの頃から親父の仕事を見てるんだぜ。門前の小僧ってやつだ。とにかく食ってみろよ、親父にも負けないから」

しょうがない……世話になったのだから、この押し売りは受け入れるしかないだろう。石崎は布団から抜け出し、冷たい水で顔を洗った。それで意識ははっきりしたが、さらに頭痛を強く感じるようになる。この状態で蕎麦は食べたくないな……。

蕎麦は、開店前の店の席に用意されていた。ここで滝川の父親が打った蕎麦を食べたこともあるのだが、それとまったく同じだった。ほとんど真っ白で細身の、更科《さらしな》系のもり。石崎は、本当は真っ黒で太い蕎麦が好きなのだが、今はそういう蕎麦を噛むことを考えただけでうんざりする。

滝川と向かい合って座ると、なおがすぐにお茶を運んできてくれた。一口啜ると、程よい熱さにほっとする。なおはそのまま、滝川の隣に座った。

「なおさんは食べないんですか」

「朝ごはんは、お義父《とう》さんたちと食べるから」

「そもそも、蕎麦、あまり好きじゃないよな」滝川が指摘する。

「それなのに蕎麦屋に嫁入りしたんですか？」石崎は思わず訊ねた。

「それは、俺に惚れてるからだよ」滝川が嬉しそうに言った。

「自惚《うぬぼ》れないの」なおが、滝川の腕を軽く叩く。

はいはい、新婚さんのおのろけか……石崎は思い切って箸を取り上げ、蕎麦を手繰った。薬味も用意されているが、最初は黒々とした蕎麦汁《つゆ》に何もいれずに味わう。辛めですっきりした味わいの汁が、そうめんに近いぐらい細い麺によく合った。最初の一口が無事に胃に収まると、その後は一気だった。途中でわさびとネギを加え、味を変えてあっという間に食べてしまう。蕎麦湯で割って汁を飲み終えた時には、吐き気は完全に消えていた。頭痛は如何《いかん》ともしがたかったが。

「どうだい」滝川が嬉しそうに訊ねる。

「二日酔いに蕎麦は考えもしなかったけど、いいね。胃がすっきりした。よく食べるのか？」

「蕎麦屋の特権でな」

「君の包丁の冴えも大したもんだな」

「門前の小僧って言っただろう。しかし、お前があんなに荒れるのは珍しい——初めてじゃないか」

「たぶん」

「昨日はそんなにひどかったのか」

「最悪だ」自分の一言が、計画をぶち壊してしまったかもしれない。末弘と下村に迷惑をかけたかもしれないと考えると、切腹ものだと思う。

「まあ、心配してもしょうがないだろう。まだ結果も分からないんだから」

「いい結果が出るとは思えないんだよな」

その時、店の電話が鳴った。この店は流行《はや》っているから、出前の注文を取るのに電話を引いたのだろう。電話があると、それだけで上流階級という感じがする……なおがさっと立ち上がって電話に出る。小声で話しているので内容は聞こえないが、すぐに滝川を呼んだ。

「あなた、電話」

「俺に？」滝川が箸を置いて立ち上がる。

「協会からよ」

滝川が石崎と視線を交わし、すぐに電話に向かった。ほどなく「ええ？」と叫ぶ声が聞こえてくる。石崎のところへ駆け戻って来ると「やるぞ！　大会ができるぞ！」と叫ぶ。

何があったんだ？　石崎は混乱するばかりだった。

Ⅳ

１９４０年２月（昭和十五年二月）

「どうしたの？」

声をかけられ、はっと顔を上げる。澤山は急いで両手で頬を張った。

「いや、何でもない」

「さっきから考え事ばかりしてるじゃない。人の話、全然聞いてないでしょう」

「そんなこと、ないよ」

「じゃあ、私が今何を言ってたか、繰り返してみて」

「それは……」全然頭に入っていなかった。澤山は仕方なく、「ごめん」と言って頭を下げた。

「もう……どうしたの？」言葉は怒っているが、声は笑っている。実際、目の前にいる花子《はなこ》の表情は緩んでいた。

モアナホテルの勤務が終わった午後六時過ぎ、澤山は久しぶりにガールフレンドの常《つね》田《た》花子と会っていた。ホテルの近くにある気安いレストランで、よくデートに使っていた店だった。花子は明るいベージュ色に花模様が散ったブラウス姿で、剝き出しの二の腕がまぶしい。二人の前にはポキとビール。

「いろいろ心配事が多くてね」

「仕事のこと？」

「いや、ハワイ朝日のこと」

「あなたの頭の中って、八割ぐらいがチームのことじゃないの？」

「そんなこともないけど」実際は八割ではなく九割だ。

ようやく石崎から手紙が届き、大会の詳細が明らかになってきた。「東亜競技大会」と正式に名づけられた大会は、六月五日から十六日まで行われる。ただし前半後半に分かれていて、前半は東京、後半は関西が会場になる。関西か……その移動だけでも大変だ。澤山は一度だけ関西に行ったことがあるのだが、あの時は夜行列車で十時間近くかかったはずだ。野球チームは大人数で移動しなければならないから、何かと手間がかかる。ほとんどの選手は鉄道に乗ったこともないわけで、ハワイでの移動とは勝手が違って混乱するだろう。しかし、日本に慣れた自分が、ちゃんと面倒を見る。

「日本へ行く話、どうなったの？」言いながら、花子がフォークでポキをすくい上げた。

「やっと詳しい状況が分かったけど、いろいろ難しいな」澤山は正直に打ち明けた。

「どうして？」

「時期が悪いんだ。行けば、たぶん二ヶ月がかりになると思う。船も片道十日かかるし、大会期間も長いし」

「六月って、ちょうどリーグ戦の時期にぶつかるわよね」

「そうなんだよ。それが最大の問題なんだ」

澤山はビールを一口呑んだ。今日はどうにも苦い……ビールが美味く呑めないのは辛い、と残念に思う。

「二ヶ月も遠征するとなると、やっぱりいろいろ大変でしょう？」

「そうだね」

「日本のこと、覚えてる？」

「うーん……」澤山は頭に手を置いた。「覚えてるけど、忘れたこともある。聞かれても答えられないかもしれない」

「頼りないマネージャーね」

花子が笑った。この笑顔は強力だよな、と澤山は思わず微笑《ほほえ》んだ。花子も日系二世で、マッキンリー高校の同級生でもある。高校時代は「可愛《かわい》い娘《こ》がいるな」ぐらいの感覚しかなかったのだが、留学から戻って来て偶然再会し、急に意識が変わったのだった。ワイキキで父親が経営する雑貨店を手伝っていた花子はすっかり美しく成長していて、澤山は必死の思いで交際を申しこみ、了解をもらった。それから一年。そろそろプロポーズしようかと考えていた。しかし、日本へ行くとなると、それも先送りか……。

「他の人たちは、何て言ってるの?」

「反対の声が多いかな」

「やっぱり、日本へ行くのは大変よね」

「皆、こっちで仕事もあるしね。二ヶ月も休めるかどうか……それを言えば、俺もそうだけど。二ヶ月も休んだら、ホテルを馘になっちゃうかもしれない」

「あなたはお父さんの農園で働けばいいじゃない」

「そっちは兄貴に任せきりだからな。家族でやってる農場だから、給料だって、大してもらえないと思うよ」

「ホテルの方が、給料はいいの？」花子が首を傾げる。

「親父と金の話をしたことはないけど、たぶんそうじゃないかな。家で仕事をしていても、貯金はできないよ」

「貯金してるの？」

「まあね」ほんの半年ほど前からだが……結婚を意識するようになって、先立つものは金だと、弟が就職する予定の銀行に口座を開設した。もっとも、出ていく金も多く、なかなか残高は増えないのだが。

「どうして？　何か欲しいものでもあるの？」

「まあ……そんな感じかな」

「はっきりしないわね」

「一つぐらい秘密があってもいいじゃないか」気づいてくれないのか、と澤山は少しだけがっかりした。今の会話は、結構際どいところをかすったと思うのだが。

　澤山は、自分は日本人の気風を受け継いでいると思う。国籍はアメリカだが、日本人であることは間違いないわけで、考え方や行動は日本人に近いはずだ。それを強く意識するようになったのはマッキンリー高校に入ってからである。この高校で出会った日系人の同級生たちは、考え方も行動もアメリカ人そのものだった。つい遠慮して言葉を呑みこんでしまう澤山は、控えめというか、地味で目立たない存在だったと思う。野球に関してだけは、きちんと自分の意思を押し通したが。

花子は、どちらかというとアメリカ人寄りの感覚を持つ日系二世だと思う。交際をOKした後は花子の方が積極的になり、デートの誘いもだいたい彼女の方からだ。父親の店を手伝っているだけだから、そんなに忙しいわけでもない、という事情もあるのだろう。

「いいけど、いつか教えてくれる?」

「もちろん」

「じゃあ、楽しみに待ってるわ」花子が微笑む。

これは……彼女はどういうことか分かってるな、と澤山は悟った。一種の駆け引きなのかもしれない。何としてもこちらから言わせるために、思わせぶりなことも仄《ほの》めかす。こういう駆け引きに乗るべきかどうか、澤山には判断できなかった。


その週の日曜、ハワイ朝日の面々は練習のためにグラウンドに集まった。モイリイリ球場の近くにあるグラウンドで、フェンスも観客席もないが、練習するには十分だ。まだシーズン開幕は先のことで、選手たちの動きは鈍かった。だいたい、リーグ戦が行われるのは乾季の二ヶ月ぐらいなのだから、シーズンオフの方がはるかに長い。とはいえ、すっかり体が緩んだ選手たちを見ていると、澤山は別の意味で不安になってきた。

こんな状態で日本に行って、ちゃんとした試合ができるのだろうか。

せっかく行くのだから、勝たないと意味がない。

「よし、サードからだ」

ベンチに腰かけた出口が声を張り上げる。コーチも兼ねる北川《きたがわ》がノックバットを握り、澤山は近くでキャッチャーミットを持って待機した。

「行くぞ！」

北川がサードに鋭い打球を飛ばす。前進した林《はやし》が、一度グラブに入れたボールを零してしまう。慌てて拾い上げて一塁へ送球したものの、低い。ワンバウンドになって、ファーストを守る田端は後逸してしまった。あれは、林のミスだけど、田端も悪い。あの程度のワンバウンドは確実に捕ってやらないと。去年と同じように、田端の守備には悩まされそうだ。

「ヘイ、しっかりしろ！」澤山は思わず声を張り上げた。自分でプレーしない分、どうにももどかしい。

内野全体の動きが鈍い。特にサードの林とショートの宮崎《みやざき》は、まるで素人に戻ってしまったような身のこなしだった。こいつら、試合のない時期は完全にサボって野球から離れているのだろうか。自分の膝が無事だったら、絶対にそんな風にはしない。チャンスがあれば、すぐにボールを握っているだろう。この辺が、常に野球のことを考えている神岡との違いだ。林が神岡のポジションを奪うことは、とても考えられない。外野はまだまし……若い選手が多いせいか、スピードはあるし、打球に対する勘もいい。危なげなく見ていられる。バックホームのボールにも力があり、ミットをはめた左手が痛くなるほどだった。

守備練習が終わると、今度はバッティング練習だ。澤山は外野に回って球拾いをしたが、続けていくうちに暗澹《あんたん》たる気分になってくる。外野までボールが飛ばないのだ。日本代表チームが相手だと、試合にならないのではないか。もしかしたら、自分が打った方がましかもしれない。膝の自由は利かなくても、ミート力には自信がある。軽く当てれば、綺麗なライナーで外野へ飛ばせるはずだ。

嫌な気分のまま、練習を終える。選手たちは汗をかいたユニフォームを着替え、帰る準備を始めた。雰囲気は明るい。これからビールを呑みに行く相談をしている者が何人か……だけど今日は、ビールは後回しにしてもらわないといけない。

概《おおむ》ね着替えが終わったところで、澤山は全員に声をかけた。

「ちょっといいかな。話があるんだ」手紙の件は、いち早く出口には話していた。そもそも同封されていた招待状は、ハワイ朝日と何度も対戦してパイプがある早稲田大学から、責任者である出口に宛てたものだったから。正式な招待状とは言えないかもしれないが、体協職員である石崎の手紙も一緒なので、「ほぼ」正式なものと考えていいだろう。

しかし出口は態度を保留……イエスともノーとも言わなかった。それが気になる。駄目なら駄目ではっきり言ってくれた方がありがたい——こちらも対策のたてようがあるのに。

選手たちが、澤山の前に集まった。ゆるい円陣に囲まれた格好になり、澤山はにわかに緊張した。

「前に話した日本での大会に関連して、詳細と、正式な招待状が届いた」

選手たちの顔を眺め渡しながら、話し出すタイミングを計る。どこか白けたような表情ばかり……お前は、一人で何を張り切ってるんだ、とでも言いたげだった。

「大会は、前半後半に分かれている。前半が東京で、六月五日から九日まで。それから関西へ移動して、十三日から十六日まで開催される」

「関西ってどこだ」

宮崎が声を上げて訊ねる。これは純粋な疑問だろう、と澤山は判断した。

「日本の西の方だ。東京から三百マイルぐらい離れている」

「えらく遠いな」宮崎の顔は冴えない。「そんな遠くまで、どうやって行くんだ？」

「鉄道。東海道線《とうかいどう》というのが走っていて、十時間ぐらいかかるかな」

「ああ？　十時間？」宮崎が目を大きく見開く。

ハワイ朝日の選手たちは、長距離の鉄道に乗ったことなどないはずだ。一方澤山は、日本では毎日のように鉄道のお世話になった。通学のためには省線《しょうせん》に乗り、遠くへの遠征では寝台列車も利用した。日本は小さな島国だが、鉄道網は縦横に張り巡らされており、どこへ行くにも便利だった。一方ハワイでは、移動の手段は自動車が主流になっている。長時間、硬い座席に座ったまま我慢して移動するというのは、宮崎たちには想像もできないかもしれない。

「そんな遠征、大変じゃないか。本当に行けるのか？」

「日本の鉄道は遅れもないし、快適だよ。食堂車の飯も美味い」

「食堂車？」宮崎はまだ納得していないようだった。

「鉄道は、何台か車両がつながって一セットになってるんだ。そのうちの一両が食堂になっていて、走りながら食事ができる」

「走りながら飯を食う？　そいつは落ち着かないな」

宮崎が皮肉っぽく言うと、かすかな笑いが上がった。どうも、やはり好意的な反応はない……。

「今回の大会は、紀元二千六百年記念行事の一つなんだ」そう言っても誰もピンときていないようなので、澤山は声を張り上げて説明を続けた。「日本の最初の天皇——神武《じんむ》天皇は知ってるだろう？　今年は、その即位二千六百年に当たる。それを記念して、様々な行事が行われるんだ」

「日本は二千六百年前からあるってことか？」宮崎が目を見開く。

「日系人なら、それぐらい知っておけよ」澤山はさすがにむっとした。

「いや、俺たちはアメリカ人だし」

「――とにかく、紀元二千六百年記念で、様々な行事が行われる」澤山は説明を繰り返した。「この大会もその一環なんだ。参加チームは、日本、ハワイの他に、満州、フィリピン」

「満州って、あれは国なのか？」田端が嫌そうな表情で訊ねる。

「そりゃそうだ」

「あれは、日本が勝手に国を作ってるだけだろう？　そこの代表って言われても、何だかおかしな感じだな。だいたい、アメリカ人として、こういう大会に参加するのはどうかと思う」田端が急に頑《かたく》なな態度になった。「世界で認められていない国が参加する大会……政治的な意図が感じられるな。日本の国威発揚のために利用されてるだけじゃないか？」

「それを言ったら、オリンピックだってそうじゃないか。あれだけの大会を開催する力のある国だと、世界にアピールできる」

「だけど、日本はオリンピックを返上したじゃないか。中国と戦争しているから、それどころじゃないっていう理由で……それなのに、アジアの国を招いて大きな大会を開くっていうのは、政治目的以外の何物でもないよな。俺たちは、そういうことに利用されたくない。アメリカを裏切ることにもなるんじゃないか」

「そんなことにはならない」澤山は抗弁した。「俺たちはアメリカ人だけど、日本人でもある。祖国へ帰って、自分たちの野球を見せてやるんだ。日本の人たちは絶対歓迎してくれる。明治時代からハワイにはたくさん移民がきているから、日本では、ハワイは特別な存在なんだ」

「だけど、俺たちの一存で行けるのか？　止められたらどうする。政府が許すかな」

「日本とアメリカは、国交断絶してるわけじゃないよ。普通にビジネスでの往来もある。何も問題ない」澤山は言い切った。

「俺の心の問題なんだ」宮崎が拳で胸を叩いた。「俺はアメリカ人だ。祖国に嫌な思いをさせたくないし、後ろ指をさされたくもない」

「誰もそんなこと、しないよ。ただ野球をやりに行くだけなんだから」

「そんな簡単な問題じゃない」宮崎は引かなかった。「お前は日本に留学していたから、日本贔屓なんだろう。でも、今の俺たちは全員が微妙な立場なんだぞ。大人しく頭を下げてやり過ごすのがいいんだ。あるいは自分がアメリカ市民だって、大声で宣言しておくか」

「わざわざ言わなくたって、俺たちはアメリカ人じゃないか」

「お前は気楽過ぎる。もうちょっと状況をよく見ろ」

「見てるさ。お前、海外へ行くのが怖いだけだろう」澤山はつい言ってしまった。

「ふざけるな！」宮崎が色をなす。

「いや、怖がってる。怖がって、せっかくのチャンスを潰そうとしているんだ」

子どもじみた言い合いになってきた。澤山は首を横に振り、「説明に戻る」と宣言した。宮崎が睨みつけてくるが、とにかくちゃんと話さないと……それが自分の責任だ。

「旅費、滞在費は全て向こう持ち。宿も斡旋《あっせん》してもらえる。調べたんだけど、五月九日にホノルルを出港して、十八日に横浜に到着する浅間丸《あさままる》に乗るのがいいと思う」

「十日も船に乗るのかよ」唖然《あぜん》としたように北川が言った。「体が鈍《なま》っちまうぞ」

「船は大きいから、体は動かせます」

「だけど、バッティング練習はできないだろうが」北川が不満そうに言った。

「向こうで、すぐに取り戻せます。日本は、練習場所も充実してるから」澤山は少しだけ嘘をついた。はっきり言えば、練習グラウンドはハワイの方がずっと充実している。街中のあちこちに芝の張られたグラウンドがあり、誰でもすぐに野球ができる。一方、日本は本格的な球場以外の練習場所といえば、学校ぐらいだ。それも基本的には芝のない、土が剝き出しのグラウンドで、守備練習をしているだけでユニフォームが真っ黒になってしまう。

「とにかく、俺は反対だ」北川が宣言した。「宮崎の言う通りで、今日本に行ったりしたら、周りからどんな目で見られるか分からない。それに、二ヶ月もハワイを空けていたら、皆仕事がなくなっちまうぞ。だいたいタカ、お前だってホテルの仕事は大丈夫なのか？　二ヶ月休んだら、馘になっちまうだろう」

「ちゃんと話をするから大丈夫ですよ」そんな保証はないのだが。

「よし、分かった」北川が両手を叩き合わせる。「ここで賛成反対をはっきりさせよう。日本行きに賛成の者は手を――」

「ちょっと待ってくれ！」澤山は声を張り上げて北川を止めた。ここで賛否の投票をしたら、絶対に反対派が賛成派を上回る。「いきなり決めるんじゃなくて、俺が言ったことをちゃんと考えてからにして下さい」

「いや、答えは決まってる。考えるだけ時間の無駄だ」北川は引かなかった。

チームの監督は出口だが、北川は選手兼コーチとして、チームを束ねる立場である。選手としては最年長で、他のメンバーの信頼も厚い。その彼が「こうしよう」と言ったら、全員が同じ方向を向いてしまう可能性が高い。クソ、負けてたまるか。

「そもそもその日程だと、今年のリーグ戦と被ってくるじゃないか。リーグ戦は棄権するのか？　去年の不甲斐《ふがい》ない成績を取り戻すチャンスなのに、そこから逃げるのか？」

去年のシーズン、ハワイ朝日は一勝五敗で最下位だった。確かにあれは屈辱で、今年は名誉挽回《ばんかい》のシーズンになるはずだったのだ。この件については、澤山も少し引っかかっている。

「全てが上手くいくように、俺が全部交渉します。大船に乗ったつもりでいて下さい」

選手たちの間に溜息が満ちる。こいつら、こんなに覇気がなかったのかと澤山は驚いた。

「ま、そんなに急いで結論を出すことはあるまい」それまで黙っていた出口が、急に話を締めにかかった。

「しかし、監督……」北川が不満そうな表情を浮かべる。

「日本へ行くとなると、やはり大変だ。十分考えて結論を出そう。澤山、いつまでに返事すればいいんだ？」

「準備がありますから、四月……三月一杯までには結論を出して、返事をしたいです」

「そうか」出口が膝をぽん、と叩いた。「だったら、結論は三月二十日までに出そう。それで受けるにしろ断るにしろ、向こうに電報を打って手紙を書く。それで三月末か、四月の頭には届くだろう」

「……分かりました」

それほど時間はない。自分は何をすべきか、澤山は必死に考えた。ふと北の方を見ると、綺麗な虹がかかっている。

虹を見て明るい気持ちでいるべきか、澤山はまったく分からなくなってしまった。

家に戻ると、澤山はデスクにつき、腕組みをしたまま壁と睨めっこを始めた。チームメートを説得するのは急務だが、まず、日本にいる石崎に状況を報告し、できれば上手い解決策を考えてもらいたい。かといって、手紙のやり取りだと往復だけで二十日ぐらいかかってしまう。電話というわけにもいかない――国際電話にはどれぐらい金がかかるだろう。個人で賄うのは厳しいぐらい高いかもしれない。

電報だな、と判断した。電報なら時間もかからないし、値段も安いはずだ。何度かやり取りすれば、いいアイディアが生まれるかもしれない。

しかし、文面が問題だ。英語の電報だから、できるだけ分かりやすくしなければいけないし……確か、石崎は英語はそんなに得意ではなかった。いや、彼の周りには、英語をちゃんと理解してくれる人もいるだろう。それこそハワイ生まれの日系二世で、今は日本で暮らしている人もいるのだし。

散々考えた末、ごく短い文句を何とか捻り出した。

MANY OPPOSITION. ADVICE PLEASE.（反対多数。何かアドバイスは）

これだけで、石崎は理解してくれるだろうか？　難しいだろう。電報は打つにしても、これはあくまで第一報ということで、さらに手紙を書こう。詳細を知らせて、何とか善後策を考える。何だったら、向こうから電話してもらってもいい。澤山の実家にも電話はあるのだが、あれは商売用で、こんなことに使ったらとんでもない電話料金がかかり、父親は激怒するだろう。生活はすっかり安定して、自分を日本留学へ送り出してくれるぐらいの余裕もできたが、それでも普段は決して贅沢《ぜいたく》しない。やはり、ハワイへ渡ってきてから長く貧乏していた時代の記憶はまだ鮮明なのだろう。金は、使えばなくなってしまう。今は豊かな暮らしをしていても、こんなことがいつまでも続くとは思えない――たまに、そんな悲観的な台詞《せりふ》を口にする。

もしもこの大会への招聘が、費用もこちら持ちだったら、澤山も参加を躊躇っていたかもしれない。自分の些細《ささい》な貯金を叩《はた》いてもどうにもならず、結局父親に泣きつくことになったのではないか……まあ、そういう仮定の問題を考えても仕方がない。澤山は便箋を用意し、久しぶりに日本語で手紙を書くことにした。漢字はちゃんと覚えているだろうか。

第三章　大いなる前進

Ⅰ

昭和十四年十一月（1939年11月）

どうしてこうなった？

滝川が「大会ができるぞ！」と叫んだ後、石崎は喜びよりも混乱を感じた。昨日、自分は間違いなく失敗したはずだ。陸軍次官を怒らせ、可能性を閉ざしてしまったと悔いていたのに……江戸時代なら責任を取って切腹ものだと考え、酒に逃げるしかなかった。

滝川はすぐに電話を切ってしまったので、詳しい事情がはっきりしない。末弘からの電話だということだけは分かったが……。

「どうしてちゃんと事情を聞いてくれなかったんだ？」石崎は思わず詰め寄った。

「いや、理事長もすごく慌てた様子だったから。そんなに気になるなら、早く協会へ行けばいいじゃないか」滝川は少し引いていた。

「分かった。そうする」

石崎は先ほどまで寝ていた部屋に急いで戻り、背広を羽織った。ネクタイは省略――後で締めればいい。

「おい、俺も行くよ」滝川が慌てた様子で声をかけてきた。

「いや、先に行く」

「しかし――」

「いいから」滝川がきちんと準備するのを待っていたら、遅くなってしまう。

道路に飛び出し、左右を見回す。近くに市電の停留所は――須田町《すだちょう》だ、と思い出して駆け出す。石崎はちょうどやってきた市電と競走するように停留所へ走って、何とか間に合った。今食べたばかりの蕎麦が胃から飛び出してしまいそうだったが、呼吸を整えて吐き気を抑える。

しかし……こんなに早く連絡がくるのもおかしい。そして、滝川の自宅に電話がかかってきたことも変だ。意味が分からないことばかりで、頭が混乱する一方だった。

協会に駆けこむと、既に末弘がいた。大学ではなく協会に直接顔を出す時も朝十時ぐらいで、こんなに早く――まだ八時前だ――来ることはまずない。

「おお、来たか」珍しく興奮した様子で、末弘が表情を綻ばせる。

「理事長……どうして滝川君のところに電話したんですか」

「君が滝川君のところにいるのは、見当がついていたからな」

「そうなんですか？」

「昨日の夕方、滝川君と話したんだ。君が落ちこんでいるから、何があったのかと心配していたよ。事情を話したら、今日は徹底してつき合うと——それで、君が酔い潰れて、彼のところに泊まっているのではないかと推測した。二人揃って呼び出すには、滝川君に電話すればよかったわけだ」

「恐れ入りました」石崎は思わず頭を下げた。頭がいい人っていうのは、ちょっとした手がかりをきっかけに、答えが全部見えてしまうものなんだ……。

「昨夜、電報が届いたんだ」

「白井次官からですか？」

「ああ。見たまえ」

末弘が背広のポケットから電報を取り出した。石崎は押しいただくようにして受け取り、文面を確認した。


ホンタイカイカイサイヲリヨウシヨウス　センシユタチノケントウニキタイスル

「何なんですか、いったい」二度読んで、かえって頭が混乱してきた。昨日とはまったく逆の話になっているではないか。

「私にも分からない。ただ、下村会長のところにも、まったく同じものが届いていたそうだ。誰かの悪戯《いたずら》とは思えん」

「確認しますか？」

「もちろんだ。電報の真意が分からないと、このまま本当に話を進めていいかどうか、判断できん」

「また陸軍省に行くんですか」石崎は唾を呑んだ。昨日の緊張が蘇ってきたせいか、また吐き気がこみ上げてくる。

「下村会長も間もなく見えるから、相談しよう。しかし、参ったな」末弘が照れたような笑いを浮かべる。「こんなに早く来る意味はなかった。朝飯を食べ損ねたよ」

「お茶でも淹《い》れましょうか」

「ああ、頼む」

　末弘は理事長室に引っこんだ。石崎は湯を沸かし、お茶を淹れる準備をしながら、何とか状況を把握しようと考えた。いったい何故、白井次官の気は変わったのだろう。自分の言葉がきっかけになった？　まさか……自惚れてはいけない。

　いずれにせよ、白井次官の本音が分からない限り、「開催が決まった」と手放しで喜ぶことはできない。何かの罠《わな》かもしれないではないか。

末弘にお茶を出してから三十分ほどすると、下村と滝川が一緒にやってきた。下村は厳しい表情で、敢えて喜びを拒否しているように見える。

「おはようございます」

「すまんが、茶をもらえるか」

「はい」

「ガンちゃんはどうしてる?」

「理事長室にいらっしゃいます」

下村はノックもせずに理事長室のドアを開けた。ドアは開け放したまま……石崎はすぐに滝川に訊ねた。

「会長、何か仰ってたか?」

「いや、下で一緒になっただけなんだ。とても話ができる雰囲気じゃない」

「そうか……」

石崎は二人分のお茶を用意した。理事長室のドアは開いたままだったが、一応ノックしてから入る。二人は向き合ってソファに座り、むっつりと黙りこんでいた。この状況をどう考えるべきか、トップの二人にしても判断しかねているようだった。

「お茶をお持ちしました」石崎は小声で言った。

「ああ、すまん」下村が野太い声を張り上げる。

石崎は二人の間のテーブルに湯呑みを置いたが、下村はすぐには手を出そうとしない。腕組みをしたまま、ただ押し黙っている。

「やはり、まず電話してみましょう」末弘が口を開く。

「藪蛇《やぶへび》にならんかね」下村は乗り気でないようだった。「向こうがいいと言っているんだから、このまま黙って進めた方がいいんじゃないか」

「電報自体が悪戯かもしれませんよ」先ほどは、悪戯とは思えないと言っていたのだが、やはり疑心暗鬼のようだ。

「こんな手のこんだ悪戯をする奴はいないだろう」下村が否定した。「だいたい、我々と白井次官が会ったことを知る人は、陸軍省の関係者以外にはいないはずだ。あとは大光さんぐらいだが、大光さんがこんなことをするとは思えない」

「確かにそうですね……」

「やはり、直接確認した方がいいな。私が電話しよう」

下村が立ち上がり、理事長室を出て行った。会長室から電話をかけるつもりなのだろう。残された末弘と石崎は、思わず顔を見合わせた。末弘の表情は変わらないが、戸惑いは感じられる。

「理事長……」石崎は思わず声を出した。

「今日が、本当の始まりになるかもしれない」

「とにかく、事態がはっきりしたらすぐに動き出す。協会の中でしっかり組織固めをすると同時に、細かい計画を進めなければならない」

「分かりました」

「これから忙しくなるぞ……」末弘が急に口を閉じ、石崎の顔をまじまじと見た。「昨夜は相当ひどかったようだな」

石崎は慌てて自分の体を見下ろした。そう言えば、ばたばたしていて、結局まだネクタイを締めていない。シャツはくしゃくしゃで、無精髭が顔の下半分を汚していた。

「申し訳ありません」さっと頭を下げる。「呑み過ぎました。以降、気をつけます」

さすがに顔が赤くなるのを感じた。それが恥ずかしさのせいか、まだ残る酒のせいかは自分でも分からない。

ノックもなしにドアが開き、下村が部屋に飛びこんできた。微妙な表情……怒っているのか喜んでいるのか分からない。しかし突然、石崎の肩を二度、強く叩いた。

「よくやった」

「はい？」

「白井次官が、君によろしくと言っていた」

「私は……」失敗したものだとばかり思っていた。自分の一言が白井を怒らせ、交渉を駄目にしてしまったと落ちこんでいたのに。「君の言葉が、白井次官を動かしたんだ。戦う若者を勇気づけるための大会だ、という意義づけで次官は納得したんだ。とにかくこれで、道は開けた。軍部は今後、この大会について何も言ってこない。協力もしないだろうが、それはどうでもいい。彼らが絡まない方がやりやすいしな」

「ひとまず、これで安心ですかな」末弘が腰を上げた。「さて、まずは理事会で大会開催を正式決定しなければならない。その後は、各国の体協との交渉が必要になってくる。石崎君、今日から君は、正式に理事長秘書から外れてもらう。今後は、この大会の準備に専念だ」

「分かりました」自分の言葉が白井を動かした——そう言われても、まだ信じられない。何かの間違いではないか？　あるいは白井は、別の陰謀を企《たくら》んでいるとか。

いや、大日本帝国軍人は、そんな卑怯《ひきょう》な真似《まね》はしないだろう。

すぐに立花に教えないと。予告した大会は、ちゃんと開かれるんだぞ。後は絶対に、野球を競技に入れなければ。野球抜きでは、立花を勇気づけられない。

石崎は、細々《こまごま》とした準備に追われた。年内に理事会を開いて計画の詳細を詰め、それによって年明け、昭和十五年一月には、招聘を予定している満州、中国の協会代表者を招いて正式に話をすることになる。その根回しはなかなか面倒で、特に大満州帝国体育連盟、華北《かほく》新民体育協会との事前のやり取りが大変だった。

「必要だと思ったら、満州に行ってもいい」と末弘は言ったが、そこまでの時間もない。電報と手紙、電話でやり取りするしかなかった。

その中で、石崎としては野球が実施競技に入るかどうかが気がかりだった。正式には理事会でどの競技を行うか決めて、各国の体協に参加可能かどうかを打診することになるのだが、その前には下準備が必要だ。

この大会は、やはり「オリンピックの代わり」という側面がある。そのため、実施競技もオリンピックに準じたものになるのだが、必ずしも同じにする必要はないという意見が強く、野球の他にラグビーも候補に挙がっていた。ただしラグビーは、一九〇〇年のパリ大会から一九二四年の二度目のパリ大会までの四大会でオリンピックの正式競技として行われた実績がある。石崎の感覚では、アメリカが二回優勝しているのが面白かった。ラグビーはヨーロッパのスポーツという印象が強いのだが……もちろん日本では、大学を中心に盛んである。

しかし石崎にとって大事なのは野球だ。立花のためにも、どうしても野球を正式競技に加えたい。しかしこの辺は、自分がいくら声を上げてもどうにもならないことは分かっている。石崎は単なる一般職員であり、理事会などでの発言権はないのだ。そして今、理事の中で野球に特に思い入れのあるメンバーはいない……。

必死に考え、石崎は外部の人間を頼ることにした。

職業野球の隆盛は無視できないが、そもそも野球で金を稼いでいる選手は、この大会には参加できないだろう。となると、日本代表の中心は大学生になるはずだ。代表を選定する時に大きな力を持つのは、やはり六大学——自分の出身母体になる。

六大学の伝手を辿ろう、と決めた。勝手に動いたことがばれたら末弘たちには怒られるかもしれないが、体協の中で石崎に一番近しい立場にある末弘も、野球を実施競技に入れるかどうかについては、態度をはっきりさせていないのだ。それなりに立場がある人を巻きこみ、大きな声を上げてもらって末弘の関心を引くのが効果的だろう。

話ができる人間は……と考えた時に、東京大学野球連盟の理事、泉光太郎《いずみこうたろう》の顔が思い浮かんだ。泉は大正時代に明治《めいじ》大学の名一塁手として活躍し、今では野球連盟の重鎮だ。石崎は、試合の後で何度か顔を合わせ、挨拶したことがある。泉は今でも野球の現場から離れず、六大学の試合にもしばしば顔を出すのだ。

野球連盟の事務局に電話を入れ、泉と話す方法を教えてもらう。泉はこの事務局に常駐しているわけではないので、自宅へ行くのがいいのでは、と助言をもらった。今は電力会社の重役だというのだが、会社を訪ねたら迷惑をかけてしまうだろう。

助言に従い、泉の自宅に電話を入れる。泉は最初戸惑っていたが、すぐに石崎の名前を思い出し、会うことを了承してくれた。

その日の夜、早速泉の自宅を訪ねる。着物姿で出迎えてくれた泉は、石崎を応接間に招き入れてくれた。こういう人の家には、結構立派な応接間があるものだ……と感心していると、酒を勧められた。

「もう、呑んでもいい時間だろう」

「申し訳ありません」石崎は立ったまま頭を下げた。「今はまだ、仕事中です」

「そう堅いことを言わずに」泉は酒好きのようだ。鼻が赤くなっているのも、毎晩の晩酌の影響だろう。

「実は先日、酒で少々失敗してしまいまして」

「それぐらい、誰にでもあることだろう」

「験担《げんかつ》ぎもしているんです。この大会が軌道に乗るまで、酒断ちしようかと」

「そんなに大変なことなのかね」泉は疑わしげだった。

「私にとっては、オリンピックと同じぐらい大切な大会です」

「そうか……まあ、座りたまえ」

結局泉も、酒はやめにしたようだった。呑むのは好きだが、誰か一緒に呑む相手を欲しがる人間のようだ。

泉は長身ででっぷり太っており、かつての名一塁手の面影はない。しかし考えてみれば、彼が活躍していたのは大正時代なのだ。二十年以上昔……五十歳近くなれば、太るのも仕方ないだろう。

「君が、うちとの試合で1点を阻止したのを覚えているぞ」

「ああ……はい。その節は申し訳ありませんでした」

「何を言うか」豪快に笑って泉が煙草を手にした。「あれは見事だった。私は守備が上手い選手が好きなんだ」

石崎もはっきり覚えている。明治戦で、一死一、三塁のピンチ。四番打者を迎え、失点の可能性が極めて高い場面だった。しかし石崎は、この試合、明治の四番が徹底してセンター返しを狙っていることを既に見抜いていた。基本に忠実で、とにかく当てるのが上手い。今回も無理に引っ張らずにセンター方向へ打ってくるだろうと予想していた。

立教のピッチャーは左投げ。スピードはないがコントロールはよく、無理に三振を狙いに行かずに打たせて取ろうとしていた。慎重に攻めて、フルカウント。最後の一球は、真ん中低めに入った。石崎はふいに「来る」と予感を覚え、ボールがピッチャーの手を離れると同時に、二塁方向へするすると動いた。強烈な打球がマウンドの横を抜け、二塁ベース上を通過する。来た――予想通りの打球が飛んできたが、石崎の守備範囲だった。ベースの後ろで飛びこんで打球をキャッチすると、そのまま足から二塁ベースに滑りこんで一塁走者を封殺。三塁走者は、打球が抜けると判断して走り出していたが、石崎は素早く立ち上がってホームへ送球した。滑りこんだ三塁走者と同着になったが、キャッチャーが堅いブロックでアウトを稼いで明治の得点機を潰した。

「あれは、どういうことだったのかね。何であんなに、二塁に近いところを守っていたんだ？」

「予感です。明治の四番が、常にセンター返しの意識でいることは、それまでの打席で分かっていましたから。ああいう得点機には、自分が一番得意なバッティングをするものでしょう」

「なるほどね……君は、技術よりも頭で勝負するタイプのセカンドだったんだな」

「技術があれば、職業野球でやっていたかもしれません」

「馬鹿なことを言うな。野球は、金をもらってやるものじゃない。純粋に楽しむものだろう」泉が急に真顔で言った。職業野球が始まっても、こういう見方をする人が未だに多い。「――それで、今日の用件は？」

「はい」石崎は背筋を伸ばした。「電話でも簡単にお話ししましたが、来年開かれる紀元二千六百年記念の大会の件についてです。この大会で、野球を実施競技に加えたいのですが、理事会に野球関係者が入っていないので、積極的に推してくれる人がいません」

「私も、体協の理事ではないよ」

「しかし、東京大学野球連盟の理事です。大きな影響力を持つ方です。口添えしていただくことはできないでしょうか」

「私が口添え、ねえ……」泉が顎を撫でた。「体協の人たちが、私の言うことに耳を傾けるかどうかは分からないな。普段からつきあいもないし」

「今度の大会は、大きな大会です。私の中では、オリンピックと同じぐらいの重要な意味を持っています。その大会に野球が加わるのは、素晴らしいことだと思いませんか？」

「それはそうだが……」泉はあまり乗ってこなかった。

「体協にいる人間としてこんなことを言うのはどうかと思いますが、いろいろなスポーツがある中で、日本で一番人気なのは野球でしょう」

「まあ……それはそうだな」泉の表情がかすかに緩む。

「陸上でも水泳でも、日本人は世界で活躍しています。でもそれはオリンピックの時だけで、普段、日本人が親しんでいるのは何と言っても野球です」

「体協の人間らしからぬ発言だな」泉が苦笑する。

「私は基本的に野球人です」

「そうか、そうか」泉が煙草に火を点ける。「そういう感覚でいてくれるのは、嬉しい限りだな」

「そこで今日、お願いに参上したんです。野球を正式種目にするために、泉さんのお力をお借りできないでしょうか。体協の理事に話していただければ、競技として認められると思います」

「とはいえ、私は体協の理事の皆さんとは面識がない。そうだな……」泉がしきりに煙草をふかした。「いや、やはり私にはできそうにない」

「泉さん……」頼りにしていたのだが、とがっくりきてしまう。

「私にはできないが、体協とつながりのある人はいるよ。早稲田の高木《たかぎ》を知ってるか？」

「もちろんです。早明《そうめい》龍虎の対決じゃないですか」

「どっちが龍でどっちが虎なのか」泉が苦笑する。「しかし君も、古い話をよく知ってるね。しかも早明でもない、立教の選手なのに」

「伝説を学ぶことも大事かと思います」

大正時代の早明戦は、明治の泉、早稲田の高木という二人の選手が中心になっていた。早稲田の大エース高木に対する明治の好打者・泉。二人の対決が、大学野球人気が盛り上がる大きな要因になった、と石崎は聞いていた。

「高木さんは今、何をされているんですか」

「あいつも連盟の理事だよ。理事会では毎回顔を合わせる」

「会えますか？」二人目を説得する覚悟はできていた。

「まず、私が話をしてみよう。向こうが了解すれば、会わせてあげるよ」

「お願いします」石崎は思い切り頭を下げた。「実は、あまり時間がありません。来月には、この大会の詳細を決定する理事会が開かれます。それまでには、野球を正式競技にするための根回しを終えておかなければなりません」

「君、政治家になろうと思ったことはないか」泉が唐突に聞いた。

「いえ……考えたこともありません」

「君は政治家に向いているかもしれないぞ。人を巻きこんで、納得させるのが上手い」

「納得していただけたんですか」石崎は思わず身を乗り出した。

「どうも、君にはかなわんなあ」泉が頭の天辺《てっぺん》に手をやる。「今、高木に電話しよう。この時間なら家にいるはずだから、すぐに連絡が取れる」

「ありがとうございます」思わず、膝にくっつくほど深く頭を下げてしまった。

「少し待っていたまえ。電話してこよう」

泉が応接間を出て行った。石崎はふっと息を漏らし、緊張を解いた。何とか上手くいきそうだ……しかし、まだ油断するわけにはいかない。初めて開催する大きな大会なのだから、何が起きるか想像もできないのだ。しかし、東京大学野球連盟の理事二人が揃って説得してくれれば、末弘たちも耳を傾けるだろう。

五分ほどで、泉が戻って来た。嬉しそうな表情を浮かべている。

「今夜、時間はあるかね？」

「大丈夫です」

「だったら、このまま待っていてくれたまえ。高木はすぐに来る」

「今からですか？」

「家が近くなんだよ」

「ああ……お手数おかけします」

「大した手間じゃない」手を振って、泉が戸棚を開けた。中から外国製らしい、高そうなウイスキーの瓶とグラスを持ち出す。

「本当に呑まないか？」

「大願成就のためです」

「そうか」うなずき、泉がグラスにウイスキーを注いだ。琥珀色《こはくいろ》の液体は美しく、美味そうなのだが……正直言って、酒を呑まないのは、精神的な理由もある。先日、滝川たちに散々迷惑をかけた夜に呑んだ酒はまったく美味くなかったのだ。

しかし泉は美味そうにウイスキーを舐めている。いかにも呑み慣れた感じで、石崎とは鍛え方が違う、という感じだった。

十分ほどして、玄関の扉が開く音がした。

「ごめん下さい」塩辛声が響く。

「おう、入ってくれ」

泉が怒鳴り返すと、すぐに高木が入って来る。泉も大きい男だが、高木はさらに大きい。とうに五十代になっているはずだが、体はまったく萎《しぼ》んでおらず、背筋もピンと伸びている。願わくばこんな五十代になりたいものだ、と石崎は思った。

高木は泉の隣の椅子に腰を下ろし、ウイスキーの瓶を一瞥した。

「また呑んでるのか、この酔っ払いが」

「まあまあ」

泉が笑いながら、新しいグラスを取り出した。ウイスキーを注いで渡すと、高木が一気に呑み干す。まるで真夏の練習の後で、喉の渇きを癒すために水を飲むような感じだった。

「君が石崎君か」高木が大きな目をさらに大きく見開いて、ぎろりと石崎を見た。

「はい。お初にお目にかかります」緊張して、石崎は頭を下げた。

「お初というわけでもない。君の試合は何度も見たよ」

またか……照れ臭いが、野球がこうやって人の輪をつないでいくのかと思うと少しだけ感動する。もっとも、六大学という野球の世界が、実はかなり狭いのだと実感もしたが。

「恐縮です」石崎はさっと頭を下げた。

「話は泉から聞いた。君も、なかなかいい仕事をしてるじゃないか」

「お褒めいただき恐縮ですが、まだ道半ばです。できれば、諸先輩方のお力をお借りしたく――無礼かと思いましたが押しかけました」

「何を言う」高木が豪快に笑った。「君ら若い者は、我々年寄りをどんどん利用すればいいんだ。体力はなくなっていても、我々には経験と知恵があるからな。それに何より、同じ野球界の仲間じゃないか」

「ありがとうございます」涙が出そうな好意だった。

「体協の然るべき人間に話をすればいいだろうな……そう言えば、松沢一鶴が理事でいるじゃないか」

「はい。お知り合いなんですか？」

「ああ。あいつとはいつでも話ができる。古い知り合いなんだ」高木が打ち明ける。

「逆に、松沢は体協の中でちゃんと発言力があるんだろうな」

「それは大丈夫です。松沢さんを説得できれば、確実に理事長、会長にまで話が通ります」末弘にとって松沢は右腕と言っていい男だ。

「結構、結構。さっそく明日にでも話してみるよ」

石崎は思わず安堵《あんど》の息を吐いた。それを見て、泉と高木が揃って笑い声を上げる。

「大袈裟だな。そんなに大変なことじゃあるまい」

「私にとっては大事《おおごと》です」

「まあ……とにかく、任せなさい」高木が胸を張った。堂々とした態度に、石崎は、彼がマウンド上で躍動する姿を簡単に想像できた。

それから二人は、昔話を始めた。現役時代、海外のチームを招聘して試合を行ったこと、あるいは海外遠征……それを聞いているうちに、石崎の頭にある考えがひらめいた。

「海外チームとの試合はどうですか」

「それは素晴らしいよ」高木が急に笑みを浮かべた。「特にアメリカのチームとの試合は勉強になった。私たちが現役の頃は、今のようにアメリカとの間の緊張関係もなかったしね」

「今回の大会に、アメリカのチームを呼ぶのはどうでしょう」

泉と高木が顔を見合わせる。揃って戸惑いの表情を浮かべていた。

「このご時世にかい？　それは……どうかな」泉は腰が引けていた。

「野球の故郷はアメリカです。そこのチームを呼ぶことには意味があると思いますが、難しいでしょうか」

「今の日米関係を考えると、どうかね」

「でしたら、ハワイでどうですか」

「ハワイ？」

「ハワイだってアメリカじゃないですか。それにハワイには、日系人だけのチームがあるんです。それなら、この大会に参加してもらう意味があるのではないでしょうか。日本が主催する大会なんですから」

そうだ、ハワイ朝日だ。ハワイ朝日を呼べばいい。そこには石崎の旧友もいる。

Ⅱ

1940年2月（昭和十五年二月）

長い手紙を出して、澤山は一息ついた。これで一安心だが、返事がくるまでには最低でも二十日ぐらいはかかるだろう。その間は身動きが取れない……しかし、ただ座して返事を待っているわけにはいかなかったので、別の作戦に出た。

選手個人の切り崩し。

大会の内容を説明した時に、何人かは強硬な反対派だと分かっていた。宮崎、中尾《なかお》、北川——特に北川が手ごわい。チームの実質的なナンバーツーで影響力も強い北川が反対し続けていたら、賛成の手を挙げる選手は出てこないだろう。本当は、まず北川を切り崩すべきなのだが、彼を説得するのは難しそうだ。

監督の出口も態度を明らかにしていないのが不気味だった。出口が「行こう」と言えば北川も逆らわないはずだが、逆に出口が一言「駄目だ」と言ったら、可能性は一気に消えてしまう。出口に当たるのは最後の最後、選手全員の賛成を取りつけてからでもいいだろうと判断する。

賛成ではないが全面的に反対でもない——中途半端な立場にある人間を説得する方が、効果的かもしれない。まず味方を増やして、北川包囲網を作るのだ。

月曜の夜、澤山は実家へ戻った。正確には実家へは寄らず、まず神岡の家へ向かう。まだ外は明るいが、パイナップル農園での仕事はもう終わっているはずだ。

しかし神岡はいなかった。家族に確認すると、近くにある球場へ走りに行っているという。一日働いた後で、まだ体を動かす体力と気力が残っているのかと、澤山は感心した。あいつの「上達したい」という強烈な向上心は、自分にはなかったな、と反省もする。怪我と関係なく、「どこまでも上手くなりたい」という気持ちが欠けていたと思う。

この球場は、澤山も子どもの頃からおなじみだ。昔ここの近くに大きな工場を置いていた製糖会社が、社員のレクリエーションのために作った施設だったそうで、昔から多くの子どもがここで野球を覚えた。澤山も、初めて本格的に野球をやったのは、この球場でだった。

夕闇が迫る球場の中を、神岡は一人黙々と走っている。レフトポールとライトポールの間の往復をひたすら繰り返しているようだ。彼はこの球場でよく走っている。芝の一部は彼の足に踏み均《なら》されて、短くなっているぐらいだった。あんなに走っても野球が上手くなるとは思えないんだけど……実際、そんな風に聞いてみたことがあるが、神岡は「バッティングは下半身なんだよ」と延々と自説を展開した。上半身、腕の力に頼っているだけじゃ、ボールを遠くへ飛ばせないんだ、と。それにサードの守備は反射神経とダッシュ力がポイントだから、始動の原動力になる下半身は、いくら鍛えても足りないぐらいだ。

澤山はグラウンドに入りこみ、一塁側のファウルライン沿いにゆっくりとポールの方へ歩いて行った。レフトのポールまで達して折り返してきた神岡が澤山に気づく。澤山は手を振り、「タク！」と声をかけた。神岡が途中でルートを外れ、少しだけペースを落としてこちらに近づいて来る。澤山まで十メートルほどのところまで近づくと完全に歩きになり、腰に両手を当てて呼吸を整えた。額は濡れ、Tシャツも汗で体に張りついている。

「どうした。今日は、ワイキキにいる日じゃないのか」息を整えながら神岡が訊ねる。

「お前に会おうと思ってさ」

「用事は……あの件か」

「ああ。まだ走るのか？」

「いや、今日はやめておく。お前がいるならキャッチボールぐらいしたいけど、グラブもボールも持ってこなかった」

「俺もだ。気が利かなかったな」

「いや、いいけどさ」

二人は何となく、ダグアウトの方へ歩き出した。そこなら座って話ができる。神岡は座る前に、ダグアウトの横にある水道に顔を近づけ、ごくごくと水を飲んだ。胸が大きく波打つ様は、一仕事終えた人間に特有の爽やかさに満ちていた。

「どれぐらい走ったんだ」

「二十往復かな。大した距離じゃない」

「前から思ってたんだけど、下半身強化のためには、長い距離を走るより、短距離のダッシュの方がいいんじゃないか？　その方が、サードの練習にもなるだろう」

「それもやってるよ」神岡がさらりと言った。「短いダッシュは、ボールの間を走ってからだ」

「失礼」そこまで考えて練習しているとは思わなかった。

「……で？」

「お前は、日本行きについてどう思う」澤山は早速本題に入った。

「分からない」神岡があっさり言った。「日本に興味がないわけじゃない。でも、今行くのは怖い気もするんだ。無事にハワイに帰って来られると思うか？」

「そりゃあ、帰れるさ。ここが俺たちの故郷なんだから」

「日本で呑気に野球をやってきて、怪しまれないかな」

「怪しいって？」

「スパイ扱いされるとか」

「そんなわけないだろう」神岡は心配性過ぎる、と澤山は呆れた。

「噂なんだけど、ルーズベルトが、ハワイに住んでいる日系人に対する監視を提案しているっていう話があるんだ」

「大統領が？」澤山は目を見開いた。「どうして？　俺たちはアメリカ人なんだぜ。何で監視されなくちゃいけないんだ」

「日系人は、日本と通じてるスパイかもしれないって思われてるんだよ」

「冗談じゃない！」澤山は声を張り上げた。生まれた時からアメリカ市民の自分たちが、どうしてそんな疑いをかけられなくちゃいけないんだ？

「日本へ行って試合して、ホノルルまで戻って来ても船から下りられない、なんてこともあるんじゃないか」

　確かに彼の言う通りで、アメリカ側が日本に対して強硬な姿勢を取り始めているのは間違いない。しかし同意はできなかった。それとこれとは別だ。

「日本人が揃って戦争に賛成しているわけじゃないぞ」澤山は反論した。「実際、中国での戦争はあくまで限定的なもので、それほど遠くない先に終わるはずだ。そういう見通しがあるからこそ、大きなスポーツの大会を開く余裕もあるんだろうし」

「国威発揚のためじゃないか？　ベルリンオリンピックが、ナチスドイツの宣伝に使われたのは有名な話だろう」

「日本にナチスはいないよ」

「でも、戦争を正当化するためとか……何だかよく分からないな」神岡が首を捻る。

「そういう考えを、一度捨てようぜ」澤山は必死で説得にかかった。「お前、ハワイ以外のチームと試合したこと、ないだろう」

「ああ。カリフォルニアオールスターとやった時には、俺は出ていない」三年前、一九三七年の対戦だ。その時ハワイ朝日は、10対0で快勝している。

「ハワイでも野球はできるけど、狭い世界の話だよ。俺は、日本でいろいろな大学のチームと対戦して、目が覚めた。日本の野球はレベルが高いんだぞ」

「それは知ってるよ。朝日の先輩たちも、勝ったり負けたりだったわけだし」

直近では、二年前に早稲田と対戦したハワイ朝日は敗れている。全体では、日本の大学野球とハワイリーグの実力は五分五分というところだろう。

「特に日本のチームは、ピッチャーのレベルが高いんだ。そういういいピッチャーを打ち崩してこそ、タクの格も上がるんじゃないか?」

「格?」

「野球選手としてレベルが上がるっていう意味だ。もちろん、ずっとハワイで野球を続けて、同じような選手と対戦を続けるのも楽しいとは思うよ。お客さんも喜んでくれるし……でも、まったく違う野球を経験するのは絶対勉強になる」

「野球が勉強かよ」

「勉強だけど……でも、楽しいぞ」

「楽しいのかね?」神岡はまだ疑わし気だった。いや……理解できないという感じだろう。

「俺にとって、日本で野球をやっていた四年間は、人生で一番楽しかった」

「そうか、楽しいのか」

神岡がグラウンドに視線を向けた。自分が守るサードの辺りをじっと凝視している。彼の人生は、その狭い一角が中心なのだが、それだけではもったいない。

「毎日同じような仕事をして、週末は試合……今はそれでいいよ。俺だって、膝がちゃんと動けば試合に出たいぐらいだ。でも、いずれはお前も野球をやめるじゃないか。やめるというか、ハワイ朝日みたいにレベルの高いチームではプレーできなくなる」

「何だよ、もう引退の話かよ?」神岡が怒ったような表情を浮かべる。

「それは、いつかは誰にでもくることだから」澤山はうなずいた。「引退する時に、もっと大きな思い出があってもいいんじゃないか？　日本で試合すれば、最高の思い出になるよ」

「そうか……」神岡が顎に手を当てた。「まあ、金はかからないしな」

「日本側――大日本体育協会だって、今回の東亜競技大会の成功に命運をかけてるんだ。だからこそ、船賃も滞在費も全て負担すると言ってるんじゃないかな。こっちは金を使わないで済むんだから、行っても問題ないだろう。農園の仕事は休めるんだろう？」

「まあな。帰って来た時に、俺の働く場所はなくなってるかもしれないけど」

「そうしたら、モアナホテルで雇ってもらえるように俺が交渉するよ」

「そいつはありがたいな」神岡が真剣な表情でうなずく。「農園の仕事にも、正直ちょっとうんざりしてるんだ。ホテルの仕事なら、取り敢えず涼しそうだよな」

　パイナップル畑での仕事は、当然太陽との戦いだ。頭を焼く陽射《ひざ》しに耐えながら仕事をしていると、一日で一キロ、二キロはすぐに体重が落ちてしまう。しかもこの仕事には区切りがない。大事なのは、毎年必ず美味いパイナップルを作り続けることだけ――澤山自身は、将来父の仕事を継ぐかどうか、まだ決めかねている。兄に全面的に任せるのは申し訳ないのだが、その一方で、あの仕事はしたくないというのも本音だ。ずっとモアナホテルで働くわけにはいかないかもしれないが、他の仕事を見つけるのもそれほど難しくはあるまい。

人生には何度も岐路がある。東亜競技大会に参加することも、澤山にとっては岐路になるかもしれないのだ。

火曜日の夜、澤山は花子の父が経営する雑貨店を訪ねた。本当は行きたくない――花子の父親は、澤山をあまり好いていない――のだが、彼女に頼み事があったので仕方がない。

花子が「ちょっと出るわ」と言うと、父親は露骨に嫌そうな表情を浮かべた。仕事を放り出して何だ――と文句を言うほど忙しいわけではないようだが、そもそも澤山と出かけるのが気に食わないのだろう。

二人は、雑貨店の近くにある公園に出向いた。海に近い公園では、ベンチに座っていると時折爽やかな潮風が芝を渡り、頰を撫でていく。大きなバニヤンツリーの根本にあるベンチを選んで座った。垂れている太い枝を伝って、木に登っていけそうだった。

「何かあったの？」

「君にちょっと頼み事があるんだ」

「何？」

「君の従兄《いとこ》、ハワイ準州政府で働いてたよな？　名前、何だっけ？」

「ジョー」

「アメリカ名じゃなくて」

「日本名も『ジョー』なのよ。『譲る』っていう漢字、分かる？」花子が人差し指で宙に字を書いた。

「ああ、分かる。『譲る』は確かに『ジョウ』って読むよな」

「叔父さんが、早くハワイに馴染めるようにって、わざわざその名前をつけたんですって」

「今もよく会う？」

「たまにね……ジョーに何か用事なの？」

「ちょっと話がしたいんだ。確認したいことがあって」

「いいけど、何？」

「ちょっと複雑で、説明しにくい」澤山は笑みを浮かべた。花子は少ししつこいところがあるから、これで誤魔化せるとは思えなかったが。「つないでもらえる？」

「いいわよ。電話してあげる」

「助かる」

「でも、高くつくわよ」花子が笑みを浮かべる。「日本、行くんでしょう？」

「行くように、今調整してる」

「お土産、よろしくね」

「土産か……」日本の土産としては何がいいのだろう。「何が欲しい？」

「うちに博多《はかた》人形があるのよ。ママが日本から持って来たの。子どもの頃から見てて、綺麗だなと思ってたの。でも、一つだと寂しそうだから、もう一つあってもいいかなって思って」

「博多人形って、博多——九州の？」

「そう。でも、東京なら手に入るんじゃない？　東京って、ニューヨークみたいに大きな街なんでしょう？」

「そうだよ」

「ニューヨークでは何でも手に入るでしょう？　東京も同じじゃない？」

「探してみるよ」日本にいた時には、人形などまったく気にしてもいなかった。姉か妹がいれば、土産に探していたかもしれないが。

「じゃあ、早速電話してみる？」

花子が立ち上がる。澤山も立ち上がると、花子がすかさず腕を取った。二人で腕を組み、元気のある芝をサクサクと踏んで歩く散歩が悪いわけがない——しかし、気分が上向くことはなかった。

心配事が多過ぎる。

常田譲は、翌日の夕方、モアナホテルまでやって来た。一度もこのホテルに入ったことがないので、半分物見遊山だという。その話を聞いて、結構呑気な人だなと思ったが、目の前に現れた常田を見て、澤山は目を見開いた。身長六フィート《183センチ》はある大男で、肩幅も広い、がっしりした体格をしている。

二人はビーチの前、巨大なバニヤンツリーの手前にあるレストランに腰を落ち着けた。モアナホテルの象徴であるバニヤンツリーを、常田が物珍しそうに眺める。

「どうも、落ち着かないね」常田がようやく澤山に視線を移す。

「そうですか？」

「やっぱり、モアナホテルは高級だ。客は金持ちしかいない感じじゃないか」

それは認めざるを得ない。客の多くは、本土《メインランド》の西海岸に住む金持ちなのだ。有り余る金を使って、モアナホテルに長期滞在して肌を焼いていく。

「こういうところで、お客さんにまじって飯を食っていいのかい？」

「仕事が終われば、問題ないですよ。金を払えば俺も客です」

「そうなんだ……何を食べたらいい？」

「食べ物は普通です。その辺のレストランで食べるのと変わらないですよ」盛りつけが上品で値段が二倍、というだけだ。

「それなら、クラブハウスサンドにするかな」

「飲み物はどうしますか?」

「ビールで」

澤山は視線の隅に、馴染みのウェイターの姿を捉えてうなずきかけた。まだ少年のような、ハワイネイティブのウェイターがすぐに飛んで来る。

「タカ、今日は客かい?」

「ああ。クラブハウスサンドとビールを二つずつだ」

「喜んで」ひょうきんな調子で言って、ウェイターが引っこむ。本題に入る前に、澤山は軽い話題で切り出した。

「何か、スポーツはやってたんですか? すごい体ですよね」

「マッキンリー高校時代にフットボールを」

「タイトエンド?」

「当たり」常田の表情がようやく綻ぶ。

ビールが運ばれてきて一口呑むと、常田は急に饒舌《じょうぜつ》になった。暖かい風が吹くオープンテラスのレストランで冷えたビール——気持ちよくないはずがない。

「君、花子とつき合ってるんだろう?」

「ええ」

「結婚するのか？」

「まだ決めかねているんですが……貯金もないので」

「花子の家はそれなりに金があるぞ。心配しなくていいんじゃないかな」

「そうもいかないと思います」

「まあ、二人のことだから、俺が口を出す問題じゃないけど」常田が肩をすくめた。

「結婚って、大変ですよね」澤山はつい溜息をついた。

「そんなこともないぞ。俺は簡単だった」

「じゃあ、俺が心配性なだけかもしれません」

常田が声を上げて笑う。そこでクラブハウスサンドが運ばれてきて、常田は目を見開いた。

「こいつは豪華だな」

「美味いですよ。ドレッシングが特製なんです」

「では、早速」

常田が巨大なサンドウィッチを持ち上げてかぶりついた。途端に、挟んだ具材がぼろぼろとこぼれ落ちる。モアナホテルのクラブハウスサンドは、ベーコン、ターキー、卵に大量の野菜を挟んだもので、ホテルのサンドウィッチらしく綺麗に盛りつけられてはいるが、量はかなりのものだ。澤山も何度も食べたことがあるが、中身をこぼさずに食べきったことは一度もない。

「さすがに、モアナホテルのサンドウィッチは美味いね」感心したように常田が言った。

「君はいつも、こんな美味いものを食べてるのか？」

「俺の給料では、そんなに頻繁には食べられません」

二人はしばらく食事に専念した。食べているうちに夕闇がおりてきて、ところどころで焚《た》かれた篝火《かがりび》と、テーブルの上のキャンドルだけが頼りになる。

あらかた食べ終えたところで、澤山は切り出した。

「常田さんは、準州政府で仕事をされているんですよね」

「ああ」

「専門は何なんですか」

「いろいろやってきたよ。高校を卒業してからもう、十年以上働いているからね。今は、知事室にいる。知事の秘書みたいな仕事だ」

「これは、正式な話じゃないんです」澤山は前置きした。

「どうぞ」常田が、脂でべたべたになった右手を澤山に向け、先を促した。

「実は、ハワイ朝日として日本へ遠征に行く話が出ているんですが……向こうで大きな大会があって、招待されているんです」

「その話は、花子から聞いているよ」常田がうなずいた。

「念の為、きちんと説明させて下さい」澤山は、最初からの状況を系統だてて説明した。いろいろな人に話してきたので、我ながら驚くほどスムーズに話ができる。常田も勘がいいようで、すんなり話を呑みこんでくれた。

「なるほど……スパイと思われないか、心配なんだね」

「はい」

「いい若い者が、そんなことを心配するかねえ」

あなたもまだその「若い者」に入るでしょう、と澤山は言いかけた。しかし、軽口が合う状況ではないと思って言葉を呑みこむ。

「確かに、いろいろな噂が流れている。でも、はっきりしたことは一つもないんだ。日系人が監視されているというのも……俺はないと思うね」

「そうですか？」

「ハワイの人口のうち、日系人が占める割合はどれぐらいだと思う？」

「さあ……」多いだろうという感覚はあるのだが、メインランドで暮らしたことがないので、アメリカの他の地域に比べて実際に多いかどうかは分からない。

「最新の調査じゃないけど、四割近くが日系人なんだよ」

「そんなに、ですか？」澤山は目を見開いた。半分近くとは……。

「そう。そのうち移民一世じゃなくて、アメリカ生まれのネイティブが七割ぐらいになるんだ」

「それは……すごいですね。そんなに多いとは思いませんでした」

「考えてみろよ。それだけ多くの日系人がハワイに住んで働いているわけだから、監視したり逮捕したりしたら、経済も社会も崩壊する。日系人がいなくなったら、ハワイはあっという間に沈没だよ」

「確かに……」

「メインランドでは、日系人に対する差別は確かにあるみたいだ。でも、ハワイは別だよ。ここは準州になる前、ハワイ王国の時代から日本人の移民を受け入れていたんだから。ハワイと日本は、元々特別な関係なんだ」

当初は、ハワイ王国が労働力を求めて日本側に話を持ちかけたものだった。日本側の窓口は徳川《とくがわ》幕府から明治政府に替わり、契約が曖昧なまま、在日ハワイ領事が百五十三人の日本人をハワイに送りこんだのが移民の最初である。この人たちは「元年者《がんねんもの》」と呼ばれ、移民の元祖になった——小学校で教わる話であり、日系人なら誰もが知っている。

「じゃあ、我々が日本へ行って、そのまま帰ってこられなくなることはないんですね？心配している奴がいるんです」

「それは、想像のし過ぎじゃないかな」常田が苦笑した。「何だったら知事に聞いてみてもいいけど、そういうことはしない方がいいと思う」

「……そうですね」知事はハワイの政治のトップだ。そんな人まで動かすとなったら、話が大袈裟になり過ぎる。

「俺の方で、目配りしておくよ。日本へ渡るには、いろいろな手続きが必要になる。誰かが反対の声でも上げたら手続きが遅れる。そういう風になりそうになったら、すぐに君の耳に入れるから」

「ありがとうございます」言って、澤山はビールをぐっと呑んだ。初対面の人との難しい会話で、喉はからからに渇いている。

「君も心配性だねえ」常田がニヤリと笑った。

「そうですね。でも、マネージャーの仕事は心配することですから」

Ⅲ

昭和十四年十一月（1939年11月）

「君、裏から手を回したな」

末弘に指摘され、石崎はどきりとした。理事長秘書の仕事からは外れたはずなのに、

「今日はつき合いたまえ」と言われて厚生省へのお供を言いつけられた時に、既に嫌な

予感がしていた。そして実際、車に乗りこんだ瞬間に末弘が切り出したのだ。

「……すみません」

「松沢君から言われて、昨日、東京大学野球連盟の泉君と高木君に面会したよ。野球連盟からの正式なお願いということで、野球を実施競技に含めるように頼まれた」

「それで、理事長は……」

「東京大学野球連盟からのお願いを無視するわけにはいかない。下村会長や他の理事にも相談するが、野球もこの大会の競技に含めることになるだろうな」

石崎はそっと息を吐いた。これで大きな山は越えた……後はハワイ朝日を呼ぶ仕事が残っている。

「ハワイの話は出ましたか？」

「ああ。しかし、何でハワイなんだ？」末弘は納得がいっていない様子だった。

「ハワイには日系移民が多いですから、アメリカの中の日本と言ってもいいんじゃないでしょうか」

「確かに、私の知り合いにもハワイに移民した人がいる。だいぶ苦労したようだが」

「はい。その中で、野球は人々の心を結びつける大事なスポーツになっているようです。そして日本の大学は、ハワイの日系人チームと何度も対戦しています。アメリカ本土のチームを呼ぶのは大変ですけど、ハワイなら呼べるんじゃないですか？　船便で十日ぐらいですよね」

「そうだろうな」

「アジアの国々だけでなく、アメリカからもチームを呼んでこそ、本当の国際大会になるのではないでしょうか。今、日本とアメリカとは緊張関係にありますが、国際友好にもなると思います」

「確かにそれは、一つの理屈ではあるな」末弘がうなずく。

「職業野球には、ハワイの日系二世の選手もいます。日本にとって、ハワイは一番身近な外国です」石崎は畳みかけた。

「なるほど……それも検討しよう。ただし、予算が大変なことになりそうだな」末弘の表情は渋い。

「計算してみます。基本的に大きいのは、船賃と宿泊費ですね」日本国内での移動は、さほど気にしなくていいだろう。

「来てもらうなら、予算はこちら持ちにする必要があるな。しかし、どうやって声をかける？」

「早稲田が、ハワイ朝日という日系人チームと関係が深いので、早稲田を通じて頼むのが一番いいと思います。私も知り合いがいますから、非公式に連絡は取れます」

「ハワイのチームに知り合い？　君も顔が広いな」珍しく末弘が軽口を叩く。

「日本に留学して、法政で野球をやっていた友人がいるんです。彼に連絡を取ることはできます」ずっと手紙のやり取りをしているのだ。勤務先に電報でも打てば、確実に連絡できるだろう。

「そうか……まあ、向こうに依頼する方法はこれから検討しよう。早稲田を通じて、というのは確かに現実的なやり方かもしれない。我々体協には伝手がないからな」

「早稲田OBの高木さんにお願いしてみます」

「昔から知り合いなのか？」

「いえ……明治の泉さんとは知り合いですが、高木さんは、泉さんに紹介してもらいました。でも、お願いはできると思います」

「分かった」末弘がうなずく。「しかし君は、この数ヶ月で大きく変わったな」

「そうですか？」石崎は思わず顔を擦《こす》った。そんな自覚はまったくないのだが。

「前は、何をするにも遠慮がちだった。私の顔色ばかり見ていただろう。でも今は、自分の言葉でしっかり意見を言えるようになった」

「すみません」思わず頭を下げてしまった。「生意気が過ぎましたら――」

「いや、いいんだ。私は、こういうのが理想の形だと思うよ。若い人が自分で考えて動いて、何か困った時だけ私のような年寄りが助け舟を出す。私が若い時は、上の人がうるさくて仕方がなかった。何か言いかけるとすぐに、『若造は黙ってろ』だったからな。

大学でも水連でも、爺《じい》さんたちの圧力が本当に嫌だった」

「でも、水連は理事長のご尽力でできた団体ではないですか」

「しかし、金を出したのは年寄りたちで、私は散々頭を下げた……いろいろなことがあったよ。とにかく私は、あんな年寄りにはならないようにしようと決めたんだ」

「理事長は、私たちが自由に動ける機会を与えてくれています。ありがたい話です」

「そうか。どうやら嫌な年寄りにはならずに済んだようだな」

「もちろんです……生意気ついでに、一つ聞いていいですか」石崎は前から気になっていた疑問を持ち出した。言ってしまってから、緊張で鼓動が一気に速まる。

「どうぞ」

タイヤが道路の凹《くぼ》みを拾い、車が一瞬跳ねる。わずかな沈黙の間に、石崎は少しだけ冷静になれた。

「今回、大会を開催するために、いろいろな人と話しました。その中で、国民体力の増強という話が何度も出たと思います」

「そうだな」

「それについては、理事長――ご本心なんですか？　オリンピックはそのための手段の一つに過ぎない、というご発言もあったと思いますが」

「ベルリンで私が学んだ唯一のことがそれかもしれない。市民の間に広くスポーツを浸透させて、日常の一部にする。体協の第一の役目はそうあるべきではないだろうか」末弘は、断定はしなかった。

「分かります」急に喉が渇いてくる。「でも、国民の体力増強は、軍の強化にもつながる——という理論はどうなんでしょう」

「どうとは？」急に、末弘の口調がよそよそしくなる。

「いえ、本来スポーツは……戦争とは最も縁遠いものだと思います。しかし体協の中では、いつの間にかスポーツと戦争が結びついて考えられているような——」

「その件は、また後で話そう。もう厚生省に着いたぞ」

緊張のあまり、車が停まったことにも気づかなかった。石崎は慌てて車を降り、末弘が座る側のドアを開けた。末弘が帽子を頭に載せながら、ゆっくりと出て来る。

「それと、君には一つ、大役をお願いしたい」

「何ですか？」

「ここの用事が終わったら話そう。なかなか難しい話だぞ」

何となく誤魔化されたような感じがしないでもない。本当にこの理事長は、簡単には本音を明かさない人だ。

「参ったな」石崎は思わずつぶやいた。寒風が襟足にぶつかって首筋を刺激し、体が一気に冷える。

　年が明けて昭和十五年。まもなく準備委員会が設置されるという大事な時期に、石崎は一人名古屋《なごや》にいた。この街に来るのは初めてだったが、とにかくだだっ広いというのが第一印象だった。東京も、埋立地である山手線《やまのて》の東側は同じように平坦《へいたん》なのだが、山手線の内側はかなり起伏に富んだ地形で坂がたくさんある。それに慣れている石崎から見れば、名古屋はひたすら平坦で、地平線が見渡せそうな街だった。

　省線の千種《ちくさ》駅からひたすら歩いて辿り着いたのは、椙山《すぎやま》女学園。中学から大学にかけて男ばかりの学校で過ごした石崎にとって、女学校というのは完全に未知の世界で、入ると考えただけで足がすくんでしまう。しかし今日は、約束がある……行かねばならない。だいたい女学校といっても、男の先生もいるはずだから、女性ばかりの中に飛びこむわけではない。

　よし、と声を出して自分に気合いを入れる。校門から中に入る前にネクタイを締め直し、帽子をしっかり被った。これで、真面目な堅物に見えるとありがたいのだが。

　教員室を訪ね、会うべき人物の居場所を聞くと、屋内のプールにいるという。プールって……まさか泳いでいるわけじゃないだろうな。どうしたものかと困っていると、若い男性教員が案内役を買って出てくれた。

　屋内プールは二十五メートルだったが、立派なものだ。ここで泳ぎこむことで、前畑秀子《ひでこ》のオリンピック金メダルが生まれたのだと考えると、感慨深いものがある。

今は泳いでいる人はおらず、水面は鏡のように静かだった。すぐに着物姿の一人の女性を見つけ、案内してくれた教員に礼を言って引き取ってもらう。

「高橋《たかはし》さん」

声をかけると、高橋文子《ふみこ》がさっと一礼した。何と立派な女性だろうか、と石崎はある種の感動を覚えていた。現役を引退して数年が経つのだが、背は高く、未だに肩の辺りががっしりしている。自分より年下なのに、落ち着いた雰囲気もあった。

石崎は文子の二メートル手前まで近づき、「体協の石崎です」と名乗った。文子がまた一礼し、穏やかな笑みを浮かべる。

「坂下《さかした》文子です」

「失礼しました」石崎は思い切り深く頭を下げた。そうだ、彼女は結婚して苗字《みようじ》が変わったんだ……。

「遠いところを、わざわざすみません」文子がさっと頭を下げる。

「いえ、こちらがお願いしたんですから」

「こんなところで何ですけど、座りませんか」

文子がプールサイドにある木のベンチを指さした。選手たちが一休みする時に使うものだろう。そういうところに座るのも申し訳なかったが、自分だけ立ったままでいるのも変なので、石崎は浅く腰を下ろした。

「このプールは……」いきなり話を切り出すのも無粋かと思い、石崎は本題に関係ない話題を持ち出した。

「私がずっと練習していたプールですよ。この学校には、本当にお世話になったんです」

「このプールから前畑さんの金メダルが生まれたわけですね」

「本当は、ロサンゼルスオリンピックの後でやめられるつもりだったそうです。私もその話は聞きました」

ちらりと横を見ると、文子の表情は硬かった。ロサンゼルスオリンピックの二百メートル平泳ぎで銀メダルを獲得——それだけでも大変な成果で、前畑はメダルを花道に引退してもおかしくなかった。一位とのタイム差は〇・一秒。まさにタッチの差だろう。

「ロサンゼルスの銀メダルでも、十分すごかったですよね」

「でも、すごいと思わない人もたくさんいたんですよ。というより、ほとんどの人がそうでした」文子が寂しそうな笑みを浮かべた。「祝賀会で、東京市長の永田《ながた》さんから、どうして金メダルを取れなかったのかと厳しく言われたそうです。結果に不満だったのは永田さんだけじゃありませんでした。会う人会う人に厳しく言われて、『よくやった』って褒めてくれる人は、一人もいなかったと聞いています」

「それはひどくないですか？」石崎はかすかな怒りを覚えた。世界で二番目——誰にも恥じることのない成績ではないか。

「期待の裏返しだと、前畑先生は仰っていました。そう考えないと、辛かったんでしょう」

「それで、ベルリンまで現役を続行することにしたんですか？」

「このプールで」文子が右手をプールに向かってさっと差し伸べた。「前畑先生は一日二万メートル泳いだんです。練習は朝、昼、晩です」

「二万メートル？　そんなに？」

二万メートルといえば、二十キロである。二十キロ歩くだけでも大変なのに、そんな距離を毎日泳ぐとは……しかも漫然と泳いでいたわけではないだろう。一かき一かきに全力をこめ、常にタイム短縮を意識する。タイムが悪ければ、泳ぎ方を変えて、それが完全に体に染みつくまで練習を続ける——泳ぎがあまり得意でない石崎にすれば、とても人間技とは思えなかった。

「それで、ベルリンオリンピックでは〇・六秒差で勝たれたんです」文子の笑みが、ようやく自然になった。

「あの放送は、私も聞いていました。ラジオの前で興奮して、万歳三唱しました」

「私もです。夢の中にいたようで……自分のことのように嬉しかったです」

「本当は、あなたと前畑さんでメダルを分け合っていたかもしれない」

途端に文子の表情が暗くなる。しまった、と思ったが取り消せない。しばらく暗い沈黙が流れた。

坂下文子は、前畑秀子の女学校の後輩である。彼女の活躍に刺激されて本格的に水泳を始め、あっという間に頭角を現して、ベルリンオリンピックの出場も確実視されていた。新聞も「金銀独占」と早々と書き立てたぐらいで、前畑秀子とともに、国民的な英雄に祭り上げられた。

しかし、オリンピックの半年前に腰を故障し、治療が長引いて、ベルリン大会には出場できなかった。結局そのまま引退し、十九歳で結婚して、競技からは距離を置いている。

「ご結婚なさって……今は家庭に入られているんですよね」

「主人が医者ですし、子どもも生まれましたから、今は家を守ることだけを考えています。でも、主人が理解のある人なので、たまにここの生徒たちを教えにくるんですよ」

「水泳のコーチですか」

「ええ」

「有望な選手はいますか？」

「もちろんです」真顔で文子がうなずく。「いずれ、オリンピックで活躍する選手も出てくると思います。日本人は真面目なんです。コーチが課した練習は、どんなにきつくてもきちんとこなす——コーチの練習方針が間違っていなければ、どんな選手も必ず伸びますよ」

「素晴らしいですね」

「でも……残念ですね。次のオリンピックがいつになるかも分かりませんし」文子が立ち上がった。プールサイドまで歩いて行くとすっと身を屈め、水を右手ですくう。立ち上がると、右手を振って、雫《しずく》をプールに落とした。何でもない仕草なのだが、水が絡むと妙に様になっている。

「仰る通りです」石崎も立ち上がった。文子がプールサイドに移動したので、二人の距離は五メートルほどに開いている。その方が話しやすかった。何というか……現役を引退して家庭の人になったとはいえ、文子には人を圧倒する、強い「気」のようなものがある。石崎も小学校から大学にかけて野球一筋に打ちこんだが、それとはまったく次元が違う感じがしていた。野球は常に仲間と一緒。しかし水泳は、いざ試合になると誰も助けてくれない。孤独との戦いでもあったのだろうと考えると、文子の精神力の強さに心底感心した。

「それで……今日はどういったご用件なんですか」文子が探るように言った。

「私は伝令役です」

「伝令……」

「手紙をお持ちしました」石崎は、背広のポケットからそっと封筒を取り出した。「体協の末弘理事長からです」

「末弘先生が？　手紙なら、普通に出せばいいじゃないですか」文子の顔に疑念が浮かぶ。

「理事長とはお知り合いですよね？」

「もちろんです」

「そうですか……この手紙は、ゆっくり返事を待つような悠長なものではないのです」

石崎は前へ進み出て、手紙を差し出した。文子は躊躇《ちゅうちょ》して、受け取ろうとしない。

「お願いします」石崎は頭を下げ、さらに一歩前へ出た。「この手紙は、理事長の直筆です。どうしてもすぐに返事をいただきたいと……それで私が持ってきました」

文子はようやく手紙を受け取ったが、封を開けようとはしない。開ければ、自分の人生が大きく変わってしまうのではないかと恐れているようだった。このままでは話が進まないと焦り、石崎は意を決して切り出した。

「手紙の内容について、私から説明させていただいてよろしいでしょうか」末弘から概略は聞かされていた。

「……ええ」

「今年六月に、アジア各国の選手を招いて、大きな競技大会が開かれる予定です。今、体協でその準備を進めています」

「そうなんですか？」

「中止になった東京オリンピックの代わりの、紀元二千六百年記念事業にもなります。体協あげて——日本のスポーツ界をあげての大きな行事になります」

「初耳です」

「まだ計画段階なんです。一昨年《おととし》の体協の機関誌に掲載された座談会で、そういう大会を開催すべしという声は出ていたんですけど、それがその後具体化しました」

「このご時世に、そんな大会ができるんですか」文子は心底驚いていた。同時に心配している様子でもある。

「何とか開催にはこぎつけられる見こみです。そうなってくると、末弘理事長は別のことが気になるようでして」

「何ですか？」

「日本で、オリンピックの代わりに開催する大会となると、日本が圧勝しなければならないと思われているんです。メダルはいくつあってもいい。全競技で、日本人が金メダルを独占すべし、というお考えです」

「そんなことは無理ですよ」文子が驚いたように言った。「どんな大会でも、一国がメダルを独占するなんて、不可能です。世界には、強い選手がたくさんいるんですよ」

「承知しています。でも、必ず勝たねばならない競技もあるでしょう。特に日本のお家芸である水泳とか……男子は人材豊富です。しかし女子は、前畑さんと坂下さんが引退されてから、後続の選手がなかなか出ていない」

「それは……私には何とも言えませんが」文子の顔が曇った。

「手紙の内容は簡単です。現役復帰して、この大会に出ていただけませんか？　坂下さんなら、勝てます。今でも、アジアの選手たちとは実力がまったく違うはずです」

「石崎さん……」文子が溜息をついた。「あなたは何かスポーツをやっていましたか？」

「大学まで野球を」

「今も、当時と同じようにできますか？」

「それは――」石崎は黙りこむしかなかった。

「無理でしょう」文子が畳みかける。「引退して半年、一年経つと、その競技に必要な筋肉は失われてしまいます。技術も衰えます。復帰するには、長い時間がかかりますよ。それに、決して元には戻りません」

「予定では、大会は半年先です。半年間練習を重ねれば、現役時代の勘は戻ってくるんじゃないですか？」

「無理ですね」文子が寂しそうに笑う。「できることとできないことがあります。それに私は今は、家庭に入っています。自分の意思だけで動くわけにはいかないんですよ」

「これは体協としての——日本体育界の総意です。末弘理事長も、援助は惜しまないと申しております」

文子が封筒をいじった。やはり、開ければ終わり、とでも考えているのかもしれない。

「どうぞ、理事長の手紙にお目通し下さい。私の言葉ではなく、理事長の言葉を読んで、判断して下さい」

「急にお返事はできません」

「お返事をいただくまで、私は名古屋にいます」

「それは……」

「すみません。あなたを追いこむつもりはないんですけど、私たちにも時間がないんです。お返事をいただいた後で、すぐにどうするか考えないといけないので」脅しになっていないだろうかと心配しながら、石崎は言った。こちらの真剣さが伝わるといいのだが。

「私は今日は、名古屋に泊まります。お返事をいただけるまで、延泊することになると思います」

「必ずご連絡します」圧力になるかもしれないと思いながら石崎は言った。

「よろしくお願いします。今日は……このお話は持ち帰ります」

石崎はまた一礼した。文子が、足早にプールから出て行く。その後ろ姿を見送りながら、石崎はこの計画は上手くいかないだろうと覚悟していた。

「坂下頑張れ！　坂下頑張れ！」

アナウンサーの叫び声が耳に突き刺さる。坂下のリードはわずか一メートル。平泳ぎでは一かきほどの差もない。あと五メートル、逃げ切れ、坂下頑張れ！

おかしい、と石崎は思った。頭の中で、ラジオのアナウンサーの実況が鳴り響いているのは、かつて自分が聞いた放送を思い出したからだ。しかしあれは、前畑秀子が銀メダルのゲネンゲルと接戦を演じている場面だ。文子はオリンピックに出ていない。

夢だ。

悪い夢ではないが、意味が分からない。半分目が覚めたところで、「お電話がかかってきています」と、旅館の仲居に起こされた。腕時計を確認すると、午前八時……旅先で緊張して疲れていたのか、普段よりも一時間以上寝坊してしまった。

誰からの電話かは予想がついている。寝ぼけ眼《まなこ》をこすりながら電話に出ると、やはり文子だった。

「もう一度、お会いできませんか？」

「分かりました」石崎は即座に返事をした。「学校に伺いますか？」

「はい。私の方から学校には連絡を入れておきますので、またプールで」

「では、その時に」

電話を切って、石崎は大きく溜息をついた。名古屋の八丁味噌《はっちょうみそ》の美味い味噌汁で朝飯を、と思っていたが、その暇もないかもしれない。

しょうがない。朝飯を食べに名古屋に来たわけではないのだから。それに二度目の面会は、間違いなく嫌な結末に終わるだろう。そう考えると、食欲も湧かない。


プールは昨日と同じように静かだった。外は身を切るような風が吹く寒さなのだが、屋内プールには、天井のガラス部分から冬の陽射しが入りこみ、かなり暖まっている。

「急にお呼びたてして申し訳ありません」先に来ていた文子が頭を下げた。

「とんでもないです」結果は予想できていたが、石崎はあくまで丁寧に言った。

「末弘先生のお手紙、読ませていただきました。何度も読みました」

「はい」

「主人にも相談しました」

「そうですか……」まずいな、と目を伏せてしまう。たぶん、「冗談じゃない」「ふざけるな」と叱責されたのだろう。どんなにスポーツで活躍しても、結婚した女性が現役復帰するなど考えられない。女性はあくまで、家庭を守る存在であるべきだ——それが日本の常識である。

「主人は、やってもいい、と言ってくれました」

「え？」石崎は思わず勢いよく顔を上げた。「ご主人が許可してくださったのですか？」

「家のことはいいから、思い切ってもう一回泳いだらどうだ、と言われました。怪我で引退したのはもったいない、また全力を尽くしてみたらどうだ、と」

珍しい類の男性ではないだろうか。医者という忙しい仕事に専念するためにも、妻には家庭を守って欲しいと思っているだろう。それを「泳いだらどうだ」と勧める理由が、石崎には理解できない。実際、今回の末弘の計画で、最大の障害になるのは文子の夫だろうと石崎は読んでいた。夫の許可が出なければ、今度はそちらを説得——というところまで石崎は考えていたのだ。

「ご主人は、それでいいと仰っているんですね」石崎は念押しした。

「ええ」

「だったら、ぜひ現役復帰して——」

「申し訳ありません」文子が頭を下げる。「やはり、お受けできません」

「え？」一縷《いちる》の望みが、一瞬にして崩壊した。

「私の気持ちとして、お受けすることはできません」

「ご主人のためですか？」石崎は思わず一歩詰め寄った。

「違います。主人は……珍しい人なんです。私のこれまでの人生を全て受け入れてくれています。実は、腰を怪我した時に治療を担当してくれた先生でもあるんです」

「信頼関係は厚いんですね？　だったら、問題ないじゃないですか」

「私が、その気になれません」

「しかし……」

「昨夜、考えてみたんです。自分が試合に出て、泳いで勝つ場面を想像しようとしました。でも、できないんです。思い浮かぶのは、今までの試合のことばかりでした。ですから……何と言ったらいいんでしょう？　現役時代は、次の試合ではどんな風に泳ごうかと毎日考えていました。一人で練習している時にも、隣でライバル選手が泳いでいる感覚があって、自分を追いこめたんです。でも今は、それができません」

「よく分かりませんが……」

「石崎さんは、自分が野球の試合をする場面を想像できますか？　昔の試合を思い出すのではなく、今ですよ。自分がまだ現役選手で、投げたり打ったり——そういう場面を想像できますか？」

　石崎は口をつぐんだ。できない——大学野球や職業野球の試合を見に行っても、そこに自分を置くことは絶対にできない。タイガースの藤村の強烈な打球を綺麗にさばいたり、ジャイアンツの沢村の豪速球を打ち返したり——そんな場面はまったく頭に浮かばないのだ。

「私は、末弘先生にたくさんのことを教わりました。末弘先生は、合理的な練習こそが選手を強くするというお考えの持ち主ですが、精神面も重視しておられます。私も、徹底した練習を積み重ねた上でできあがる気持ちを、とても大事に思っていたんです。何と言っていいか分かりませんが、自信のような、誇りのような……今の私が、そういう気持ちを持てるとは思えません。気持ちが生まれるまで、自分を追いこむ練習ができるとは思えません」

「気持ちは確かに大事だと思いますが……」石崎はやんわりと反論した。「気持ちは、何度でも立て直すことができるんじゃないでしょうか」

「そうですね。私は何度もそれに成功しました」文子がうなずく。「負けては泣いて、また練習して。でも最後は怪我に負けました。オリンピックで負けたら、次も頑張ろうと思ったかもしれませんけど、その前に梯子《はしご》を外されたようなものです。もう、下りることも上ることもできません。情けないと思われるかもしれませんけど……」

「いえ」否定したが、実際には何と言っていいか分からなかった。自分も必死に野球に取り組んできたが、文子はたった一人で、日本中の期待を背負って世界に挑もうとした人である。彼女の精神力が自分よりはるかに強かったであろうことは簡単に想像できる。

「もう気持ちを立て直すことはできない、ということですね」

「私は、泳ぐのが大好きです。今でも大好きです」文子の表情が少しだけ柔らかくなった。「勝つことを考えずに泳げるから、楽しくて仕方がありません。一生水泳は続けていきますけど、もう勝つためには泳ぎません。これからは自分の楽しみ、それに私の後に続く人たちのために泳ぐだけです」

「そうですか……」金メダルを目指した闘志は消え、二度と復活できないということだろう。

「申し訳ありません」文子が深々と頭を下げた。「わざわざ東京から来ていただいたのに、こんな話しかできなくて」

「いえ……」

「末弘先生に手紙を書きました」文子が封筒を取り出した。「今お話ししたことを書いてあります。慌てていたので、まとまっていないかもしれませんが、私の気持ちはお分かりいただけると思います。渡していただけますか」

石崎としては、封筒を受け取るしかなかった。しかし……もう一つ、どうしても言っておかなくてはならないことがある。

「末弘理事長は、こういうことになるかもしれない、と申しておりました」

「すみません」文子がまた頭を下げる。

「その場合、もう一つお願いしてこい、と指示されています」

「何ですか？」

「開会式に参加して下さい。水泳競技も見て下さい。あなたを、現役の選手たちに紹介したいんです」

「いえ……私は今は、普通の主婦です。表には出たくないんです。子どもの世話もありますし」

気持ちは分かるが、これでいいのか……彼女のように頂点に近づいた人には、引退しても義務があるのではないだろうか。いわばスポーツの伝道師として、世間に顔を見せるのも大事な仕事だろう。

それでも無理強いはできない。文子はスポーツ選手ではなく、一人の女性としての人生を選んだのだ。

末弘宛の手紙なので、中を読むわけにはいかない。しかし、早く文子の答えを知らせなければ……名古屋駅へ向かう途中、石崎は必死に電報の文面を考えた。結局、最終的には末弘に手紙を読んでもらうしかないのだが、それでも「駄目だった」と分かる程度にははっきりさせないと。

迷った末、体協宛に短い電報を送る。

モウシデキヨヒ　セツトクフカ　シヨウサイハキキヨウゴ

「拒否」は強い言葉だろうかと一瞬迷った。しかしこれが一番簡単で、真実を突いているのだ。とにかく東京へ戻って文子の手紙を渡し、説明しよう。末弘がどんな反応を示すか分からないが、真摯に説明するしかない。

昼前の東海道線の急行の切符が取れたので、石崎は狭い三等客車の席に陣取った。朝食を食べていないので、胃は完全に空っぽである。駅で買った握り飯を頬張って朝昼兼用の食事を終えると、石崎は目をつぶった。これから長旅で、東京に着くのは夕方、午後五時過ぎだ。体協へ顔を出しても、末弘は引き上げているだろう。明日の朝が勝負だな……負けた報告をするのは辛いが、仕方がない。

腹が膨れたせいか、うつらうつらしながら長旅は終わった。東京駅へ降り立ち、市電を乗り継いで体協に顔を出す。文子の手紙を自宅に置いておく気にならなかったので、体協の自分の机に入れるつもりだった。

準備委員会の開催が迫っているせいか、体協にはまだ職員たちが残っていた。滝川もいる。疲れたような表情で、何か書類に書きこんでいたが、石崎に気づくと、驚いたような表情を浮かべた。

「何だ、もう帰って来たのか」

「ああ」

「上手くいったか？」

石崎は首を横に振った。途端に、滝川の表情が暗くなる。末弘の計画は、滝川も知っているのだ。

「そうか、これで目玉が消えたか……彼女が出てくれれば盛り上がったのにな」

「理事長は？」

「まだいらっしゃるよ」

石崎は理事長室のドアに目を向けて「一人かな」と訊ねる。

「だと思うけど、ノックしてみろよ」

「ああ」ノックするのも気が重い。滝川が代わりにやってくれないだろうか、と馬鹿なことを考えた。まさか……ノックだけの代打など、聞いたこともない。

理事長室のドアの前に立ち、肩を上下させて呼吸を整える。右手を上げてノックしようとした瞬間、ドアが開いたので、石崎は反射的に後ろに飛び退《ずさ》った。

「ああ……」末弘が厳しい表情を浮かべる。「戻ったか」

「申し訳ありません」石崎は膝にくっつきそうな勢いで頭を下げた。その勢いのまま顔を上げ、「私の力不足でした」と謝罪した。

「まあ……入りたまえ」

理事長室に入って、石崎は驚いた。末弘は整理整頓を旨とする人で、彼が退出した後の理事長室は、いつも引っ越し荷物を搬出した後のように整頓されているのだが、今は乱雑さの極みだった。自分のデスクにも打ち合わせ用のテーブルにも書類が広がり、泥棒が荒らした後のようにも見える。末弘がデスクについたので、石崎はその前に立ち、報告を始めた。どう話そうか、何度も頭の中でまとめていたので、何とかつっかえずに説明を終える。

「そうか、気持ちの問題か……」

「手紙を預かってきています」石崎は背広のポケットから文子の手紙を取り出した。ずっとポケットに入れておいたせいか、少し皺《しわ》が寄っている。

手紙を受けとった末弘が、ペーパーナイフで丁寧に封を開けた。封筒が分厚かったので、相当長い手紙だろうと思っていたのだが、さっと見た感じでは五枚はある。末弘が目を通している間、ただじっと立って待っているのが苦痛だった。この後、何を言われるのだろう。

末弘は手紙を読み終えると、丁寧に折り畳んで封筒に戻す。顔を見た限り、怒っても落胆してもいない。

「高橋君——今は坂下君か、どんな様子だった?」

「元気にしておられました。やはり雰囲気が違いますね」

「雰囲気？」

「一流の選手ならではの力強さと言いますか」

「しかし今は、家庭に入って主婦だ。ご主人を支えておられるのだろう」

「はい。でも、ご主人は、現役復帰に関して反対はされなかったようです。むしろ後押ししているような話でした」

「そうか……まあ、座りなさい」

末弘が立ち上がり、ソファに腰を下ろした。石崎は彼の向かいのソファに腰かけたが、目の前に積み重ねられた書類が雪崩を起こしそうになっているのが、どうにも気になる。手を伸ばして片づけようとしたが、末弘にすぐに止められた。

「触らないでくれ。その書類を片づけられると、順番が分からなくなる」

「――すみません」石崎は慌てて手を引っこめた。

「書類仕事がこんなに大変だとは思わなかったよ。各国の選手を招くとなると、手紙にも失礼があってはならない」

「はい」

「まあ、頑張るしかないんだが――私は坂下君に甘えていたかもしれないな」

「どういうことでしょう」真意が読めない発言だった。

「私が、というか私たちが、だ。坂下君は間違いなく、前畑君に続く存在だった。ベルリンでは、どちらが一位か二位か分からないが、金銀のメダルを独占してくれると期待していた。それで、かなり厳しく追いこんでしまった——彼女の腰の怪我は、私たち水泳界全体の責任だよ。結果的に、彼女の努力を無駄にしてしまった」

「……そうでしょうか」

「女性は家庭に入り、子を産み、家を守っていく——私自身は、それが唯一正しい道だとは思わない。職業婦人はもっと活躍すべきだし、スポーツの世界でも同じだ。前畑君と人見《ひとみ》君が切り開いてきた女性のスポーツの道をどう伸ばしていくかは、これからの大きな課題だ」

「はい」

人見——人見絹枝《きぬえ》は、日本人女性初のオリンピックメダリストである。アムステルダムオリンピックの八百メートル走で銀メダルを獲得したものの、その三年後、二十四歳の若さで、肺炎で亡くなっている。陸上と水泳と競技こそ違え、女子のスポーツの先駆者であるという意味では、絹枝も秀子も歴史に名前が残るだろう。

「女性の指導者も必要だし、組織も強化しなければならない。女性が活躍する場所は必要なんだよ……しかし本人がそれを望まなければ、無理強いはできない。私たちは、坂下君の時間を奪った。彼女は今、穏やかな人生を手に入れて家庭を守っている。無理に競技の世界に引き戻すのは……やはり無理だったな」

「理事長は、こういうことを予想されていたんですか」

「五分五分――いや、可能性はもっと低いと思っていた。それが分かっていながら、君を名古屋まで行かせたのは、申し訳なかったと思っているよ」

「いえ――」

「女子のスポーツについては、これからおいおい考えよう。今は、やるべきことが目の前にある。そこを乗り越えていかないとな」

「はい」

末弘自身は、気持ちが折れていないようだ。今回の件をどう考えていいか、石崎にはまだ分からなかったが、何があっても折れない気持ちを持つことの大切さだけは理解した。

Ⅳ

1940年3月（昭和十五年三月）

選手の説得が進まない中、澤山は石崎から待望の個人的な手紙を受け取った。分厚い手触りを感じただけで、彼が真面目に検討してくれたことが分かる。

しかし一読してがっかりしてしまう。大会の概要はかなり詳しく伝えてくれたが、具体的な提案は一切なかったのである。

ハワイ朝日の中で意思統一ができないのは残念なことだ。しかし当方としては、東亜競技大会に参加してもらいたいという気持ちに変わりはない。

何とか説得して、遠征の準備を整えて欲しい。

何だよ……全身から力が抜けてしまった。頼りにしていた石崎からは、結局何のアドバイスもなしか。忙しいのは分かるけど、誘ってきたのはそっちなんだぞ。

いずれにせよ、返事はしなければならない。要請に正式に返答するのは最低限の礼儀だろう。結局話がまとまらず、「不参加」の返事を書くことになるかもしれないが。

手紙を読み終え、澤山は花子の家へ向かった。誰かに愚痴を零さないと、落ちこんだ気持ちを立て直せそうにない。

彼女の父親にはまた嫌な顔をされたが、花子は嬉しそうに店から出て来た。先日も訪れた公園に落ち着くと、溜息を一つついてから、手紙の件を切り出す。

「そう……打つ手がなくなったということね」

「そういうわけでもないけど」簡単には認められない。

「向こうも手一杯なんじゃない？　野球だけやるわけじゃないでしょう」

「そうなんだよ」澤山はうなずいた。「ハワイ朝日にとっては一大事なんだけど、向こうにすれば、たくさんある競技の一つに過ぎないんだよな」

「じゃあ、あなたが何とかするしかないわね。アイディアはないの？」

「ないから困ってるんだ」澤山は顔をしかめた。

ほとんどの選手と話をしたが、積極的に「行きたい」と言い出す者は未だ一人もいない。せいぜい「消極的に賛成」という選手が数人いるだけだった。自分に人望――説得力がないのだと、情けなくなる一方だった。

「駄目だなあ」澤山は後頭部に手を当て、体を反らした。ベンチの上にはバニヤンツリーが巨大な枝を広げており、夕方のきつい陽射しを遮っている。海風が吹きつけてくるせいもあって、少しひんやりしていた。

「自分を駄目だって言っても、何にもならないわよ」花子が澤山の腕にそっと触れた。

「分かってるけど、君は要求水準が高過ぎる。今は慰めてくれてもいいと思うんだけど」

「私が慰めても、何も変わらないでしょう」

「まあ……そうだけど」

澤山は足元に置いたコーラの瓶を取り上げた。店を出る時、花子が父親に内緒で持ち出してくれたものである。ポケットナイフを使って栓を開け、花子に渡してやる。自分の分の瓶も開け、一気に呷った。きつい炭酸が喉を焼き、胃に落ち着いてもしばらく暴れ回っている。

「皆、日本へ行くのがそんなに怖いのかしら」花子が瓶を頰に当てながら言った。

「怖いっていうか……ええと」澤山は適当な言葉を探した。二人で話す時は日本語なのだが、互いに時々言葉に詰まる。「あれだ、疑心暗鬼」

「疑ってるっていうこと？」

「疑って、心配してる。何が起きるか分からないのが不安なんじゃないかな」

「ジョーは何て言ってたの？」

「心配し過ぎだろうってさ」

「私もそう思うわ」花子がうなずいた。「アメリカは、日本と戦争してるわけじゃないものね」

「もちろん、二ヶ月も仕事を休めないとか、そういう現実的な事情もあるけど」

「確かに厳しいわね」花子がコーラを一口飲んで立ち上がった。バニヤンツリーに背中を預けて海の方を見やる。公園のこの位置からだと、ビーチは直接は見えないのだが。

澤山も立ち上がり、彼女と並んでバニヤンツリーに寄りかかった。この公園の中では一番大きな木で、こうしていると木というより壁のような感じがする。

「若林さん、知ってるわよね？」

「もちろん」

「あと、田中さん」

「当然だよ」

二人ともマッキンリー高校の出身だ。その後様々な経験を積んで、今は職業野球の大阪タイガースのチームメートである。今でも日本から送ってもらう野球雑誌で、澤山は二人の活躍を知っていた。

「二人ともハワイ出身なのに、普通に日本で活躍しているじゃない」

「でも、二人は向こうに住んでるわけだし、俺たちとは事情が違う」

「二人に頼んでみたら？」

「頼むって？」彼女が何を言っているのか分からず、澤山は混乱した。

「だから、他の選手を説得するようにって」

「いや、まさか」その発想は、あまりにも大胆過ぎる。「だいたい、どうやって頼むんだよ」

「手紙を書いてもらうとか」

「いや、うーん……」その件を手紙で頼むと、また時間がかかる。そのうちタイムリミットがきてしまうだろう。

「手紙が駄目なら、電話すればいいじゃない」

「電話？　いくらかかると思ってるんだ？」

「でも、話した方が早いんだから、その方がいいわよ。あなたの家にも電話はあるでしょう」

「うーん……」国際電話の料金はいくらかかるのだろう。しかし急に、石崎と話した方がいいのでは、という気になってくる。思い切って電話で話し、一気に計画を進めてしまえば……仮に若林に説得を頼むにしても、石崎がやる方が上手くいくのではないだろうか。何しろ日本国内の話なのだし。

「タカ、何でも自分で背負いこんじゃ駄目よ。人に頼めることは頼まないと」

「そうかな」

「あなたは日本へ行きたい？」

「行ってみたい」澤山は認めた。「俺の故郷はアメリカだけど、日本も好きだ。あの国の良さを、チームメートにも教えたいんだよ。日本で野球をすれば、今後のハワイ朝日にとっても絶対にいい経験になるし」

「さすが、マネージャー」

「からかわないでくれよ」

「からかってないわ。本気で言ってるのよ」真顔で、花子が澤山の目を覗きこんだ。

「マネージャーとして、チームメート全員を説得して日本へ連れていけたら、大成功よね」

「まあね」

「あれだけの人数をまとめ上げることができたら、それこそ経営者向き、ということよね。うちのパパも、あなたを見直すんじゃないかしら。店の跡継ぎとして認めてくれるかもしれないわ」

「ハナ、それって……」

澤山は彼女に向き直り、さっと近づこうとしたが、花子がすっと手を伸ばし、澤山の口を塞ぐように人差し指を押し当てた。

「私から言わせないでね。今回の件で大手柄を立てたら、あなたから言って。私はアメリカ人だけど、半分は日本人だから、まだ奥ゆかしい気持ちはあるのよ。女性の口から言うことじゃないでしょう」

女性の口から言うことじゃない。

それは実質的に彼女からのプロポーズだ。

参ったな……嬉しいことは嬉しいが、彼女に言わせたら、やっぱりまずいような気がする。よし、自分からちゃんとプロポーズしよう。そのためには、大きな仕事をきちんと仕上げて男を上げることだ。無事に日本に渡り、博多人形を彼女に捧《ささ》げてプロポーズしよう。花束を渡すよりも、よほど気が利いているではないか。花はすぐ枯れるが、人形はずっと後まで残る。

翌日、ふわふわした気分のままホテルに出勤すると、更衣室のロッカーに一通の電報が入っていた。誰だ？　見ると石崎である。慌てて確認すると、意外な内容だった。

TELL ME YOUR PHONE NUMBER. I'LL CALL AFTERNOON OF THE 10TH HAWAII TIME.

ええと、どういうことだ？　向こうから電話をかけてきたがっている？　そうとしか読めない。十日は……五日後か。日本とハワイには十九時間の時差があるから、こちらの午後日没までは向こうの翌日午前になる計算だ。五日後は日曜でホテルの仕事は休みだから、実家にいれば電話を受けられる。しかし、何の用だろう？　電話で話さなければならないとなると、かなり急ぎの、重要な用件だ。大会の開催自体に関わることとか。

心配しても仕方がない。澤山は昼休憩の時間を利用してホテルを抜け出し、実家の電話番号を記した電報を打った。あとは待つだけだ。

それからの五日間が長かった。平日の勤務を終え、土曜の夜遅くに実家へ戻る。事情を説明しても、父親はよく分からない様子だった。

「国際電話なんか、うちで受けられるものかね」

「電話なら皆同じだと思うけど……」言われると自信がなくなってくる。

土曜の夕飯は一人で食べた。澤山家の夕飯は早く、毎日六時に始まり七時に終わる。朝が早い仕事だから、どうしても食事の時間は前倒しになるのだ。澤山が家に辿り着いたのは、既に全員が食事を終えた後だった。

今日の夕飯は、母親手製のカルーアピッグだった。豚肉をバナナの葉に包んで蒸し焼きにしたこの料理は、元々ハワイの名物である。母親は、ハワイの苦しい生活の中でも、地元の料理を学んで食卓に載せるようにしてきた。だから子どもの頃から、タロイモをすり潰したポイや、鮭《さけ》をトマトや玉ねぎと和《あ》えたロミ・サーモンもよく食べていた。父親は和食から離れることができず、とにかく米がないと食事が始まらないという人なのだが……ハワイでは魚は簡単に手に入るので、おかずは刺身に醬油《しょうゆ》で十分だ、といつも言っていた。あとは豆腐……もちろんハワイには元々豆腐はなかったが、移民してきた日本人が豆腐屋を開いており、毎日ではないものの、食卓に上がることは少なくなかった。

今日の夕飯はカルーアピッグに冷奴《ひややっこ》、ご飯という、ハワイと日本の味が合体したような組み合わせだった。日本人が見たら奇妙な感じかもしれないが、澤山にとってはこれが母親の味である。

一人で侘《わび》しく食事をするつもりだったが、珍しく父親がつき合ってくれた。酒を呑まない父親は、コーヒーをちびちびと啜っている。

「日本行きの話は、まだ決まらないのか」

「反対している選手が多くてさ。今、日米関係がよくないから、日本へ行ったら何かまずいことがあるかもしれないって心配してるんだ」

「気持ちは分かるけど、自分の根っこは消せないんだぞ」

「根っこ？」

「英語で何と言ったか……そうそう、ルーツだ」

「ルーツ、か」

「アメリカは移民国家だろう？　世界各国から人が集まってできたのがこの国だ。イギリス、イタリア、ドイツ、様々な国から来た人によって成り立っている」

「その中に日本人もいる」

「そうだ。そして日本からの移民は、ハワイとカリフォルニアに圧倒的に多い。俺たちは、アメリカ流のやり方を少しずつ取り入れながら、日本の伝統や文化もきちんと守ってきた。アメリカで、日本の神社があるのはハワイぐらいじゃないか？」

「そうかもしれないね」

「アメリカ人として暮らしながら、自分のルーツも大事にする――それはまったく普通の感覚じゃないかな。この前、銀行のジョンさんと話したんだけど……」

「ジョン・ブロックさん？」

「ああ。彼は祖父がドイツ出身だそうだ。子沢山で、子孫は全米各地に散らばっていて、彼はハワイに腰を落ち着けているわけだが……そのジョンさんが、ドイツの自慢をしてな」

「ドイツは今、日本よりも評判が悪いんじゃないかな」ナチスの悪評は、アメリカにも散々伝わってきている。

「肩身が狭いとは言ってたけど、彼は自分のルーツがドイツにあることに誇りを持っている。ドイツの料理や音楽の自慢話を散々聞かされたよ。でも彼自身は、一度もドイツに行ったことがない。まあ、ハワイからドイツは、地球の反対側みたいなものだから、簡単には行けないだろうけど。それでも彼は、自分はドイツ人でありアメリカ人でもあるって、堂々と言うわけだ」

「俺らも日本人か……」

「お前たち二世の感覚だと、アメリカ人だろうな。でも、見た目も生活習慣も、日本人であることは間違いない。お前は、日本に留学してよかったか？」

「よかった……よかったと思うよ。日本はいい国だ。ああいう国が自分のルーツだと思うと、誇らしい」

「チームの他の選手にも、日本を見せてやれよ。お前たちはアメリカ人だ。お前たちの子どもの世代は、もっとアメリカ人らしくなって、日本人らしさを忘れていくだろう」

「ああ」モアナホテルには、日系三世の同僚が一人いる。見た目は完全に日本人なのだが、日本語は片言しか話せない。二世である両親の教育方針だったという。

「政治的、経済的には、完全にアメリカ人として生きていく。でも、日本の文化的なルーツをわざわざ捨てることはないんじゃないか？　日本で生まれた俺たちとしては、日本を大事にして欲しいよ。そのためには、日本の土を踏んでおくのが大事だと思う。俺たちがいくら詳しく説明するよりも、自分の目で見る方が印象が強いだろうからな」

ルーツか……今まであまり考えたことはなかったが、父親の話は身に染みてきた。この話をチームメートに話したら、どんな反応があるだろう。


「石崎？」澤山は受話器を握り締めた。

「やあ、久しぶりだ」

本当に久しぶり――四年ぶりだ。遠い海の向こうから伝わってくる声は、何だか彼のものではないようだった。少し遅れて聞こえてくるので、会話のリズムが狂ってしまう。

「元気か？」

「元気だけど、とにかく忙しい」

「今、どこにいるんだ？」

「協会だ。協会の電話でかけている。僕の金じゃないけど、用件だけ言うから」

「ああ」澤山はメモ帳を広げ、鉛筆を構えた。せっかくの電話だから、一言も聞き逃したくない。

「タイガースの若林さんを知ってるよな？　ハワイ出身の」

「もちろん」

「若林さんに、口添えしてもらうことにした。そちら宛に手紙を書いてもらおうと思う」

まさか、若林さん？　澤山は一瞬間を置いて、思わず笑い出してしまった。

「何だよ、どうした」石崎が怪訝そうに訊ねる。

「実は俺も、同じことを考えていたんだ。若林さんに説得してもらえないかって。高校の先輩だから」

「ああ、そうか」

「うちのチームには、マッキンリー高校の出身者が多いんだ。若林さんは、ヒーローだから、説得力があるかもしれない」

「よかった。どう言われるかと思ってたよ」

「助かる」澤山は、胸の中に温かい物が流れ出すのを感じた。これは、最高の助《すけ》っ人《と》になるのではないか？

「とにかく、やってみるよ。君宛に説得の手紙を出すように頼む」

「いや、監督宛にしてくれないか」澤山は出口の名前を教えた。

「分かった。監督を説得できれば、何とかなるんだな？」

「責任者だから……それで、何とかなりそうなのか？」

「それは、これから頼んでみる」

何だ、まだ決まった話ではないのか。電話を切って、澤山は希望が急速に萎んでいくのを感じた。しかし——今は旧友の努力に期待するしかない。少なくとも石崎は、自分たちを招く努力を放棄していないのだ。

第四章　架け橋

Ⅰ

昭和十五年三月（1940年3月）

石崎は、特急「鷗《かもめ》」で一人大阪に向かっていた。二等車の硬い座席に落ち着くと、手帳を広げて内容を読み返す。つき合いのある『野球界』の記者に聞いて、若林の詳しい経歴をまとめたものだった。頼みこむには、まず相手を丸裸にしておかないと。

若林とは一度、偶然話したことがあるが、とても顔見知りとは言えない。それでもここは、何とか頑張らないと……ハワイ朝日を招聘するために、若林の力は絶対必要だ。電話で話した澤山は「極めて難しい」と悲観的になっていたし、何としても助けないと。

それにしても、二人とも若林の名前を思い出していたとは。偶然に過ぎないが、その偶然が嬉しい。

澤山とは、「ライバルであり友だち」という関係だった。試合を通じて知り合い、その後神田で偶然会ったのがきっかけで、酒を酌み交わす仲になった。澤山は動きが速く器用で、日本のキャッチャーとはどこか違っていた。グラウンドを離れても気持ちのいい男でもあり、二人で横浜まで遊びに行ったこともある。生意気にもホテルニューグランドに泊まり、外国人たちで賑わう街を歩いて、翌日は自分の実家に招待した。

澤山は、自分の「故郷」である日本に対して、どう反応していいか分からない様子だった。日本で生まれ育ってから移民したなら、多少はこの国のことを覚えていたはずだが、両親から話を聞かされていただけの日本という国で暮らし、野球をすることに戸惑いを感じていたのは間違いない。それでも、ハワイへ帰る時には「日本が好きになった」と嬉しそうに言っていたものだ……その気持ちは今も変わらないだろうか。

「鷗」は、午後九時二十分に大阪着の予定だ。長旅にはうんざりだが、ハワイから来る澤山たちはもっと大変だろう。船旅で九日か十日……しかし船は大きいから、中で体を動かすこともできるだろう。むしろ、大会中に東京から関西へ移動する方が大変ではないかと心配になった。彼らは、狭い列車での十時間もの長旅を初めて経験することになる。

大阪へ着くと真っ暗で、それだけで何だか不安になってくる。予約していた宿に辿り着いた時には、もう午後十時……明日の朝一番で甲子園球場へ出向き、若林に面会することになっている。職業野球の開幕は三月半ばだが、それに備えて若林は個人で練習しているという。球団側にその予定は確認してあったが、若林と約束したわけではない。いきなり訪ねる方がいいだろう、と判断していた。

長い列車の旅で体が凝り固まっていたせいか、旅館ではよく眠れなかった。寝不足のまま阪神《はんしん》電車に乗り、甲子園へ向かう。石崎も中学野球で、甲子園で試合をしたのだが、その時の記憶がまったくないことに驚いた。これと同じ電車に乗って、甲子園へ行ったはずなのだが。

試合の時は緊張していて、甲子園球場全体の雰囲気を味わうような余裕もなかったのだが、今改めて全容を見ると、その巨大さに圧倒される。神宮球場も巨大なのだが、甲子園球場は一回り大きい感じがした。

受付で名乗ると、タイガースが既に話を通してくれていたようで、すぐに中に入れた。スタンドに上がってみて、また驚く。ここで試合をした時は、真夏だったせいもあり、スタンドは白い波がざわめくようだった。ほとんどの観客が白い半袖シャツを着ていたからだが、今は観客席が剝き出しのせいか、暗く、そしてより大きく見える。鉄傘を支える柱は高く、それだけでスタンドの広さと高さが分かる。グラウンドを見下ろすと、まるで小山の上から地面を見ているような感じだった。

若林はすぐに見つかった。マウンド上で、柔軟体操のごとき動きをしている。ボールを受けようと待ち構えているのは、やはりハワイ出身のカイザー田中こと田中義雄だ。

遠目にも、眼鏡をかけているのが分かる。キャッチャーで眼鏡は珍しいな、と石崎は思った。

若林が投球練習を始める。最初はゆっくり、キャッチボールのような感じだったが、すぐに本格的になった。ぐっと重心を低くし、横手から投げこんでいく。軽く投げているようで、ボールにはキレがあり、鋭い音を立てて田中のミットに飛びこむ。田中はまったく動かない。さすが、職業野球の選手はコントロールも抜群だ。

若林は、力を入れない感じで淡々と投げ続けている。途中から変化球を交え始めたようだ。距離があるので、さすがに何を投げているか分からないが、田中のミットの動きで、変化の大きさ、キレの良さは何となく見て取れる。そう言えば『野球界』では「七色の変化球」と書かれていた。七種類も変化球があるのだろうか、と石崎はあまり信用していなかったが。

向こうが気づかない様子なので、石崎はゆっくりとスタンドを下りていった。なかなかグラウンドに近づけないことからも、球場の大きさを意識させられる。ようやく最前列まで行っても、マウンドまではまだかなりの距離があった。そうか、甲子園はファウルグラウンドが異常に広かったのだと思い出す。明らかにバッターに不利で、他の球場ならバックネットにぶつかるような当たりがキャッチャーへのファウルフライになってしまうことが何度もあった。それでも、上の方で見ているよりはかなり近くなり、石崎はフェンスに指を絡めて顔を近づけ、一球一球に注目した。距離が近くなると、変化球のキレの良さがさらによく分かるようになる。

そのうち、田中が石崎に気づいた。マウンド上の若林に合図すると、若林がこちらに厳しい視線を向けてくる。若林はマウンドを降りて、こちら——石崎がいる一塁側に近づいて来た。

「おい、君、勝手に入ってくると——」

「体協の石崎です！」

叫ぶと、若林の足が止まる。石崎の名前が記憶に残っているかどうか……しかしすぐに、表情を綻ばせる。

「何だ、石崎君か。久しぶりじゃないか。どうした」若林も大声を上げて手を振る。

「お話があります」

「わざわざ東京から？　ちょっとこっちへ下りてこいよ」

「すぐ行きます」

一度スタンドから離れ、球場内の長い通路を歩いて、ようやくダグアウトへの入り口を見つける。ドアを開けてグラウンドの空気を直《じか》に感じた途端、石崎はパッと目の前が開ける開放感を味わった。

三月のよく晴れた一日。風は強いが、寒さはそれほど厳しくない。関西は、東京に比べると少しは気温が高いようだ。上から見下ろすよりもずっと広いファウルグラウンドに足を踏み入れた瞬間、田中に声をかけられる。

「どうだい、打席でボゾの球を見てみたら」

それを聞いて、若林の愛称が「ボゾ」だと思い出した。その変わった呼び方の意味は分からないが。

「いいんですか？」

「ヒットは打たないでくれよ」若林が明るい調子で言う。「開幕前に自信を失いたくないんでね」

田中が自分のバットを貸してくれた。ダグアウトに置いてあったバットを取り上げると、ずっしりと重い。バットの長さや重さは規定で決まっているから、極端に重く感じることはないはずなのだが……久しくバットを握っていなかったのだと自覚する。背広の上を脱いでシャツ一枚になると、さすがに風の冷たさが身に染みた。

「君も、野球選手だね」

「分かりますか？」

「見ればすぐに分かるよ」

「大学までやっていましたけど、しばらくバットも握っていません」

「じゃあ、ボゾのボールを近くで見たら、驚くぞ」田中が面白そうに言った。

何度か素振りを繰り返したが、バットが掌に吸いつく感触がない。毎日振りこんで初めて得られるバットとの一体感は、とうに失われていた。しかし、自分は何でこんなことをしているのだろう。職業野球の大エースの投球を打席で見られるのは、幸運の一言だが。

「お願いします」

打席の線は引かれていないが、ホームベースはあるし、長年の経験でどこに立てばいいかは分かる。右打席に入ると、一礼してバットを構えた。若林がぐっと身を沈めるようにして、横手から投げこんでくる。横手投げのピッチャーとは何度も対戦しているから、特に恐怖感はない。

――ボールが頭に向かって飛んでくる。石崎は咄嗟《とっさ》にしゃがみこむようにして避《よ》けた。後ろから田中の笑い声が聞こえる。

「どうした、ストライクだぞ」

「まさか」

振り向くと、田中のミットはストライクゾーンの真ん中にあった。捕ってからミットを動かしたのかもしれないが……いや、そんな姑息《こそく》なことはしないだろう。大きなカーブだ、と気づく。

「すごいカーブですね」

「プロはあれを打つんだよ」

自分はプロじゃない……と思ったが、猛烈な変化球を見せられて、石崎の心に火が点いた。僕だって経験者なんだ。数年前までは必死に野球に打ちこんでいた。若林が相手でも、引くわけにはいかない。

素振りを一回。足場を固めて——革靴なので掘るわけにはいかなかったが——低く構える。先ほどから見ていて、若林のボールは絶対に高めにこないと分かっていた。若林がニヤリと笑い、二球目を投じる。また内角で、スピードはそれほどでもない。カーブだと判断して、石崎はバットを振り出した。予想通りカーブだったが、あまりの変化の大きさに腰が引けてしまい、窮屈な空振りを強いられる。今のは、ホームベースの幅ぐらい変化したのではないか。ストライクゾーンを斜めに切り取るような変化で、速球の後にこのボールがきたら、まったく手が出ないだろう。

「よし、いいスイングだぞ」若林がマウンドから声をかけてくる。表情は真剣だった。

「もう一球、お願いします」こうなると石崎も後に引けない。

三球目は外角にきた。先ほどまでとはスピードの乗りが違う。振り遅れないようにとバットを振り出したものの、最後の最後でボールは鋭く変化し、すっと沈みこんだ。まるでボールに意思があってバットを避けたようだった。しかもきちんと外角低めのストライクゾーンに入っている。あんな微妙な変化をするボールでしっかりストライクが取れるなんて、やっぱりプロは違う。

四球目は、まるで小学生が投げるボールのようにゆっくりだった。投げ方はそれまでと変わらないので、つい速いボールに合わせようとしてバットを出しかける。何とか踏みとどまって合わせたが、途中で下に引っ張られるようにがくんと落ちた。カーブではない。カーブだったら、斜めの軌道を描くように落ちてくる。こんな風に垂直に落ちるボールは見たことがない。体が完全に泳ぎ、膝から崩れ落ちてしまった。

「すみません。参りました」石崎は頭を下げた。

「何だ、もう終わりかい」若林が急に相好を崩した。

「絶対に打てませんよ」

「バットは振らなくていいから、打席に立っていてくれないか」

そう言われると逆らえない。こっちはお願いに来ている立場なのだから。

若林は、次々と変化球を披露した。元々、法政大学にいた頃は剛球投手として鳴らしていたのだが、その後肩を怪我したりして、コントロールと変化球を主体にしたピッチャーに生まれ変わったのだ。日本で変化球というとカーブ、それにシュートぐらいなのだが、若林は日本人には馴染みのない様々な変化球を投げ分け、その投球術は「七色の変化球」と呼ばれるようになった――全て『野球界』で得た知識である。

しかし間近で見てみると、「七色」は言い過ぎではないかと石崎は訝った。例えばカーブは、変化の大きさやスピードを変えることで、別の変化球に見せることができる。ただし、外角に小さくすっと沈みこむような速球や、タイミングを外すようにわずかに横に滑る変化球は、石崎にはまったく馴染みのないものだった。

「よし、終わりにしよう」田中が声をかけた。

石崎は思わず「すごいですね」と言ってしまった。こんな貴重な体験、二度とできるものではあるまい。

「まだまだ……仕上がりは六分《ぶ》ぐらいだよ」田中がこともなげに言った。

「あれで六分ですか？」

「ボゾには古傷もあるから、無理はさせたくないんだ」

「貴重なものを見せてもらいました。ありがとうございます」石崎は頭を下げた。

「いや、こちらこそ」マウンドから降りてきた若林が言った。「ただ投げているだけじゃ、練習にならないからね。バッターが立っていてこそ、実戦の感覚を摑めるんだよ」

「そうですね」

若林と田中が連れ立ってダグアウトに向かった。石崎は遠慮して、少し離れて二人の後に続く。二人は最前列のベンチに座り、手ぬぐいで顔の汗を拭った。若林はユニフォームの上を脱いでしまい、アンダーシャツ一枚になる。決して筋骨隆々というわけではないが、柔らかそうな体はいかにもピッチャー向きという感じである。

石崎は、映画で見たジョニー・ワイズミュラーを思い出していた。競泳選手としてオリンピック二大会で五つの金メダルを獲得したワイズミュラーは、後に俳優に転身して、ターザン映画で人気者になったが、その肉体の存在感は圧倒的だった。水泳で鍛えたというよりも、ボディビルで作った筋肉かもしれないが、あれぞまさに「筋骨隆々」だ。しかし石崎が知る優秀なピッチャーには、あんなごつごつした肉体の持ち主はいない。どちらかというと、ひょろりとしている選手も多かった。ただし、いいピッチャーは総じて下半身が大きく、しかも体が柔らかく動きがしなやかである。若林も、まさにそういう肉体の持ち主のようだ。

体の汗を拭うと、若林が上着を羽織った。暖かいとはいえ、汗をかいたままでいたら、風邪を引いてしまうだろう。

「それで？　まさか、僕の練習を見るために、わざわざ来たんじゃないだろうね」若林が切り出す。

「違います」

「体協の用事で？」

「はい」

石崎は、大会が正式に決まったこと――名称は「東亜競技大会」になった――や、野球が実施競技に加えられたこと、ハワイ朝日を日系人チームとして呼ぶことなどを一気に説明した。

「アジアの国の大会なのに、アメリカからハワイ朝日を呼ぶ？」

「はい」

「ちょっと筋が合わない感じもするが」若林が首を捻った。

「ハワイ朝日は日系人のチームですよね。そういう縁で呼びたいと、私が提案しました」

「ほう」若林が面白そうに言った。「君は、なかなかのアイディアマンなんだね」

「違います」石崎は否定しながら、耳が赤くなるのを意識した。「初めての大会なので、いろいろと話し合って……とにかくたくさんの選手を集めて、多くの人に見てもらいたいんです」

「しかし、ハワイ朝日を呼ぶのは大変じゃないか？　連絡を取り合うだけでも一苦労だろう」

「はい。それに、ハワイ朝日の方でも意見がまとまらないんです。日本に来るのを躊躇っている選手が多いようで……」

「ああ、そうだろうね」若林がうなずく。「今、日米関係は決してよくはない。そんな中で、日本に来て試合をするのは、怖いのかもしれない」

「確かに無理はしたくないだろうね」田中も同意した。「日本で試合はできるかもしれない。でも、ハワイに帰ったら冷たい目で見られる可能性もある」

「理屈としては分かるんですけど、そんなにぎくしゃくするものでしょうか。単に試合をするだけですよ。そしてこれは、日米友好にもつながるはずです」石崎は首を捻った。ハワイ朝日の招聘がこんなに難航するとは、最初は想像もしていなかったのだ。費用は全てこちら持ちという絶好の条件を出しているのだし、彼らにすれば豪華な海外旅行ぐらいの感じだろうと考えていた。しかし澤山からの手紙には、選手たちが抱える不安が延々と綴《つづ》られていた。

「私には何となく分かるよ」若林がグラウンドに視線を向けた。「ハワイの日系二世は、微妙な立場にあるんだ。一世は様々……あくまで日本人として生きようとしている人と、ハワイに溶けこんでアメリカ人になろうとしている人に分かれる。どちらかというと、あくまで日本人としてアメリカで暮らそうとしている人が多いかな？」

「そうだね」田中も同意した。「でも、二世はずっとアメリカ寄りだ。家では日本語を話すけど、生まれた時からハワイにいるわけだから、どうしてもアメリカ人としての意識が強くなる。親が強いる日本の習慣に逆らいたくなることも多いんだ。世代間の断絶が起きることも珍しくない」

「そうなんですか……」文化や習慣の狭間《はざま》で引き裂かれそうになっているわけか。石崎には想像もつかない世界だった。

「私は日本に来てよくしてもらったし、妻も日本人だ。それでも、これからどうなるかは分からない」

「ハワイに帰るんですか？」

「将来のことは何も決めていない」若林が手ぬぐいで顔を拭いた。「まだまだタイガースで投げる——いらないと言われるまでは投げるよ。でも、いつかは野球をやめるだろう。その時にどうするかはまったく考えていない。たぶん、このまま日本で暮らすとは思うが……家族はハワイの生活を全然知らないから、帰るとなると新しい環境に慣れるのも難しいだろう。私は日本の環境にすっかり慣れたから、私が日本にいる方が、家族にとってもいいんだ」

「難しいんですね……でも、ハワイ朝日を呼ぶのは、そんなに大変なことではないと思っていました。日本の大学チームとも、何度も試合をしていますし」

「そうだね。私は、ハワイ朝日の選手として来日したわけではなかったが」

若林は、高校在学中からハワイ朝日に在籍していた。日本へ来たのは、「一度祖国を見てみたい」という気持ちからで、カリフォルニアのチームが日本へ遠征するのに同行してきたのである。それが彼の運命を変えた——と『野球界』で読んだ。

「それで、用件は？」若林が先を促した。

「ハワイ朝日の来日に手を貸していただけないでしょうか」

「私が？」若林が自分の胸を指さした。

「はい」

「私に何かできるとは思えないが」

「ハワイ朝日の監督さん宛に、手紙を書いていただけないでしょうか」

「監督を説得しろ、というわけか」

「図々《ずうずう》しいお願いだということは分かっていますが……」

「やってやれよ、ボゾ」田中が助け舟を出してくれた。「手紙を書くぐらい、大したことじゃないだろう。連中も、日本を見るのはいい経験になるんじゃないか」

「手紙は苦手なんだけど」若林が渋い表情を浮かべて頭を掻いた。

「書けないなら、私が手伝ってもいい」

「先生の手を借りるわけか……」

田中は確か、ハワイで大学を卒業した後、高校の教師をしていたはずだ。これも『野球界』で得た知識だが。

「とにかく、そんなに大変なことじゃあるまい」と田中が続ける。

「しかしなあ……私が役に立つとは思えない」若林はまだ及び腰だった。

「以前、若林さんとお会いした時のことを覚えていますか」石崎は静かに切り出した。

「立花君の見舞いに行った時だな」

「なんだ、そういう知り合いだったのか」田中が納得したように言った。

「立花は、小学校からの同級生です。中学ではうちのチームのエースでした」石崎は説明した。

「そうか」田中が目を伏せる。「タイガースにとっても、期待の若手だったんだが」

それを聞いて、石崎は一気に暗い気分になった。時々長子と話して、立花の容態を確認していたのだが、どうも思わしくないようだ。退院はしたものの、まだ松葉杖が手放せず、本人も落ちこんでいるという。直接会って慰めたいと思ってはいるのだが、なかなかその時間が取れなかった。それに、友だちの痛々しい姿を見るのは辛い。

「私は、立花に約束したんです。東亜競技大会を絶対に開催して、野球の試合を見せてやると。立花は今も怪我と闘っていますが、若いスポーツ選手の活躍を見れば、絶対に元気になってくれるはずです」

「そうか……」若林が腕を組んだ。「確かに見舞いに行った時、立花君はその大会を見たいと言っていたな」

「若林さんも、ぜひ実現してやって欲しい、と仰いましたよ」

「そうだった」若林がうなずく。「確かにそう言った。言ったことには責任を取らないとな」

「でしたら――」

「分かった。手紙を書こう。ただし、君も知恵を貸してくれ。私一人では、上手く考えられるかどうか、心許《こころもと》ない」

「助かります」石崎は思い切り深く頭を下げた。「若林さんが手を貸してくだされば、百人力です。澤山も、絶対に動いてくれると思います」

「澤山……」若林が首を捻る。「澤山というと……」

「私の友人です。ハワイの日系二世で、大学時代は日本にいました。法政の選手だったんです」

「何だ、タカか」若林が呆れたように言った。「それを先に言ってくれよ。法政の後輩じゃないか」

「そうでした」石崎は、自分の間抜けさに呆れてしまった。そう、若林と澤山は、法政の先輩後輩である。野球界において、同じ学校の先輩後輩の関係は絶対的なのだ。若林が「やれ」と命じれば、澤山も今以上に必死になるだろう。もっとも、澤山は今も必死にやってくれているはずだ。だから、これから彼を説得することにはほとんど意味がないのだが。

「そう言えば、高校の同級生がハワイ朝日にいるんだ。北川という奴だ」

「そうなんですか？」

「ハワイ朝日には、マッキンリー高校の出身者が多いからな……それと今、監督は誰だったかな」若林が訊ねる。

「出口さんという方です」

「ああ、出口さんか」若林が軽い口調で言った。

「ご存じですか？」

「もちろん。ハワイの野球界は、日本と違って狭いからね。ほとんどの選手が顔見知りだよ」

「出口さんなら、私も知っている」田中が割って入った。「何だったら、私も署名しようか？　二人の名前入りなら、もう少し効果があるかもしれない」

「よろしいんですか？」石崎は遠慮がちに訊ねた。田中は思ってもいなかった援軍だ。

「名前を書くぐらい、構わないよ」田中が笑う。眼鏡の奥の目が細くなった。「来日は実現させたいものだね。久しぶりに、ハワイの友だちにも会いたいし」

「よし、決まりだ。これから皆で手紙の内容を考えよう。その前に、昼飯にしようか。美味い洋食の店があるから、お連れするよ」若林が膝を叩いて立ち上がった。

「洋食ですか」

「ああ、もちろん君の奢《おご》りで」若林が悪戯っぽく笑った。

「あ……そうですね」

「君の奢りというか、体協の奢りかな。体協なら、予算はいくらでもあるだろう」

「そういうわけでもないんですが……」石崎はモゴモゴと言った。

「冗談だよ、冗談。年下の君に奢ってもらおうとは思わない。取り敢えず、着替え終わるまで待っていてくれ。僕は車で来ているから、それでいこう」

「ありがとうございます」

何とか了解はしてもらえた。あとは文面……会ったこともないハワイ朝日の選手たちを納得させる文面を考えないと。

Ⅱ

1940年3月（昭和十五年三月）

モアナホテルでの日勤を終え、更衣室で着替え終えた時、澤山はドアマンのチーフに呼ばれた。

「ちょっといいか」

「はい」

「マネージャーが呼んでる」

「マネージャーが？」ホテルでマネージャーといえば、社長を補佐しているヘンリー・

ダグラスだ。普段はまず話をすることがない——澤山が直接話せないぐらい偉い人だ。ホテルの管理部門は、二階に集まっている。ダグラスの名札がかかったドアをノックする直前、澤山は一瞬首元に手をやってシャツの襟を整えた。

ノックすると「入りたまえ」と太い声が聞こえてきた。ドアを開けると、ダグラスが巨体をデスクの後ろに押しこむように座っている。この男は、澤山が知っている中で最も大きな人間で、身長は六フィート五インチ《196センチ》ほどある。体重を確認したことはないが、聞くのは怖くもあった。澤山は相撲見物をして、日本にもこんなに大きい人間がいるのかと驚いたが、ダグラスはその比ではない。彼が歩いていると、小山が動いているような感じさえするのだった。

「勤務時間外にわざわざすまないな、タカ」

「何か御用でしょうか」

「まあ、座りなさい」

と言われても……狭いこの部屋には、奥にダグラスのデスクがあるほかには、一人がけのソファが四つ置いてあるだけだ。座れと言われたら、当然そのソファに座るしかない。ダグラスが向かいに座って話すのが自然なのだが、彼は自分の椅子から離れようとしない。立ち上がるだけでも難儀なのかもしれないが、自分だけがソファに座ると、距離があるし、見上げるような格好になるので話がしにくい。結局立ったままでいることにしたが、ダグラスは気に留める様子もなかった。座るよう勧めたのは、あくまで儀礼的なものなのだろう。

「率直に聞こう」話すだけで、ダグラスは息切れしているようだった。ぜいぜいと荒い息が混じり、どうにも聞き取りにくい。

「はい」

「ハワイ朝日に、日本へ遠征する計画があると聞いている」

「そういう誘いは受けています」マネージャーが何でこの話を知っているのだろうと不思議に思いつつ、澤山は事実を認めた。

「行くことは決まったのか?」

「いえ」

「まだなんだね?」

「はい」

「そうか」

そこでようやくダグラスが立ち上がり――狭い空間から巨大な体を引き抜くような感じだった――ソファに座る。大きな手の中に隠し持つようにしていた葉巻をくわえ、マッチで火を点けた。狭い部屋の中が、葉巻の煙で一気に白くなる。

「行くかどうかはまだ決まっていないわけだ」ダグラスが念押しするように言った。

「はい」彼が何を言い出すのか分からないので、澤山は最小限の返事にとどめた。

「行くとなると、かなりの長丁場になるのではないかね」

「往復と大会への参加で、おそらく二ヶ月ぐらいかと」

「二ヶ月か……」ダグラスは、丸々とした顎を撫でた。どこまでが顎で、どこからが首かも判然としなかったが。くわえた葉巻が揺れ、煙がもやもやと広がっていく。「今、うちのホテルは人手不足でね。それは君も知っているだろう」

「はい」ドアマンの仕事は基本的にローテーションで回っているのだが、時々穴が空いて臨時の勤務が入ることがある。それでも澤山は、ハワイ朝日の練習と試合のために、何とかシーズン中の日曜の休みだけは確保していた。野球好きのチーフも気を配ってくれている。

「君も、野球の練習や試合に参加するのも大変じゃないか？　というより、君の休みを捻出するために、チーフが大変なんだぞ」

「それは……承知しています」既に日本行きに関しては相談している。チーフの困り顔を見て胸が痛んでいた。

「オーナーもチーフも野球好きだからねえ」どこか馬鹿にしたようにダグラスが言った。「リーグ戦が始まると、仕事そっちのけで試合を見に行くぐらいだから、君のために便宜を図るのは当然だと思っていらっしゃる。我々も今までは、それに合わせてきた」

まずいぞ、と澤山はにわかに鼓動が速くなるのを感じた。ダグラスが好きなのは野球ではなくフットボールで、自分も大学時代はディフェンシブタックルとして活躍したことを自慢している。確かにこの体格なら、オフェンスの選手からすれば、目の前に壁があるように見えただろう。これだけ大きいと、まともに動けたとも思えないのだが。

「まあ、ハワイ朝日の活動については、とやかく言うつもりはない。しかし、二ヶ月もホテルを休んで日本へ行くとなると、考えなければならないな。君がいなくなった穴を、そのまま放っておくわけにはいかないんだ。君は優秀なスタッフで、当ホテルの誇る人材だが、二ヶ月不在にした後で元の仕事に戻るのは……当然、誰か君の代わりが入っていると考えておいた方がいい」

「……馘ですか」

「まさか」ダグラスが勢いよく首を横に振ると、顔の肉がぶるぶると震えた。「今のところ、君を馘にするメリットはまったくない。去年の『マン・オブ・ザ・イヤー』を辞めさせたら、お客様から怒られるよ」

「マン・オブ・ザ・イヤー」は、一年を通じて最も功績があったとされるスタッフを表彰する制度で、ささやかながら金一封も出る。何より、ホテルの経営陣に認められる意味は大きい。澤山は去年、初めてこの賞に選ばれていた。この賞を受けると、昇給や昇進の面でも有利になると言われている。

「では、どういう……」

「今言った通りだ。日本行きについては、我々には何も言えない。反対も賛成もできない。ただ、二ヶ月遠征して帰ってきても、今までと同じように仕事を続けられると思わないで欲しいんだ。もちろん、その時点で人手が足りなければ、また働いてもらうことになるだろうが、その保証はできない」

「……仕事を辞めろ、ということですか」

「違う、違う」ダグラスが、葉巻を持ったまま大きく手を振った。「そんなことは言っていない。ただ、遠征から帰ってきて、ここでの仕事があるかどうか分からない、ということだ」

「休みを取ろうと思っていたんですが」

「残念ながら、二ヶ月の休暇は、当ホテルの規定にはない」

「そうですか……」

おいおい、何なんだ。半ば呆然《ぼうぜん》としながら、澤山は自分の甘さを悔いた。チームメートを説得することばかりに集中していて、自分の仕事についてはまったく考えていなかった。

「君は、モアナホテルにとっては貴重な戦力だ。私としては、長く働いてもらいたい。できれば、日本遠征は控えてもらえないだろうか」ようやくはっきりした「反対」の言葉が出た。

「日本行きがまずいわけではないんですね」

「そんなことは言っていない。大会自体は、国際親善のようなものだろう」

「マネージャーは、日本に対して、特別な気持ちがあるということはないんですね」

「何を言い出すんだ」ダグラスが目を見開いた。「私は、このホテルをきちんと運営していくことしか考えていない。きちんと働いてくれている限り、君が日本人だろうが中国人だろうがドイツ人だろうが……宇宙人であっても構わない」

本音だろうか。

ハワイは、雑多な国の出身者で成り立っている。日系人は一大勢力なのだが、元々ハワイに住んでいた人、本土《メインランド》からやってきた白人など様々で、まさに人種のるつぼと言っていい。「アメリカで人種のるつぼと言えるのは、ニューヨークとハワイだけだ」と、以前出口が言っていたのを思い出す。

しかし、白人が何を考えているかは分からない。彼らにとってアメリカは、あくまで白人の国であり、それ以外の人種を下に見ているのでは……という疑いを、澤山はずっと抱いている。高校時代も、野球をやっている時は何も思わなかったのだが、普通の授業の時などは、白人の生徒との間に微妙な壁があるのを感じていた。差別というわけではないが、積極的に交わりたくないというのが、彼らの本音ではないだろうか。ダグラスも、あくまで自分を「優秀な使用人」としてしか見ていない感じがする。

「よく考えて行動してくれ。君は、当ホテルには絶対必要な人材なんだ」

「……考えます」この時点で拒否はできない。澤山としては、そう言うしかなかった。

こういう時に相談できる人間がいないのが痛い。ハワイ朝日のチームメートに話しても、反発されるだけだろう。「日本へ行くと言っていたお前がやめるのか」と……。

結局、父親に話すしかなかった。平日は、ホテルから遠い実家に戻るのはきついのだが、週末まで一人で悶々と悩むのは辛過ぎる。

父親はいつも寝るのが早いのだが、事前に電話を入れておいたので、起きて待っていてくれた。事情を話すと、「日系人と白人の関係……難しい問題だな」とぽつりと言ってから切り出した。

「お前がまだ子どもの頃だが、大規模なストライキがあったんだ」

「ストライキ?」

「オアフ島の農園労働者の八割近くが参加したんだよ。私は参加しなかったが……とにかくあれはひどいものだった。一万人近くの日系人が農園から退去させられて、しかも百五十人も死んだ」

「まさか、殺された……」

「違う、違う」父親が慌てて顔の前で手を振った。「ストライキで野営していて、スペイン風邪が大流行したせいだ」

「そんなことが……」

「それがきっかけで、思い切って自分で商売を始める日系人が増えたんだ。その時の嫌な記憶は、白人の農園経営者の中には今でも残っているだろうな。表面上は普通に暮らしているけど、水面下では未だに、互いに恨みを持っている」

澤山はそんなことをまったく知らなかった。学校で教えることではないだろうし、父親の口から聞いたのも初めてである。

「私はストライキに加わらずに農園に残って、その後平和的に辞めて自分の農園を持った。辞めさせられた日系人から見れば、私は裏切り者、スト破りの重罪人かもしれない」

「そんな……」

「まあ、面と向かってそう言われたことはないし、争い事が起きたわけでもない。ただ、昔からの知り合いとは会いづらくなったな」

「やっぱり、日系人は警戒されているのかな」

「表立っては言わないが、そんな風に思っている人もいるかもしれない。お前の勤めるホテルの人たちがどう考えているかは分からないが」

「日本へ行ったら、失業するかもしれない」

「よく考えることだ。お前は、ホテルの仕事は好きか？」

「やりがいはあるよ」人を喜ばせる、快適にさせる仕事は、自分には合っていると思う。それに宿泊客は金持ちが多いので、チップが馬鹿にならない。収入面でもかなりいい仕事なのだ。結婚も考えているし、今この仕事を手放すのは惜しい。

「辞めたくない、か」

「今は辞めたくない」

「そのために、日本遠征を取りやめてもいいと思っているか？」

「それは……日本には行きたい。そのために頑張ってきたんだから」

「だったら、新しい仕事を探すことも考えるんだな。どちらが優先順位が高いかという問題だ」

わずか二ヶ月の日本遠征と、その後の人生を天秤《てんびん》にかけることになるのか……重過ぎる。しかし、こんなことを父親に決めてもらうのは、やはり筋違いだ。

「まあ、最悪の場合、うちの農園に戻って働くんだな」父親が呑気な口調で言った。

「大した給料は出せないが」

「それだと困るんだ」

「どうして」

「結婚……しようと思ってる人がいる。まだプロポーズしていないけど」

「そうなのか？　誰だ」父親が慌てて立ち上がる。「それなら早く、向こうの家に挨拶しないと」

「パパ、気が早いよ」澤山は苦笑した。「まだ彼女にもちゃんと話してないんだから」

「ああ、そうか……」父親も苦笑しながらゆっくり椅子に腰を下ろした。「しかし、そういうことは早く言ってくれ。こちらにもいろいろ準備があるんだから」

「まだ言うタイミングじゃなかったんだよ」

「で、相手は誰なんだ？」

「高校の同級生。ホノルルで父親がやっている雑貨店を手伝ってるんだ」

「男兄弟はいないのか？」

「ああ」

「ということは、お前、ホテルに戻れなくても問題ないじゃないか。その子の家で働かせてもらえばいい。跡取りになれるだろう」

「パパ、それは話が飛び過ぎだよ」花子も同じようなことを言っていたが。

「そうかな」父親は不満そうだった。「向こうだって跡取りができれば万々歳だろうし、お前も仕事の心配をしなくて済む。一番いい方法じゃないか」

まさか……呆れて、澤山は腕組みをした。そういうのは、何となく不純な感じがする。

互いに利害が一致したからといって、それだけで結婚すべきではないだろう。こういうのは、日本の戦国時代の政略結婚のようなものじゃないか？

ただ、父親が言うこともそんなに的外れでないような気がした。少なくとも「働く場所がある」と意識するだけで、気持ちは楽になる。

人には誰でも居場所が必要なのだ。

遅くなったが、澤山は神岡の家まで自転車で向かった。神岡も朝は早いのだが、今夜のうちにいろいろな問題を伝えておきたくなったのだ。

神岡はもう寝る直前だったが、澤山を追い返しはしなかった。ポーチに置いたベンチに、二人並んで腰かける。澤山は、ホテルのマネージャーから遠征に難色を示された、と打ち明けた。

「そいつは実質的に、馘の宣告じゃないか？　馘にするために、今回の日本遠征が利用された、みたいな。お前、何かやらかしたのか？」

「それはない。仕事はちゃんとやってるし、去年は表彰もされたんだ」

「去年は去年、今年は今年……状況は変わるだろう」神岡は、薄《うっす》らと髭の浮いた顎を撫でた。

「よく分からない。そんなこと、正面から聞いても答えてくれそうにないし」

「難しそうだな、ホテルっていう職場も」

「ああ……」澤山は右手で左手の甲を撫でた。「俺らはあくまで雇われている立場だから、強いことは言えないんだ。本当に、二ヶ月も休まれたら困るっていうだけの話かもしれないし」

「そういう風に考えてればいいんじゃないのか」神岡が気楽な口調で言った。「今はどこも人手不足だからな。あまり気にしない方がいいだろう。そもそも日本へ行けるかどうかも分からないんだから」

「お前も……やっぱりまだ、日本へ行く気になれないか？」

「難しいなあ」神岡が首を横に振った。「親父に話したんだ。はっきり反対はしないけど、渋い顔をされたよ。俺が抜けると、うちの農園もそれなりに大変なことになるから。今は人手不足で、農園で働いてくれる人なんか、簡単に見つからないよ」

「だったら、うちの弟を使わないか？」

「ああ？　銀行に勤めるんじゃないのか？」

「それは九月からだよ。大学が終わる六月からしばらくは空いてるんじゃないかな。ちょうど俺たちが遠征に行っている間だ。ここで働けば、あいつにもいい小遣い稼ぎになるだろう」

「大丈夫なのかね？　あいつ、体も小さいし弱そうじゃないか。パイナップル畑の仕事はきついぞ」神岡が首を捻る。「選択肢の一つとして……うちの弟がここで働くと言ったら、お前だって日本へ行きやすいんじゃないか？」

「何だか人質として差し出すみたいな感じだな」

「いや、そういうわけじゃないけどさ」銀行で働き始めたら、弟もここを離れることになるだろう。勤務先がどこになるかは分からないが、少なくとも実家から簡単に通えるような場所には銀行の支店はない。一人暮らしを始める前に、少し金を貯《た》めておくのも悪くないだろう。父親も、そういうアルバイトに関しては賛成するはずだ。

「まあ、アイディアの一つとしては頭に入れておくよ」

「そうか……」澤山は指先をいじった。その時、ふいに思い出す。神岡には先に話してもいいのではないだろうか。

「若林さん、知ってるか？」

「若林さんって、ボゾ？」

「ああ。今、日本の職業野球で活躍してる。前に、『野球界』を見せただろう？」

「もちろん知ってるさ。マッキンリー高校では伝説の人じゃないか。ハワイ朝日の先輩でもある――若林さんがどうかしたのか？」

「会いたくないか？」

「日本で？」

「ああ。向こうもシーズン中だから試合があるかもしれないけど、同じハワイの仲間だから、会ってくれるんじゃないかな」

「若林さんかあ……」神岡が闇を見つめた。「ハワイ朝日にとっては伝説の人だよな。高校生の頃から大人にまじってプレーしてたわけだし」

「会いたいだろう」澤山は畳みかけた。

「そうだな。若林さんが投げる試合も見てみたい。俺はピッチャーじゃないけど、参考にはなるだろう。横山なんかは、特に見たいんじゃないかな」

「うちのエースにとっても、いいお手本になるよ。それに……どうかな。日本へ行けば、野球をやって金を稼げるんじゃないか」

「俺たちを日本の職業野球に売りこむつもりか？」神岡が目を見開く。

「そういうわけじゃないけど」澤山は首を横に振った。「職業野球の人たちも、俺たちの試合を見るかもしれない。それで誘われたら、お前、どうする？」

「いやあ、どうかな……農園のこともあるし」神岡はその可能性を真剣に検討し始めたようだった。

「若林さんだって、最初は軽い気持ちで日本へ行ったんだよ。一度日本を見てみたいっていうだけで、カリフォルニアのチームの遠征について行ったんだから。でも向こうで大学に入学して、そのままずっと日本にいる。面白い人生だよな。いろいろ話を聞いてみたい」

「お前もそのまま日本に住みたいのか？」

「どうかな……でも、人生は何が起きるか分からないから面白いんじゃないかな」

「そんな浮き草みたいな人間だったか、お前？」

「いやいや、でも、決まりきった道を歩くだけの人生はつまらないじゃないか」

言いながら、確かにそういうこともありだ、と澤山は思った。今のところ、自分の人生は幅が狭い。このままホテルで仕事をするか、あるいは父親が言っていたように、花子の家に婿入りして雑貨店を継ぐか。そして空いた時間にはハワイ朝日に関わっていく——それはそれで安泰かもしれないが、代わり映えのしない人生とも言える。こんなことを続けて六十歳、七十歳になった時に、俺は自分の人生をどう振り返るのだろう。

もしも日本へ「逆移住」したらどうなるか……仕事は心配ないだろう。英語も日本語も話せるから、それを生かした仕事があるはずだ。職業野球に関わることもできるかもしれない。そうしたら花子を日本に呼んで……それは無理か。自分は日本で四年間暮らして、自分のルーツに対する思いがそれなりに強い。しかし花子は、特に日本に興味を持っていないようだ。二人でいる時に、日本の話題が出ることはまずない。

「いろいろあるな」神岡が欠伸《あくび》を嚙み殺しながら言った。

「ああ」

「まだ考える時間はあるだろう」

「少しは」

「だったら、考えさせてくれ。なあ、ハワイ朝日の選手全員が行く必要はないんじゃないか？　試合ができる人数だけ集めればいいだろう。それでもハワイ朝日を名乗れるし、お前の面子も立つじゃないか」

「俺の面子なんて、どうでもいいけどさ」

そう……今はとにかく、石崎の願いに応えたいだけだ。その上で、チームメートに日本を見せてやれれば、それでいい。

翌日の夜、澤山は花子と食事をともにした。とはいえ、外食ではなく、澤山の家で。「たまには私が料理を作るから」と花子が言ってくれたので、ありがたく受け入れた。二人で食材を買いこんで、家に帰る。郵便受けに、石崎からの手紙が入っていたので、どきりとした。かなり分厚い封筒……すぐにでも開けて中を確認したかったが、花子が一緒だと何故か躊躇われる。封筒をテーブルに置いたまま、食材を取り出した。

「手紙、いいの？」花子が訊ねる。

「ああ」

「でもそれ、日本から来たんでしょう？　Japan って見えたけど……大事な手紙じゃないの？」

「うん……まあね」

「はっきりしないのね。読めばいいじゃない。その間に料理を用意しておくから」

「……そうだな」

確かに気にはなっている。澤山はテーブルについて、封筒を丁寧に開けた。二重の手紙——中に封筒が二つ、入っている。一つは澤山宛、もう一つは監督の出口宛だった。出口への手紙を勝手に読むわけにはいかないので、まず自分宛の手紙の封を開ける。

澤山隆様

連絡が遅れて申し訳ない。タイガースの若林さんに会って話をした。同封のもう一通の手紙はハワイ朝日の出口監督宛で、若林さんと田中さんの連名で、日本行きを促す内容になっている。封はしていないので、まず君が読んでから出口監督に渡されたし。

そろそろ時間が厳しくなっている。今のところ、満州、フィリピンのチームが参加することになっているので、ここにぜひハワイ朝日にも加わってもらいたい。

出口さんに手紙を見せて、結果が分かったら、電報でいいので至急連絡をもらえないだろうか。

君に会える日を楽しみにしている。

石崎保

澤山は手紙を二度読み、さらに出口宛の封筒から慎重に手紙を引き出して目を通した。これが若林の直筆なのだろうか……えらく達筆で読むのに苦労したが、彼の熱意はちゃんと伝わっている。

「大丈夫？」キッチンから花子が声をかけてきた。

「あ？　ああ」

「本当に平気？」

「大丈夫だ」

石崎は立ち上がってキッチンに向かった。狭いので、二人で一緒に立つと体がくっつきそうになる。

「日本からの手紙だったよ」

「それは分かってるわ」

花子はステーキ肉に塩胡椒《こしょう》を振っていた。何となく手持ち無沙汰になって、澤山はレタスを一枚ずつ剝がし、水で洗い始める。二人はしばらく無言でそれぞれに調理を進めた。

「日本からの援軍なんだ」

「援軍？」

「君のアドバイス通り、チームの日本行きを説得するように、若林さんにお願いしていたんだ。その返事」

「じゃあ、これで日本に行けそうなの？」

「大きな援軍だよ」しかしまだ自信はない。若林の言葉は澤山の胸を強く打ったが、他の選手がどう考えるかは読めないのだ。

澤山がサラダを作り、花子がステーキを焼いて、二人きりでの夕飯が始まった。飲み物はビール。窓を開け放って風を入れると、少し気分がよくなる。父親は、このステーキに未だに馴染めないという。日本にいた頃は、分厚い肉を焼いて食べるような習慣がなかったのだ。ごくたまに食べる牛肉といえば、すき焼き。ところが、ハワイですき焼きをやろうとしても上手くいかない。肉屋が、牛肉を薄く切ってくれないというのだ。あれは日本のすき焼き独特の切り方らしい……澤山にとってすき焼きとは、小さく切ったステーキ肉を醤油味で煮こんだ鍋である。これじゃないんだよな、と父親が溜息をつくのを何度も見ている。実際、澤山も日本で本物のすき焼きを食べ、父親が困り果てている理由がよく分かった。

「ステーキ、どう？　焼き加減は？」

「ちょうどいいよ」

「よかった」花子が笑みを漏らす。「ステーキぐらいちゃんと焼けないとお嫁に行けないって、ママが言うのよ。そんなに頻繁にステーキを食べるわけじゃないのにね」

「むしろフライドエッグが上手く作れる方が大事じゃないかな。卵は毎日食べるし」

「私、卵の焼き方には自信あるわよ」

「確かに」以前フライドエッグを作ってくれた時には、「完璧だ」と感心したものだ。完全に綺麗な円形で、黄身の柔らかな固まり具合、白身の微妙な焦げ具合も素晴らしかった。こんな目玉焼きなら毎朝食べたいな、と言いかけて慌てて言葉を呑みこんだのを覚えている。プロポーズの言葉として目玉焼きを使うのは、あまり格好良くない。

「日本に興味、ないか？」

「何、いきなり？」ステーキを切り分けながら花子が言った。

「いや、俺が日本に住んでいた時代の話をしても、あまり楽しそうじゃないし」

「何か、羨ましいの」

「羨ましい？」

「あなたは知っていて、私は知らない——そういう世界があることが羨ましいのよ。私はハワイしか知らないから。ハワイしかっていうか、オアフの一部分しか知らない。ノースショアに行ったことも、一回か二回しかないのよ」

「家で商売をしていると、遠出はしにくいよな」

「タカが車で連れていってくれればいいのに」

「使える車があればいつでもいいよ」

ノースショアはワイキキから見て島の反対側だが、オアフ島はそれほど大きくないので、車なら一時間ほどしかかからない。

「ノースショアよりもっと遠くだったらどうかな。興味ある？」澤山は切り出した。

「ハワイ島？　それともメインランド？　カリフォルニアを飛び越して、一気にニューヨークとか。ニューヨークは、死ぬまでに一度は行ってみたいわね。本格的なミュージカルやお芝居は、ハワイだと見られないでしょう」

「それより遠くはどうかな」

「どういうこと？」花子がナイフとフォークを置き、ナプキンで口元を拭った。

「日本とか、さ」

「日本へ行くの？　私が？　それ、どういう意味？」

花子が畳みかける。こういうところが花子のアメリカ人らしさなんだよな、と澤山は苦笑した。疑問に思ったら、あるいは不満だったら平気で口にする。自分の母親が、父親に逆らうどころか言い合いすらしないのとは対照的だ。花子はやはり、日本人というよりアメリカ人寄りの意識なのだろう。

「いや、仮の話。外の世界に興味があるなら、日本はどうかなって思ってさ」

「うーん……」花子が首を傾げる。「正直、よく分からない。うちのパパとママは、日本の習慣を押しつけようとするのよね。食事のマナーとか、歩き方まで。女の子はスポーツなんかやる必要はないって言われて、高校の時に大喧嘩したし」

「前に言ってたね。覚えてるよ」

花子は両親と違って背が高く、マッキンリー高校ではバスケットボールをやろうとしていた。それを両親が大反対し、しばらく口もきかなかった——と澤山は以前聞かされていた。結局彼女は反対を押し切って、三年間バスケットボールを続けたのだが。

「日本の習慣って、何か窮屈な感じがするじゃない。あれをやっちゃいけない、これも駄目とか」

「俺は、そんな風には感じなかったな」男と女の違いもあるかもしれないが。「それに東京は大都会だ。ニューヨークに興味があるなら、東京に興味を持つのも自然だと思うな」

「そう?」

「東京では毎日、何か芝居をやってるよ。俺も何回か見たけど、面白いよ」

「でも、日本だと着物を着なくちゃいけないんでしょう？　私、ママの着物を着たことがあるけど、窮屈で肩が痛くなっちゃったわ」

「着物を着てる人は多いけど、そうじゃない人もたくさんいる。男なんて、働いている人はだいたい背広だよ」

「そうなんだ……そんなに窮屈じゃないんだ」

「自分の目で確かめてみればいいじゃないか」

「私を誘ってるの？　一緒に日本に来いって？」急に花子の目が輝き出した。

「興味があるなら、考えてくれないかな。君だって、博多人形、好きなんだろう？　だったら日本を好きになれるよ」

「博多人形だけで、日本が好きって言われても」花子が苦笑した。

「何でも試してみないと……そのうち、詳しく話すよ」

「何か計画があるのね？」

「計画まで行かない、ただの考えだけど」

　ここはプロポーズのチャンスなのかもしれない。しかし、日本行きと結婚を一緒にして話すのも筋が違うのではないだろうか。そもそも自分が日本に移住するというのだって、単なる妄想に過ぎないのだし。日米関係が悪化している今、日本に住むのはリスクが高い。このまま戦争でも始まったら——さすがにその可能性はないと思うが——自分はハワイにいても日本にいても睨まれることになりそうだ。

今は、そんなことを考えてる場合じゃない。まずは出口に手紙を渡し、彼をしっかり説得しないと。

Ⅲ

昭和十五年三月（1940年3月）

さて、打つべき手は打った……若林らと手紙の文面を練り、ハワイ朝日の監督宛に出してしまってから、石崎は気が抜けたような毎日を送っていた。大会に向けてやることはたくさんあるので、日々の仕事はこなしているが、決して気合い十分というわけではない。何となく、ぼうっとしていた。

一月二十二日には、日満華の打ち合わせ会が開かれ、これで大会の開催が正式に決定した。いよいよ、というところなのだが、やはりどうしても気もそぞろになってしまう。石崎にとっては、ハワイ朝日が参加してくれるかどうかが最大の気がかりだった。

細部はこれからというところだが、東亜競技大会のおおよその概要は決まった。

参加国は日本、満州、中国三国を基本として、競技種目によってはタイ、フィリピン、その他の国から選手を招待する。この中にハワイ朝日も含まれるわけだ――上手くいけば。満州、中国の参加経費は自己負担。競技は、野球を含め十五になった。

計画が固まる中で、石崎の努力が一つ、完全に空振りに終わった。参加選手は男子のみに限られ、しかも競泳は実施競技に入らなかった。理由は「時局に鑑み」。坂下文子にわざわざ会いに行ったのが、まったくの無駄になってしまったわけだ。まあ、これは仕方がない。全てが最初の計画通りに進むわけではないだろうし。ただし石崎は、文子に事情を丁寧に記した手紙を書いた。彼女が、断ったことを気にしていたらまずいし……。

フィリピンに関しては、国際電話で問い合わせたところ、即座に参加の了承をもらった。これでまだ未定なのは、ハワイ朝日だけとなる。

三月下旬、石崎は下村に呼ばれた。会長室に入ると、いきなり厳しく詰め寄られる。

「ハワイ朝日からは、まだ返事がこないのかね」

「すみません」石崎はさっと頭を下げた。「もう少し待っていただけますか。他の国と違って、体協対体協の話し合いではなく、単独チームに参加を要請していますので……他の国と同じわけにはいかないんです」

「それは分かってる。しかし、野球を競技に加えて、ハワイ朝日を招聘するというのは、君の発案ではないか」

「手は打っています」石崎は言い訳した。「タイガースの若林選手に口添えをお願いしました。若林選手はハワイ出身ですから、彼の言うことなら説得力を持つだろうと」

「しかし、まだ返事はないわけだ」

「……もう少しお待ち下さい」今はそう言うしかなかった。

「頼むよ」下村が念押しした。「呼ぶと決めた相手が来ないと、大会の日程自体も影響を受けてしまう」

「必ず呼びます」

会長室を出て、大きく息を吐き出す。書類を抱えて通りかかった滝川が、「どうした」と不思議そうな表情を浮かべる。

「いや、会長に……」石崎はドアを振り返ってもう一度溜息をついた。

「発破をかけられたのか？」

「そんな感じだ」

「会長は、いろいろなところから圧力をかけられて、だいぶ焦っておられるんだ」

「そうなのか？」

「ここだけの話だけど」滝川が声を潜める。「陸軍も、またあれこれ言ってきてるらしい」

「陸軍が?」石崎はきゅっと喉が締まるような感覚を味わった。「何で陸軍が?　関係ないっていうことで、話がまとまったじゃないか」

「みっともない成績を出すな、だとさ。やると決まったら、ここぞとばかりに乗っかってくる人間がいるんだよな。いかにも自分たちが仕切りました、みたいな感じでさ。厚生省も文部省も、偉そうに会長や理事長の尻を叩いているらしい」

「上の方も大変なんだな」石崎は溜息をついた。

「こっちはもっと大変だよ。金の話、聞いてるか?」

「ああ」

「今日もこれから、あちこちに頭を下げに行かなくちゃいけない」

東亜競技大会の全体予算は、二十万七千円と見積もられている。まだ参加の了承を得てはいないが、ハワイ朝日の旅費は巨額になる。遠征メンバー十八人として、船賃だけで一万五千円強、さらに国内で移動する汽車賃、宿泊費や雑費などに一万円が計上される予定だ。自分で「呼ぶ」と言ってしまった以上、石崎も予算の割り振りに責任を持つしかない。

体協の予算にも当然限界はあるわけで、このところ滝川は、寄付金を募るために、各地へ頭を下げに行っていた。オリンピックが中止になったので、その分の予算は繰り越せたのだが、それだけではとても間に合わない。当初は「予算は問題ない」ということで、関係各所を説得していたのだが、実際にやるとなると、予定よりも金は必要になるものだ。

「今日はどこへ行くんだ？」

「正金《しょうきん》銀行」

「横浜か……三島《みしま》さんの紹介か？」

「ああ」三島弥彦《やひこ》は、日本最初のオリンピアンとしてストックホルムオリンピックに参加した。競技生活を退いてからは横浜正金銀行に勤める傍ら、体協の理事や評議員などを務めてきた。三島と、やはり最初のオリンピアンである金栗四三、東洋初のＩＯＣ委員にして体協の創始者である嘉納治五郎の三人は、日本のオリンピックの礎を築いた人間として、体協の中では別格扱いされている。

「銀行だったら、金は貸してくれそうだけど」

「まさか。あくまで寄付だよ」滝川が目を見開いた。

「ま、頑張ってくれ」

「気は重いけどな」滝川がそっと息を吐いた。お調子者で、いつもこちらの気分を解してくれる滝川も、金のことになると軽い調子で解決するわけにはいかないようだ。

石崎は書類仕事を振られていたのだが、その日の午後、突然末弘に呼ばれて新しい任務を押しつけられた。滝川と同じ、寄付集め。しかし、こういうことで頭を下げるのは本当に苦手だ……心の中では思い切り苦虫を嚙み潰したような気分だったが、何とかそれが表に出ないように気をつける。

「この際、いくらでも構わない」末弘が、およそ学者らしくない切羽詰まった口調で言った。「せっかく大会が決まったのに、金がなくて実現できない、では話にならない」

「承知しました」

「この人に会ってくれ。君なら説得できるだろう」

末弘が一枚の紙片を手渡した。開いてみると、「井川良造《いがわりようぞう》」の名前と電話番号が書いてある。

「この人は……あの井川さんですか？　井川良造一座の？」

「ああ」

石崎が戸惑いを見せているのに気づいたのか、末弘が怪訝そうな表情を浮かべる。

「役者さんですか……」

「何だ、君は芝居を見ないのか？」

「見ないこともないですけど、井川良造一座は喜劇じゃないですか」

「喜劇を馬鹿にしちゃいかん。喜劇の中にこそ、人間の真実がある」

「理事長、芝居にもお詳しいんですか？」法律が専門で堅物の末弘が、こんなことを言い出すのが意外だった。

「喜劇は、ギリシャ時代からシェークスピアを経て現代まで、長い長い歴史がある。芝居の歴史と喜劇の歴史は同一だ。こういうのは、教養として知っていて然るべきことだぞ」

「——すみません」理屈では帝大教授に敵《かな》うわけがない。石崎は頭を下げるしかなかった。

「では、行ってくれたまえ。君なら説得できるはずだ」

そう言われても……石崎は自席に戻り、取り敢えず、末弘が教えてくれた電話番号にかけてみた。

「大正座《たいしょうざ》です」

若い男の声で応答があった。そうか、この番号は芝居小屋のそれかと合点がいった。大正座は新宿《しんじゆく》にある中規模の芝居小屋で、石崎も学生時代、一度新派の芝居を見に行ったことがある。

「大日本体育協会の石崎と申します」

「大日本……何ですって？」

「体育協会です」

「ご用件は？」相手はこちらを認知しているだろうかと心配になった。いきなり「大日本体育協会」の名前を出されてピンとくる人もいないだろう。相手がそれ以上突っこんでこないので助かった。

「井川良造さんにお会いしたいのですが」

「会うか会わないかは、うちでは分かりませんよ」

無責任な言い方だとむっとしたが、考えてみれば井川良造一座と大正座は直接は関係ない。大正座にすれば、井川良造一座は単なる出演者だ。

「末弘厳太郎先生のご紹介なんですが」末弘と井川が顔見知りかどうかも分からないいま、取り敢えず言ってみた。

「末弘……誰ですか？」

「帝大教授で、大日本体育協会理事長です」「帝大」の名前の方が相手に衝撃を与えるだろうと思い、石崎はそちらを先に出した。

「帝大の先生だか誰だか知りませんけどね、うちには関係ないので」

「今、そちらに出演中なんですよね？」自分の説明が相手にまったく響いていないようなので、石崎は慌てて確認した。

「今月一杯ね」

「今日の予定を教えて下さい」

「昼の部が四時終わり、夜は六時からですよ」

「分かりました。そちらに伺ったら、通してもらえますか？」

「それは一座の人に聞いてもらわないと。もういいですか？　こっちも忙しいので」

相手はいきなり電話を切ってしまった。ここまで無愛想にしなくてもいいと思うのに……しかし末弘も準備が足りないというか、強引だ。壁の時計をさっと見上げる。いつも五分遅れている時計は、今は三時十五分を指している。これから新宿へ向かえば、ちょうど昼の部が終わる時間に間に合う。電話で約束を取りつけるのは難しそうだから、とにかく行ってみよう。

井川良造の芝居ぐらいは見ておくべきだったな、と後悔した。今さらどうしようもないが。劇団の座長と話をする日がくるなど、考えたこともなかった。

大正座は、昼の部の終わりで客席から吐き出された客で賑わっていた。受付に「井川さんにお会いしたい」と話をしても、相手にしてもらえない。どうしたものかと、一度外へ出て考える。外には、井川の似顔絵が入った看板……そのひょうきんな顔を見て、石崎は井川の出た映画を二度ほど見ていたことを思い出した。しかも二度目は先月である。主演ではないが、出てきた場面では、完全に場をさらっていった。スクリーンに出てくるだけで客席に笑いが起きるのだから、さすがという感じだ。

大正座の周りをぐるりと回ってみる。何か当てがあったわけではないが……裏口に出た時に、いきなり井川と出くわした。映画では大きな男に見えたのだが、実際に目の当たりにしてみると、比較的小柄である。石崎自身が、同世代の人間に比べて背が高いせいもあるかもしれないが。

「井川先生」その呼びかけでいいのかと思ったが、石崎は思わず言ってしまった。

井川が「はいよ」と軽い調子で返事をして石崎を見た。確か今年四十歳だが、思ったよりも童顔で、三十代前半ぐらいで十分通用しそうだった。若い男一人と、さらに若そうな女性を連れている。女性ははっとするほど美しい……一座の女優だろうか。

「大日本体育協会の石崎と申します」

「ああ、君が体協の人か。何か変な電話があったと聞いたよ」

「すみません、いきなり押しかけまして……ちょっとお時間いただけませんでしょうか」

「一緒に飯でも食うかい？」

「え？」いきなりの誘いに、石崎は戸惑った。

「いや、我々はこれから飯なんだ。昼の部と夜の部の間が昼飯なんでね」

「はあ……よろしいですか」もちろん石崎は昼食を終えている。しかし話を聞いてもらえるなら、二度目の食事ぐらい何でもない。

「いいよ。飯は大勢で食った方が美味い」

「では、お供します」

石崎は三人の後について歩き始めた。どこまで行くのかと思ったら、大正座のすぐ近くにある洋食屋に入る。店に顔を出すと、店員がさっと寄って来て、店の奥にある個室にすかさず案内した。井川に気づいた客が一瞬ざわつく。こんなに芝居小屋に近い店に入ったら、客に騒がれそうなものだが……それを避けるためにお付きの者を連れ、個室のある店を利用しているのだろう。店側も分かっていて、すぐに案内したと見える。

四人がけのテーブルにつく。井川はメニューを確認もせず、「カレーライスにポークカツ」と注文した。小柄、どちらかと言うと痩せた体格の割にはよく食べるようだ。役者も体が基本、ということだろうか。

「君はどうする？」

問われたが、メニューもない。カレーなら間違いないだろうと思い、石崎は「僕もカレーにします」と言った。

「他に何かいらないか？　ここはポークカツが美味いんだ」

「昼は済ませているんです」

「まあ、普通に働いている人はそうだろうね」井川が悪戯っぽく笑った。「しかし、若い人はたくさん食べないと」

「遠慮しておきます」

「そうかい？」井川は不満そうだった。食べれば機嫌がよくなるのかと思ったが、そこまで胃に余裕がない。

注文を済ませると、井川が煙草をくわえた。お付きの若い男がさっとマッチを擦って火を近づける。井川は顔を動かしもしなかった。

その時ふと、井川は野球経験者だと思い出した。中学野球で活躍した人が、どういう経緯で喜劇役者になったのかは分からないが、映画雑誌か何かでそんな話を読んだ記憶がある。そうか、末弘はこれを狙って自分を送りこんだんだ——。

「井川さん、甲子園に出られましたよね？」

「お、古い話を知ってるね」井川の表情が少し緩んだ。明らかに警戒心が薄れている。

「ただし、甲子園じゃないぞ。私の頃は、鳴尾《なるお》球場で大会が開かれていた」

「そうでした……僕も甲子園に出ています」

「何だ、後輩か」同じ野球選手というだけで「後輩」と言うのは正確ではないが、向こうがそう考えているならそれでいい。「そうか、そうか。野球をやっていた人間は信用できる」

「井川さん、どうして役者になったんですか？　野球選手から役者というのは、ずいぶん違う世界のような感じがします」

「話せば長くなる——そうだ、来月私の本が出るから、それを読んでくれよ。生いたちから今に至るまで、正直に書いてるから」

「必ず読みます」

「しかし、野球はいいねえ」井川がうっとりした顔つきになった。「今でも、芝居がない時は、できるだけ野球を見に行くんだ」

野球をやっていてよかった、とつくづく思った。競技会の計画を進めるにあたっても、この話題で盛り上がって、話が一気に進んだことが何度もあった。

「後輩ならいつでも歓迎だよ。そうだ、夜の部を見ていかないか？」

「ありがたい話ですけど、今日は別のお話で参りました」井川は話し好きなようで、放っておくとこのまま野球談義で終わってしまいそうだ。

「何だい？　後輩の話ならいつでも喜んで聞くよ」

「寄付をいただけませんでしょうか」

切り出すと、井川が一瞬、きょとんとした表情を浮かべた。それで石崎は、つい噴き出しそうになってしまった。石崎が見た映画では、泥棒ではないかと疑われた井川が、この表情を浮かべた直後、いきなり逃げ出したのだ。

「いきなり金の話かい？」

「はい。申し訳ありませんが……」

「どういうことかな」

石崎は事情を説明した。井川は煙草をふかしながら聞いていたが、やがて「あい分かった」と言って膝を叩いた。

「いくら欲しい？」

「それは、いくらでも……いただけるだけでありがたいです」石崎は首を二度、思い切り縦に振った。こんなに話が早く進むとは。大事なのは額ではない。井川のような人も寄付してくれたと噂が広まれば、自分も寄付しようという人が出てくるかもしれない。

「一つ、条件がある」

「何でしょうか」そう来たか、と石崎は緊張した。ここでややこしい条件を持ち出されても、自分の判断で返事ができるかどうかは分からない。

「大会では野球もやるんだね？」

「はい」

「その試合を全部観戦できるように、手配してくれないかな。観戦するには切符がいるんだろう？」

「そうなります」

「毎試合五枚——いや、十枚、手配してくれ。私には、一緒に野球を見る仲間がいるものでね」

「分かりました」それぐらいなら何とでもなるだろう。

「だったら、千円」井川が人差し指を立てた。

「ありがとうございます」本当ですか、と言いかけたが、それは失礼だろう。千円は大金だが、役者の金銭感覚は、自分たちとはだいぶ違うはずだ。

「切符は必ず手配してくれよ。いやあ、楽しみだな。日本で最高のチームの試合が見られるわけか」

「あの……」やはり、どうしても確認したくなる。

「何だね」

「こんなに簡単に引き受けていただいて、いいんですか」

「今はあまり明るい時代じゃないだろう。戦争は長引いているし、この先どうなるか、見通しもつかない。何だか、暗闇に頭を突っこんだみたいな感じがしないか?」

「……はい」石崎も認めざるを得なかった。軍部批判にも聞こえかねないが、この部屋で話した内容が外に漏れるとは思えない。

「私は、今の時代にこそ喜劇が必要だと思うんだ。芝居小屋にいる時は徹底して笑ってもらって、嫌なことを忘れる。そうすれば、明日への活力も湧いてくる。野球も同じじゃないかな。最高の試合を見た後は、自分も頑張ろうっていう気になるだろう」

「仰る通りです」

「これは、大変なお祭りになるんじゃないか?」井川が嬉しそうに言った。「紀元二千六百年は、一度しかない。お祭りには、乗っておくべきなんだよ。私も一口、乗らせてもらう」

そこで料理が運ばれてきて、この会話は中断した。カレーは辛味が強くて美味く、胃に余裕がなかったはずなのに、結局石崎は全部平らげてしまった。

こんなに話が簡単にまとまることもあるんだ、と石崎は驚いていた。そう、もしかしたらこれは、井川が言う通りに「祭り」なのかもしれない。最初はあれこれ文句を言っていても、いざ祭りが始まれば、皆楽しむのではないだろうか。


久しぶりに横浜に帰り、立花の実家に立ち寄った。この書店も懐かしい……子どもの頃、本を買う時は必ず立花の家だったのだ。

父親に挨拶して、長子と話をする。立花は今、外を歩いているという。

「散歩？」

「散歩というか、訓練というか」長子が困ったような表情を浮かべる。「退院してから、時間があると外を歩き回っているのよ。動かさないと筋肉が固まってしまうからって、病院の先生に言われて」

「松葉杖だろう？　大丈夫なのかな」

立花書店は大通りに面していて、人通りが多いし車も頻繁に通る。呑気な散歩に適した道ではないので、自由に動けない立花が心配だ。

「もう、松葉杖は使ってないのよ」

「本当に？　すごいじゃないか」

「すごいけど、かなり無理しているから心配なの」長子が頬に手を当てる。「あ、帰って来たわ」

石崎は店の外に出た。長子が何故立花の帰宅に気づいたかは分からないが、夫婦だからこそ分かることもあるのかもしれない。

立花は確かに、松葉杖を使っていなかった。しかしとても、散歩を楽しんでいる感じではない。足を引きずり、一歩一歩を必死で歩いている。まだ三月で気温は上がっていないのに、額には汗が滲《にじ》んでいた。長子が言う通り、まさに訓練だ。

「立花」声をかけると、さっとこちらを見る。厳しい表情は、石崎の顔を見ると笑顔に変わった。

「よう」手を振って、さらに歩く速度を上げて近づいて来る。しかし右膝の自由が利かないので、体ががくがくと上下に揺れてしまう。あれでは、汗をかくのも当然だ。

「大丈夫なのか？」

「何言ってる、ちゃんと歩いてるじゃないか」立花は強気な態度と声を崩さなかった。

「無理するなよ」

「こんなの、中学時代の地獄のノックに比べれば大したことはない」

「確かに」石崎は引き攣《っ》った笑みを浮かべた。中学の監督はとにかく守備に厳しい人だったのだ。守備位置別に行われるノックは、内野手の場合、十本連続で確実に捕って一塁へストライクの送球をしないと終わらない。一球でもミスがあれば、最初からやり直し。石崎は連続五十本のノックを受けたことがある。あれは肉体的というより精神的に疲れた……考えてみれば、ずっとノックを続けた監督の体力も恐るべきものだが。

「いやあ、喉が渇いた。ビールでもいくか？」

「まだ昼前だぞ」

「こっちは気楽な浪人なんでね」

「勤め人はそうもいかないよ。ビールより、喫茶店でコーヒーでもどうだ？」立花書店の隣には、昔から喫茶店がある。中学校からの帰りには、よく寄り道して時間を潰したものだ。

「いいよ」立花が真顔でうなずく。「家でだらだらしていると、親父がいい顔しないんだ」

二人は店に入り、揃ってコーヒーを注文した。コーヒーが来る前に、立花は水を飲み干しておかわりしたが。

「毎日歩いてるのか」石崎は思わず訊ねた。

「ああ。店番しててもいいんだけど、ずっと座ってたら足が動かなくなりそうだ」

「きつくないか?」

「だから、地獄のノックに比べればましだよ」立花が手ぬぐいで額の汗を拭った。

「この前——僕が見舞いに行った後、若林さんが訪ねて行っただろう」

「ああ」

「心配してただろう?」

「そうだな」立花の表情が一瞬暗くなる。しかしすぐに、皮肉を飛ばした。「タイガースはピッチャー不足だからな。俺みたいな人間でも必要なんだろう。ありがたい話だよ」

「あの後、関西まで行って、若林さんと会ってきた」

「何でまた」立花が目を見開いた。

石崎は事情を説明した。話が進むに連れ、立花が呆れたように口を開く。

「お前……すごいな。図々しいと言うか」

「使えるものは何でも使うんだ。東亜競技大会は、僕にとっても大一番だから。何としても成功させたいんだ」

「ハワイ朝日か……若林さんから話を聞いたことがあるよ。日系人だけのチームっていうのも、なかなかすごいよな」

「日本とハワイの友好のためでもあるんだ。まだ返事をもらっていないけど、無事に来日が決まったら、お前用に入場券を用意するからな。絶対見にきてくれよ」

「もちろん」立花が破顔一笑した。「お前はよくやったよ。こんな大きな大会を本当に実現させるとはね」

「ハワイ朝日が来たら、引き合わせたい人間もいるんだ。法政に留学していた男で、今はハワイに戻ってチームのマネージャーをやってる。元々はキャッチャーだ」

「そいつに受けてもらえたら面白いな」

「いや、それは……」面白い、とは言えなかった。今の様子を見た限り、立花が昔のように豪快に投げられるとは思えない。キャッチボールでも無理だろう。「そいつも膝を痛めて、野球をやめたんだ」

「膝が悪い同士で、投球練習も面白いじゃないか」

　本気か？　自分の膝の具合を冗談の材料にできるぐらい、精神的に持ち直しているのだろうか。あるいは本気で復帰できると信じている？

「お前が頑張ったんだから、俺も頑張らないとなあ」自分に言い聞かせるように、立花が言った。

「違うよ。逆だ」

「逆？」

「お前が、大怪我してるのに頑張ってるから、僕も頑張ろうと思った。こんな大会、実現できるかどうか分からなくて、途中で何度も駄目だと思ったよ。でも、お前のことを考えたから頑張れた」

「よせよ」立花が鼻で笑う。「お前の手柄なんだから、黙って胸を張ってればいい」

「……ありがとう」石崎は深く頭を下げた。頑張ってよかった、としみじみ思う。

もちろん、まだ全てが終わったわけではないのだが。ハワイ朝日が来るかどうか……一番大きな問題は、依然として解決していないのだ。

Ⅳ

1940年3月（昭和十五年三月）

澤山は翌日の夜、手紙を持って出口の自宅へ向かった。出口はまだ仕事中だったが、澤山が手紙を見せると、アイロンを動かす手を止めてすぐに読み始めた。

「何でこれがお前のところに来たんだ」出口が、手紙に視線を落としたまま訊ねる。

「監督の住所が分からなかったからです」

「なるほど……」

出口は手紙を二回読んだ。まるで味わい深い小説を読むように、じっくりと。顔を上げるとうなずき、手紙を丁寧に封筒に戻す。

「ボゾか」

「ご存じですよね」

「もちろん。あいつがハワイ朝日で投げていた頃は、俺も一緒だったからな」

「その頃は、どんなピッチャーでした？」

「それはすごかったよ。ハワイ朝日にもたくさんのピッチャーがいたが、球の速さでは奴が歴代一位だな。日本でも活躍してるんだろう？」

「今は、監督が知っているような豪速球ピッチャーじゃありません。肩を壊したりしたようです」

「そうか、ボゾも苦労してるんだな」出口が手紙をテーブルに置き、掌で軽く叩いた。

「しかしこれは……どうしたものかね」

「監督、ここは決断すべきです」澤山は思い切って言った。

「そうだな……」出口が太い指で顎を撫でる。

「最初にこの話をした時、監督は日本に渡って試合をすることがいいのかどうか、何とも言えないと仰いましたよね」

「そうだったかな」

「怖いんですか？」挑みかかるように澤山は訊ねた。

「怖い？」出口が目を細める。

「日本で野球をすることが。その後、ハワイに帰って来て白い目で見られることが。そんなことは絶対にありません」

「どうしてそう言い切れる？　日本の印象はよくないんだぞ」

「監督も、日本が嫌いですか」

「いや……」出口が戸惑いの表情を浮かべる。

「日本は監督の故郷でしょう。前に遠征して、試合をしたこともある。その時、嫌な思いをしましたか？」

「何もなかったが、当時とは状況が違うだろう」

「今も同じです。我々はアメリカ人ですけど、日本人でもあります。アメリカは移民の国です。本土《メインランド》では、多くの人が、訪れたこともない親の出身地を、自分の故郷だと自慢して話しているそうです」見たこともないドイツを「故郷」と称する――父の話を思い出していた。「アメリカはそういう国です。我々も、日本生まれだと胸を張って、故郷に帰ればいいんですよ」

「しかしなあ……」

「せっかく向こうから招待されたんですから、皆に、一度は故郷を見せておきたいんです。俺も監督も日本を見ました。でも、他の選手は見ていない。視野を広げましょう。

故郷を見れば、これから先、アメリカのために何ができるか、考え方も変わってくるはずです」

「故郷を見て、アメリカのために、か」

出口が手紙を取り上げ、また封筒から抜いた。広げて眺めると、ふっと笑みをこぼす。

「ボゾは、字が下手《へた》だった。全然変わらないな。俺は慣れてるから読めるけど、慣れていない人間だったら、何だか分からないだろう。だからあいつは筆無精なんだ」

「はい」

「そのボゾがわざわざ手紙をくれたんだからなあ……あいつに恥をかかせちゃいけない」

「監督、それは――」

「いろいろ大変だぞ。日本へ行くとなると、今年のリーグ戦には不参加だ。他のチームに詫《わ》びを入れなくちゃいけないし、遠征の準備も大変だ。それは、マネージャーであるお前が責任をもってやる仕事だぞ。できるか？」

「もちろんです」澤山は胸を張った。希望が見えてきた。

「よし、全員に連絡を回せ。日曜の練習試合の後で、ミーティングだ」

澤山は拳を固めた。監督の壁は突破した。あとは選手たちを説得するのみ――いや、監督が命じれば、誰も逆らえないだろう。

俺たちは日本へ行く。

俺はもう一度、故郷を見る。


日曜日、ワンダラーズとの練習試合にハワイ朝日は快勝した。神岡が一人で3打点を上げる活躍で、エースの横山も1失点で完投。澤山から見れば、守備が完璧な試合だった。去年から何人かレギュラーが入れ替わっていて、内野の連携はまだ不安定だったものの、今日はダブルプレーを三つも成立させている。まったく危なげない連携ぶりで、これならリーグ戦でも優勝を狙える——いや、計画が上手くいけば、今年のリーグ戦はないのだが。


「よし、よくやった。ナイスゲームだ」

出口が両手を叩き合わせながら声を張り上げ、最後の守備から戻って来る選手たちを出迎えた。選手たちの表情も明るい。

「今日は特別に、この後ビールパーティを予定している。店も予約してある」

おお、と選手たちの間に喜びの声が上がる。結局こいつらは、ビールが好きなだけなのだ、と澤山は呆れた。ことあるごとにビール。まあ、ハワイの暑い空気にはビールがよく合う。

「何かあるのか?」神岡は疑わし気だった。

「大事な話だ」

「お前、何か知ってるんじゃないか」

「それは監督が話すよ」

「日本行きの話か？」

神岡は豪快で何事も気にしないように見えて、意外に細かく物事に気づく。

「監督が話すよ」

澤山は繰り返し言って、そそくさと荷物をまとめた。危ない、危ない……神岡にしつこく聞かれたら、つい話してしまいそうだ。こういうのは、全員がいる前で話さないと。

チームの一行は、モイリイリ球場のすぐ近くにあるレストランに移動した。外に開けたポーチの席に陣取り、全員にビールの瓶が行き渡るのを待ってから、出口は「乾杯」を告げた。

笑い声と、瓶がぶつかる涼しい音が響く。澤山はビールをほんの一口だけ呑んだものの、緊張で味が分からない。

「よし、ひとまずそこまでだ」出口がドラ声を張り上げる。

「監督、何言ってるんですか」横山が不満の声を上げる。「これから調子がよくなるところですよ」

「お前らがビールを呑むと、調子がよくなり過ぎてすぐに酔っ払うからな。酔っ払う前に、俺から話がある」

　出口が立ち上がった。選手たちも単なるビールパーティではないと気づいたのか、一気に緊迫した空気が流れた。

「監督、まさか日本に行くことを決めたんじゃないでしょうね」反対派の筆頭、北川が声を上げる。「帰れなくなる」

「そんなことはありません」澤山はつい立ち上がって反論した。「ハワイの準州当局は、この件に関して何の問題もないと言っています」

「言質《げんち》を取ったのか？」北川が疑わしげに訊ねる。

「はい、もちろんです」一職員と話をしただけだから、準州政府の正式な言質を取ったわけではないが……澤山はこの嘘をつき通すことにした。「心配いりません。我々の身分は保証されます。日本で試合をして、必ず無事にハワイに帰って来られます」

「しかし、リーグ戦はどうする。時期的に被るんじゃないか」北川は引かなかった。

「今年は不参加ですが、その件については、俺が各チームに謝りに行きます」

「まさか、本当にもう決めたんじゃないだろうな」北川が血相を変えて立ち上がった。

「北川さん、何を怖がってるんですか」澤山はつい大声を出して北川と対峙した。「日本へ行って試合をする、それだけですよ。それとも、船旅が怖いんですか？」

「何だと！」北川が椅子を蹴飛ばして迫って来る。

「まあ、二人とも座れ。それからタク、ビールはお預けだ！」出口が吠《ほ》えた。

澤山はのろのろと腰を下ろした。北川が、澤山を睨みつけながら、ゆっくりと自分の椅子に座る。神岡はいかにも惜しそうに、ビール瓶をきつく握り締めている。この男は、どんなに喉が渇いていても、水よりビールの方がいい、というタイプなのだ。

「いいか、よく聞いてくれ」出口が、ズボンのポケットから封筒を引き抜いた。「お前らも知っていると思うが、かつて我々の仲間だったボゾ――若林からの手紙だ」

おお、と驚きの声が流れる。若林は、ハワイ朝日にとってもスーパースターなのだ。

出口はその声を自分への称賛と受け取ったようで、満足げな笑みを浮かべて続ける。

「ボゾは今、日本の大阪タイガースで投げている。我々と同じ日系の選手が日本で尊敬され、人気者になっているんだ。そのボゾが手紙をくれて、我々に日本へ来るように誘ってくれた。いいか、読むぞ」

出口が手紙を広げ、咳払いした。朗々たる声で読み上げ始める。

「この度開催される東亜競技大会に、ハワイ朝日としてぜひ参加されたし。日本は野球の国である。日本中の野球ファンが、ハワイ朝日の試合を待望している。我ら日系人の力を、日本の野球ファンに見せつけてやって欲しい……どうだ？　我々は、日本で歓迎されそうだぞ」

先ほどまでいきりたっていた北川が何も言わないのが意外だった。どうしたんですか、と聞きたくなったが、ここは口をつぐんでおくことにする。

「よく聞け」出口が続ける。「ボゾは、日本でいろいろ苦労した。しかし日本人の嫁さんをもらって、今ではタイガースのエースとして人気者になっている。しかしあいつは今でもアメリカ人だ。いいか、続きを読むぞ——小生はアメリカ人として振る舞い、アメリカ人として野球を続けてきた。その間、日本人は常に温かく見守ってくれた。日本は、野球をやるには最高の国である。今では、自分はアメリカ人であると同時に日本人でもあると思うようになってきた。それでも不自由はしない。自分は国籍に関係なく、野球人だからだ。野球を通じて、日本とアメリカの架け橋になれると思っている。今、日米関係があまりよくないのは、諸君らも知っているだろう。しかし、野球はどこの国でやっても同じだ。こういう時代だからこそ、勇気を持って日本へ来て欲しい。日本人も、日本にいる日系人も、諸君らを歓迎する——以上だ」

沈黙。しかし澤山にとっては、嫌な沈黙ではなかった。全員がうつむき、必死に考えている。ここは自分が何か言って、背中を押すべきだ。

しかし澤山が立とうとした瞬間、神岡が勢いよく立ち上がる。

「行こう！」松明《たいまつ》のようにビール瓶を掲げる。「ボゾに言われて、それでも行かないのか？　皆が行かなければ、俺が一人でハワイ朝日のユニフォームを着て行く！」

「お前一人じゃ野球はできないぞ」

　出口が指摘すると、失笑が広がった。しかし神岡は引かない。さらに声を張り上げ
「俺たちは期待されてるんだ。それに応えないのは、アメリカ人としても日本人としても卑怯だ！」とまくしたてた。

「まあ、座れ」

　出口が神岡に静かに声をかける。毒気を抜かれたように、神岡がのろのろと腰を下ろし、ビールを一口呑んだ。

「俺たちは微妙な立場にある。今だけじゃない。昔からそうだった。でも、日々の不安に押し潰されているだけで、何もしてこなかったな。しかし、視野を広げれば——それこそボゾのように外からハワイを眺めれば、新しく見えてくることもあるだろう。野球で日米の架け橋になる、素晴らしい考えじゃないか」出口が言葉を切り、全員の顔を見回した。「不安になるのは分かる。俺も不安はある。でも俺たちは、野球をやっていて、それなりの腕があるから、こういう誘いが来るんだぞ。海外への遠征を望んでも、できない人はたくさんいる。こういう機会を活かそうじゃないか——しかし、無理強いはしない。澤山、返事をするまでにどれぐらい余裕がある？」

「一週間——いや、五日です」

「分かった。この場では決めない。金曜日までに、俺に直接返事をしてくれ。人数が集まったら、そのメンバーだけで日本へ行く。それでいいな、澤山？　もしも人数が集ま

らなかったら、この計画は終わりだ」
「――分かりました」この場で説得はしないわけか。少しがっかりしたが、仕方がない。チーム全員が、一気に日本行きに同意するとは思えなかった。

これからの五日間は、これまで経験したことがないほど長くなるだろう。澤山は反対派の急先鋒、北川を見た。うつむき、何か真剣に考えこんでいる様子。行かないための理屈を練っているのだろうかと心配になる。

澤山は敢えて、チームメートの誰にも連絡を取らないことにした。説得――裏工作していると思われたくなかったのと、そんなことを続けていたら自分も参ってしまうだろうと考えたからだ。ここまで頑張ったのだから、運を天に任せろ……そう決めたが、やはり不安は消えない。

木曜の夜、花子とまた食事を共にした。最近は、澤山の家で一緒に夕飯を摂るのも普通になっている。当然、花子の両親はいい顔をしていないのだが。

今日は、サンドウィッチをテイクアウトしてきていた。近くにある、やはり日系人がやっている小さな果物屋では、サンドウィッチなども売っているのだ。澤山はここのエッグサラダ・サンドウィッチが大好物なのだが、今日は妙に味気ない。気もそぞろになっているのを意識する。

「食べる時は、食べることに集中しないと」

花子に言われ、サンドウィッチを両手で持ったまま、ぼんやりしていたことに気づく。

「ああ、ごめん」

「どうしたの？　日本行きのこと？」

「ああ。結局まだはっきりしていないんだ。明日、全てが決まる」澤山は先日の事情を説明した。

「あら、監督も責任放棄？」

「そういうわけじゃないけど……自分たちで考えるように言っただけだ」

「じゃあ、ちゃんと人数が揃うかどうかも分からないの？」

「何とも言えないなあ」澤山はサンドウィッチを皿に置き、ポテトチップを齧《かじ》った。そう言えば、日本にいた時にはポテトチップを食べたことがなかったな、と思い出す。日本人は貪欲で、海外の製品や習慣でも、よければどんどん取り入れるのだが……誰もポテトチップを持ちこまなかったのだろうか。

「じゃあ、あなたが心配してもしょうがないじゃない」

「もう少し説得すべきだったかな、と思ってる。監督の話で、心が動いた選手もいたはずなんだ」様子を見る――その判断が正しかったかどうか、今となっては分からない。

「でも、さすがにもう手遅れよね。明日がタイムリミットなんだから」

「そうだよな……」

「悩まないで、早く食べたら？」

「ああ」

改めてエッグサラダ・サンドウィッチを取り上げたが、もう食欲は失せている。ただ義務的に、腹を膨らませるためだけに食べ続けた。

「タカって、何でも一人で考え過ぎるわよね」

「そうかもしれない」

「困ったら、私に言ってくれればいいのに」

「でも君、野球は好きでも何でもないじゃないか」

「野球に興味はないけど、タカのことだから」花子が真剣な口調で言った。「いつでも役に立ちたいと思ってるのよ」

「ありがとう」澤山は、彼女の手に自分の手を重ねた。「でもこれは、自分で頑張らなければいけないことなんだ」

「意地張って……大変よ」

「もう十分大変になってるよ」

ふと、石崎の顔を思い浮かべる。あいつは一人で頑張ったのではないか？　考えてみれば、「招待される」よりも「招待する」方がよほど大変なはずだ。金の問題もあるだろうし……野球を通じてのつき合いが主だったが、あいつはとにかく前へ出ようとする男だ。何でも自分で抱えこんで解決しようとする。

野球でもそうだった。難しい打球のバウンドを待って処理しない。必ず前へ突っこみ、十センチでも先でボールを摑もうとする。時にそれがファインプレーを生むこともあったが、エラーになったことも少なくなかったはずだ。

でもあいつは、エラーを恐れなかった。やるかやらないか迷ったら取り敢えずやってみる——そういう姿勢が、プレーの一つ一つに表れているようだった。

東亜競技大会は、あいつにとってどれほど大事なものなのだろう。ぜひ聞いてみたい。そのためには、自分が日本へ行かねばならないのだ。

金曜の夕方、モアナホテルでの勤務を終えた時、スタッフルームに電話がかかってきた。出口からだった。

「これからうちに来られるか？」

「すぐ行きます」

短い会話を終え、急いで着替えてバスに飛び乗る。マッキンリー高校のすぐ裏にある出口のクリーニング店までは、結構時間がかかるので、途中からは気が急《せ》いた。渋滞に巻きこまれた時には、バスを飛び降りて走っていこうかと思ったほどだった。

出口のクリーニング店に飛びこんだ時には、もう午後七時になっていた。店も閉まる時間だが、出口は客に応対していて、すぐには話ができなかった。割りこむわけにもいかず、じりじりしながら待つ。

客が服を抱えて引き上げた瞬間、澤山はカウンターに駆け寄った。出口が無言で、大きな手を差し出す。澤山は一瞬戸惑ったが、それが答えだと分かった。彼の手を握って握手を交わしていると、自然に涙が溢《あふ》れてくる。

「おめでとう。お前は、よく粘ったな」

「じゃあ――」

「全員賛成だ。ハワイ朝日として日本へ行くぞ」

感動するより、全身から力が抜けてしまった。何とか成功した……むしろこれからが大変なのだが、それでも大きな山を越えた、という意識は強い。

「北川さんもですか？　あんなに強硬に反対していたのに」

「結局賛成したよ。詳しいことは、中で話そう」

出口に誘われ、澤山は店の裏手に回って、以前「ビールの会」を開いた広い部屋に入る。出口は灯りをつけると、傍《そば》にある冷蔵庫からビールを二本取り出し、栓を開けた。一本を澤山に渡すと、顔の前に掲げる。澤山も同じようにして、瓶を合わせないで乾杯した。一口呑むと、氷でも口に含んだように冷たい。その冷たさが、喉に心地好かった。

ビールが美味いと感じたのは久しぶりだ……。

「夕方までに全員が返事をくれて、日本行きに同意してくれた。どうやら選手同士で、結構話し合ったみたいだぞ」

「俺は何も聞いてませんが」

「お前が入ると、話がややこしくなると思ったんだろう。まあ、いいじゃないか。ボゾの手紙が効いたんだ」

「若林さんには感謝です」澤山は頭を下げた。若林にというより、若林まで動かしてくれた石崎に。

「細かい準備は、全部お前に任せるからな」

「もちろんです」

「その前に……一つ、面倒な問題があるぞ」

「何ですか？」

「向こうは、何人を招待すると言っていた？」

「十八人ですね」

「うちのチームには、今、選手だけで二十八人いる。こういう国際大会では、コーチも何人か連れていくのが普通だ。となると、選手の人数を絞らなければならない」

「そうでした」

「レギュラーの九人はいいとして、他の選手をどうするかだ。公平に選ばないと、後で面倒なことになる。ハワイに帰って来て、チームが二つに分裂でもしたら、たまらないからな」

「はい」

「何か考えはあるか？」

「そうですね……」自分が「行こう」と誘って、選手はそれに乗った形だ。しかし自分が遠征メンバーを選抜したりしたら、それこそ恨まれるだろう。ふと、アイディアが浮かんだ。「紅白試合をやったらどうでしょう」

「紅白試合？」

「その結果で、選抜メンバーを決めるんです。そういうやり方なら、誰も文句は言わないでしょう」

「そうだな」出口がうなずく。「実は、俺も同じことを考えていた。よし、明日、早速皆に話そう。お前は、いつ、どんな形でやったらいいか、よく考えておいてくれ。皆が不公平だと感じないようにな」

一山越えたと思ったら、また厄介な話だ。しかし、これは前向きな苦労だと思う。日本へ行くための苦労なのだから。

「さあ、まずは日本へ連絡するのが先じゃないか？　向こうに無礼にならないようにな」

「すぐに電報を打ちます」澤山は立ち上がったが、ビールはまだほとんど全部残っているので、慌てて呑み干そうとした。途中でむせて、噴き出してしまう。

「そんなに焦らなくてもいいだろう」出口が苦笑した。「まず、全部呑んでからにしろ」

「すみません」澤山は改めて腰を下ろした。一息ついてから瓶に口をつけ、ゆっくりとビールを呑む。

「日本か……久しぶりだな。結構変わってるんじゃないか」

「そうかもしれません。特に東京は、変化が大きい街ですからね」

「大きい街だったなあ。メインランドでも、あれだけ大きな街はなかなかないんじゃないか」アルコールのせいもあるのだろう、出口の表情は柔和になっていた。

「楽しみですか？」

「そうだな。日本がどのくらい変わってるか、変化を見るのも楽しみだよ」

夜、自宅へ戻った澤山は、電報の文面を考えた。短く、そしてはっきり分かる内容でないと。

結局これに落ち着く。

WE WILL GO TO JAPAN.

詳細は手紙で……すぐに手紙にも取りかかった。これは石崎宛ではなく、大日本体育協会に向けたもの。後で出口の署名をもらい、ハワイ朝日からの正式な返事とする必要がある。それから石崎、さらに仲介の労を取ってくれた早稲田大学の関係者に、澤山個人の名前で手紙をしたためる。

手紙を全て書き終えた時には、もう十一時を回っていた。いけない、もう寝ないと……ホテルの仕事はいつも通り続くのだ。

急いでベッドに潜りこんだが、まだ解決しなければならない問題が山積みだと気づく。まず、自分のことだ。日本から帰ってきたら、仕事はどうしたらいい？

第五章　あの海の向こうに

I

1940年3月（昭和十五年三月）

ハワイ朝日では、よく紅白戦を行う。二チームに分かれて試合をするのに十分な人数がいるからだが、いつもはどこか緩い雰囲気になってしまう。あくまで身内の試合だから、どうしても気合いが入らないのだ。しかし今回は、これまでにない——公式戦でもないぐらいの緊迫した空気が漂っている。

出口は、レギュラー組とそれ以外ではなく、できるだけ戦力が均等になるように選手を分けた。Aチームは出口が指揮を執り、Bチームの監督は北川。不公平にならないようにと、いつもリーグ戦を担当する審判に頼みこんでジャッジしてもらう。

Aチームの先発・横山は、リーグ戦でも見せないような力の入った投球を披露した。初回を三者凡退。三番に入った神岡は明らかに一発狙いの大振りで、三球三振を喫した。

お前、そんな風に振り回していると、日本行きのメンバーに選ばれないぞ——澤山は思わず「しっかりしろ！」と声を張り上げた。

一方、Ｂチームでは若手——去年マッキンリー高校を卒業したばかりの栗村《くりむら》がなかなかのピッチングを見せていた。サイドスローから切れ味のいいシュートを投げこみ、右バッターを詰まらせる。スタミナ不足が難点だが、練習と経験を積んでいけば、そのうち毎試合完投も夢ではないだろう。バッターに早いカウントから手を出させ、内野ゴロを打たせるような投球なら、球数も増えない。

ハワイ朝日には、エースの横山を筆頭に六人のピッチャーがいる。そのうち四人を日本遠征に連れていくことは、出口が既に決めていた。そのため、平等に三イニングずつ投げさせて調子を見ることになっている。横山は三イニングをノーヒット、三振五つを奪う完璧なピッチングだった。栗村はヒット二本を許したものの、ランナーを進めさせず、危なげない投球を披露した。この二人は、二枚看板として合格だ。

しかし、三番手以下のピッチャーが危ない……急に打線が目を覚ましたように、Ａチーム、Ｂチームとも打ち始め、乱打戦になった。特に神岡は、第二打席でツーベース、第三打席でホームランと、去年の首位打者らしい活躍を見せた。

試合は中盤以降の打ち合いの末、Ａチームが８対６でＢチームを振り切った。試合が終わると、選手はその場ですぐに解散。しかし出口と北川は、澤山を交えてすぐに選手の選抜にかかった。

「ピッチャーがなあ」出口が渋い表情を浮かべる。「横山と栗村はいいだろう。しかし、あと二人をどうするか……悩ましい」

「ベテランと若手を一人ずつ入れたいですね」北川が言った。「ベテランは、いざという時に経験で抑えられる。若手には、貴重な経験を積ませるという意味で」

「そうなると、一人は関《せき》だな」出口がノートに名前を書きこんだ。関は今年三十歳、ハワイ朝日でもう十年も投げているベテランだ。球速はそれほどでもないが、コントロールと変化球の切れがよく、大崩れしないタイプである。ただし今日は、打ちこまれて4点を失っていた。

「もう一人は、広瀬《ひろせ》かなあ……」

言った北川本人が納得している様子ではなかったが、澤山もうなずかざるを得ない。今年二十一歳の広瀬は、速球のスピードならチーム一だろう。ただしコントロールに難がある……調子に乗っている時には手がつけられないが、フォアボールから崩れて失点する悪い癖があった。今日も3点を失ったが、すべてフォアボール絡みで、1点は押し出しだった。

「広瀬か……あいつは、生活態度にもちょっと問題があるからな」出口の表情は晴れない。

度を過ぎた酒好きで、十九歳の時にビーチで酒を呑んでいて、警察に引っ張られたのだ。大きな問題にはならなかったが、二十一歳になって堂々と酒を呑めるようになってからも、危なくてしょうがない。いつか酒で大きなトラブルを起こすのでは、と澤山はいつもヒヤヒヤしていた。とはいえ、ハワイ朝日の選手は、普段は普通に働いていて、練習や試合の時に一緒になるだけだから、ずっと監視しているわけにはいかない。

「タカ、どうだ？」出口が話を振ってきた。「お前、あいつの生活指導、できるか？」

「頑張る——やるしかないでしょうね」澤山はうなずいた。

「船旅、日本の宿での暮らし、鉄道の旅——奴が酒を呑むチャンスはいくらでもあるぞ」出口の表情は渋い。

「だったら、禁酒を言い渡したらどうですか」澤山は提案した。

「禁酒？」

「連れていく条件は、酒を呑まないことです。遠征中に酒を呑んでいるのを見つけたら、試合には出さない」

「それは厳し過ぎないか？」

出口がさらに顔をしかめる。出口本人も酒好きだから、禁酒までさせる必要はないと思っているのかもしれない。自分が禁酒するわけでもないのに。

「それぐらいの覚悟を持ってやって欲しい、ということです。酒を呑まなければ、その分野球に集中できるでしょう」

「うむ……」出口が、広瀬の名前の下に二重線を引いた。「ハワイの日系人代表として行くわけだから、品行方正にやってもらわないと困る。向こうで恥をかくわけにはいかないからな。禁酒させる方向でいこう」

「では、野手の方を」北川が鉛筆でノートを叩いた。

二人は次々と名前を挙げていった。こちらは、ピッチャーほどは難しくない。今年は結構新戦力が入ったのだが、去年までのレギュラー陣との力の差はまだ大きい。すんなり八人が決まり、その他の三人の補欠もラインナップに入った。

「よし……取り敢えずこのメンバーで仮に決めておこう。あとは体調や調子を見て、出発の二週間前に正式決定だな」出口がノートを閉じた。

「それまでは、一応秘密でいきますか」北川が言った。

「その方がいいな」出口がうなずく。「変に騒がれると困るから、表に漏れないように気をつけよう」

話はこれで終わり。澤山はつい、ずっと気になっていたことを北川に訊ねた。

「北川さん、どうして賛成してくれたんですか？　最初は一番強く反対していましたよね」

「ああ、それは……」北川が頬を掻く。「あの手紙だよ。ボゾからの手紙」

「確かにいい内容の手紙だったと思いますけど……」

「あいつとは、マッキンリー高校の同級生だったんだ」

「ああ、それで」納得して澤山はうなずいた。

「同級生が、あんな手紙をくれたら、絶対反対なんて言えない」北川がにこりと笑う。

「まあ、お前もよく頑張ったけどな」

「そりゃあ、頑張りますよ。一世一代のことですから」

「そうか……」

「さて」出口が割って入った。「タカ、これからメッセンジャー役を頼む」

「分かりました」これもまた気の重い仕事だ――リーグに参加する他のチームに対して、「ハワイ朝日は、今年はリーグ戦に参加できない」と正式に伝えなければならない。これを受けてリーグの会議が開かれ、どう運営していくかが決まるだろう。一チーム少なくなると、試合も組みにくい。

　ハワイ朝日が日本に遠征するという噂は既に流れているはずだが、各チームの反応が読めないのが痛い。他のチームにとって、ハワイ朝日戦はドル箱なのだ。野球好きな日系人が多いので、ハワイ朝日の試合がある日は観客が多く、その分入場料収入も増える。

　既に各チームとも噂は知っているはずだが――オアフ島は狭いのだ――正式に話をするとなると、やはり緊張してしまう。今日は日曜日なので、できるだけ多くのチームの代表者を訪ねて、頭を下げるつもりでいた。

今回は神岡がつき合ってくれた。しかしあくまで運転手で、一切口は出さないと最初から宣言している。「そういうのはマネージャーの仕事だからな」。もちろん、そのつもりだった。

「俺の日本行きは決まったな」ハンドルを握る神岡は上機嫌だった。窓を下ろし、左腕を外に垂らして煙草を吸っている。煙が流れてきて、澤山は思わず顔の前で手を振って追い払った。

「煙草、やめた方がいいんじゃないか？」

「ああ？」

「スポーツ選手に煙草は合わない」

「俺は別に平気だぜ」

「心構えの問題だよ」

「ふむ。ま、言われてみればそうだな」神岡が煙草を道路に弾き飛ばした。「ベーブ・ルースは葉巻を吸ってたみたいだけど。俺も葉巻にするか」

「葉巻でも紙巻でも同じだよ」

「まあな」

まず最難関——ワンダラーズのオーナーを訪ねる。在ハワイの白人で作るこのチームのオーナー、ミック・ハーバートは、退役軍人だった。親が遺《のこ》した農園の経営は親族に任せ、本人は悠々自適の生活だ。それでも、ハワイの資産家リストを作ったら、ベスト5に入るかもしれない。チームの運営は完全に趣味だ。そういう情報は頭に入っていたが、どういう人物なのかはまったく分からない。頭の固い人だと困るな、と澤山は行く前から心配していた。

ハーバートの自宅兼農園は、ワイキキとノースショアのほぼ中間地点、ワイピオ・エーカーズにある。パイナップルに加えてサトウキビも栽培していて、五十人近くの人が働く大農場だ。

事前に約束していなかったので、すぐに会えるかどうか分からなかった。実際、農園の事務所に顔を出すと、しばらく待つように言い渡される。澤山は窓辺に立ち、向こうに広がる広大なパイナップル畑をじっと見つめて時間を潰した。畑は、まるで地平線まで広がっているように見えた。左手の方には一家の屋敷がある。堂々とした白い柱が目立つ屋敷は、どことなくギリシャの古代遺跡を思わせた。ハワイではあまり見ないタイプの建物だ。

「趣味の悪い家だな」神岡がぼそりとつぶやく。

「頼むから、余計なこと言うなよ」澤山は神岡の脇腹を肘で突いた。

「分かってるよ」

たっぷり十分ほど待たされた。ここは事務所兼農作業部屋なので、ひっきりなしに人の出入りがある。日系人の姿もあるが、顔見知りはいない。皆忙しそうに立ち働いているので声をかける暇もなく、二人はただ窓の外の風景を見て時間を潰すしかなかった。

「お前、車の中で待ってないか？」澤山は切り出した。「時間、結構かかるかもしれないぞ」

「一人で車の中で待ってるのは嫌だな。余計なことは言わないから、一緒にいていいだろう？」

「余計なことは言わない——それだけは約束してくれよ」

「分かってるって」

神岡が、大きな手で澤山の肩を叩き、澤山は二、三歩前によろけ出た。馬鹿力が……その時ドアが開き、フィリピン人らしい若者が顔を見せて、訛《なま》りの強い英語で「こちらへどうぞ」と声をかけた。二人は顔を見合わせてうなずき合い、男の後に続いて事務所を出た。

母屋まで百メートルほど歩かされた。きつい坂になっているので、額に汗が滲《にじ》んでくる。それにしても、間近で見ると本当にでかい家だ……写真でしか見たことのない、アメリカの連邦裁判所などの小型版という感じである。豪華ではあるものの、こういう家は住みやすいのだろうか。趣味が悪い、という神岡の皮肉を澤山も実感する。

外から見たので分かっていたが、中も広い——まるで迷路のような造りだった。フィリピン人らしい男は迷わず案内してくれたが、帰りに放置されたら絶対に迷子になるだろう。

ようやく通されたのは、趣味の部屋のようだった。ミック・ハーバートは読書家のようで、部屋の三方の壁は書棚になっている。背表紙の傷み具合を見ると、全ての本を実際に読んでいるようだった。退役軍人と読書はあまり結びつかないが、それは澤山の偏見かもしれない。

ミック・ハーバートは、枯れ木のような男だった。それほど歳を取っているわけではないのだが、長身でほっそりしているうえに、手は節くれ立っている。長い指は、まさに枯れ枝のようだった。すっかり白くなった髪を丁寧に後ろに撫でつけている。着ているのは白に魚の絵柄が散った開襟シャツだが、どういうわけか軍服を着ているような堅苦しさがあった。壁にかかった彼の軍服姿の写真——二十代の頃だろうか——を見ると、昔は筋肉質で胸板が厚かったのが分かる。

「これはこれは、ハワイ朝日の三番打者にマネージャー」大袈裟に言ってハーバートが立ち上がり、両腕を広げた。「いったい何事かな？　トレードの相談でも？」

「うちは日系のチームですよ」いきなり何を言い出すんだ……澤山は苦笑した。

「ワンダラーズは、人種に関係なく選手を集めている」

それは嘘だ。ワンダラーズはあくまで白人のチーム……しかしハーバートは機嫌よく神岡に語りかける。

「君、うちに来る気はないか？　契約金を用意するぞ」

「いやあ……」神岡は断らない。それどころか、嬉しそうな表情を浮かべている。

ワンダラーズは、ハーバートの「趣味のチーム」と呼ばれている。この金持ちオーナーは、野球で儲けようとはせず、入場料などは全て選手に分配してしまうという噂で、実際、ワンダラーズの選手は皆、羽振りがよかった。他のチームの選手を引き抜くために金を用意するという噂もあったが、それも本当かもしれない。

「君のバッティングは素晴らしい。去年は散々痛い目に遭わされた。うちのチームに来てくれると助かる」

「……契約金は、いくらなんですか」

「神岡」澤山は彼の肘を引いて、日本語で小声で言った。「今日はそういう話じゃないだろう」

「だけど……」

「だけどじゃなくて、今日のお前は運転手なんだ。大人しくしていてくれ」

「しょうがねえな」ぶつぶつ言いながら、神岡が口をつぐんだ。

「今日の私は、ミスタ・デグチの名代です」澤山は本題に入った。

「デグチの？　だったらデグチが自分で来ればいいじゃないか。彼ならいつでも歓迎だよ」

「試合のことではないんです」

「まあ……座りたまえ」

言われて、立ったまま話していたのだと気づく。一人がけのがっしりしたソファに腰を下ろし、ハーバートと対峙した。表情を見た限り、特に怖そうな感じではないのだが、全身から発せられる気配には、やはり妙な迫力がある。余計なことを言ったら、頭から叩き潰されそうだ。

「ビールでもどうかね。日曜の午後だ、ビールぐらい呑んでも誰にも文句は言われまい」

ハーバートが立ち上がりかけたが、澤山は「その前にお話が」と言って引き留めた。

「そうかね」ハーバートが渋々腰を下ろした。よほどビールが呑みたかったのだろう。自分の話を聞いたら、怒りのやけ酒を呷ることになるかもしれないが。

改めて……澤山はいきなり、リーグ戦に関する話を切り出した。ハーバートにとって大事な話はこれなのだから。

「ハワイ朝日は、今年のリーグ戦に参加できなくなりました」澤山はすぐに切り出した。

「どういうことだ？」ハーバートの表情が一変する。「他のチームはもう、準備を進めているぞ」

「承知しています。実は、日本へ行くことになりました」

「日本？　何故」

「日本で、六月に大規模な国際大会が開かれるんです。オリンピックが中止になったので、その代わりのようです」

「オリンピックに野球はないぞ」

「日本では野球が人気なので、特別に、ということのようです。それで、アメリカ代表……というわけではないのですが、うちが日系人のチームということもあって、呼ばれました」

「ちょっと待ってくれ。六月？　それは完全に、リーグ戦の予定と重なるじゃないか」

「はい。ですから、今年はリーグ戦に参加できないと――」

「冗談じゃない！」ハーバートが、ソファの手すりを思い切り殴りつけた。鈍い音がして、かすかに埃が舞い上がる。「ハワイ朝日は、リーグ戦の最初から参加している中心チームじゃないか。それが参加しないというのは……困る。非常に困る。今年はリーグ戦自体が開けなくなるかもしれないぞ。リーグ戦の観戦を楽しみにしている人もいる。そういう人に対して、申し訳ないと思わないのか！」

一気にまくしたてられ、澤山は思わずたじろいでしまった。こんな風に強気に出られると、すぐに反論できないのが自分の弱点だ。石崎だったら、きっとすぐに相手を丸めこみにかかってるだろうな……。

「理事会を開く」ハーバートが宣言した。

「その予定はないと思いますが」理事会は、普通はリーグ戦の前後に「親睦会」的に開かれる。しかし全チームのオーナーが参加する最高の意思決定機関なので、そこで何かが決まれば、逆らえる人間はいない。

「臨時理事会だ！　この件はリーグとしてきちんと話し合わないといけない。場合によっては、ハワイ朝日の除名ということもあり得る。君たちの行動は筋が通っていない」

「ちょっと待って下さい」澤山は慌てて身を乗り出した。「これまでも、リーグ戦の参加チームは何度も変わってきたじゃないですか」

「それとこれとは事情が違う。ハワイ朝日は客を呼べるチームなんだ。君らが参加しなかったら、ホノルルスタジアムはガラガラになるぞ」

要するに金儲けの話か……ワンダラーズの選手の給料が、入場料だけで賄われているというのは本当なのだろう。観客が少なければそれだけ実入りが減り、減った分は自分のポケットマネーで補塡する必要がある、とでも心配しているのかもしれない。

「しかし、既に日本の主催者には参加の返事をしてしまいました」

「懲戒ものだぞ、これは」

ハワイリーグは軍隊じゃないんだ、と反論の言葉が喉元まで上がってきた。しかし頭に血が上っているハーバートには、何を言っても無駄だろう。どうやら本当に、理事会で話し合うしかなさそうだ。

仕方ないと分かっているのだが、なかなか辛い。どうしたものか——また頭痛のタネが増えてしまった。

どういうわけか、臨時の理事会はモアナホテルで開かれることになった。普段の理事会はレストランなどを貸し切り、和気藹々《あいあい》の雰囲気で行われ、すぐに呑み会になってしまうのだが、今日はアルコールはなし。厳しく話し合う場になりそうだ。

ハワイ朝日からは澤山のほか、出口と北川も参加していた。出口は会長を兼ねているので当然なのだが、北川は不安そうだった。選手兼コーチと言っても、普段チーム運営の事務的な部分に関わっているわけではない。

理事会が開かれているこの部屋には、澤山も入ったことがなかった。ビジネスマンが会議などに使う場所なのだが、リゾート地を楽しむためのホテルに、どうしてこんな堅苦しい部屋があるのか謎だった。そもそもほとんど使われていないし。

リーグの全チームの代表が揃ったところで、澤山は立ち上がった。天井では大きな扇風機が回っているが、空気をかき回しているだけで、まったく涼しくない。それにほぼ全員が煙草を吸っているので、息苦しくて仕方がなかった。澤山は数枚ある窓を開け始めたが、すぐにハーバートに難癖をつけられた。

「閉めてくれたまえ」断固とした口調でハーバートが言った。「カラカウア大通りの騒音がうるさくてかなわない」

仕方なく、澤山は窓を閉めた。そうなるとどうしても、煙草の煙が気になってしまう。後で頭が痛くなりそうだな……。

「では、始めよう」ハーバートが切り出した。理事会には特にトップはいないので、全員の話し合いで重要な事柄を決めるのがルールなのだが、ハーバートは今日の会合を自ら仕切ることにしたようだ。それに対して誰も文句を言わない。ハワイ朝日を除け者《もの》にして、事前に話し合いをしてきたのだろうか……。

「先日、ハワイ朝日から、今年のリーグ戦に参加できないという申し出があった。今日は、この件について話し合いたい。ミスタ・デグチ、全員に詳しく事情を説明してくれないか」

出口が立ち上がり、咳払いした。慣れないネクタイを締めているせいか、どこか苦しそうである。

「ええ……うちのマネージャーのサワヤマから事前に連絡させていただきましたが、今回、日本で開催される大規模な競技会に、ハワイ朝日として参加することが決まりました。この大会の会期は、リーグ戦の日程と完全に重なっています。残念ながら、今年のリーグ戦には参加できないことになりました」

出口が、不安そうに腰を下ろす。冷たい視線を浴びているのを意識しているのだろう。それは澤山も同じだった。

「ハワイ朝日が参加できないとなると、リーグ戦の運営そのものが危なくなる」ハーバートが低い声で告げた。「今年は五チームが参加予定で、既に試合のスケジュールも組んでいる。ここから一チーム抜けると、スケジュールを組み直すのは非常に難しくなる。四チームでリーグ戦を行うと、試合数は少なくなってしまう。こうなると、観客動員、入場料収入に大きく影響して、来年以降のリーグ戦の維持も危うくなってくる。ハワイ朝日には、ぜひ再考をお願いしたい。日米友好も大事かもしれないが、ハワイでの野球はそれ以上に大事ではないか」

ハーバートがまくし立てると、会議室に重い沈黙が降りた。出口は早く反論しなければならないのだが、腕組みして沈黙を守ったままだ。澤山は彼の方に身を寄せ「監督、反論して下さい」と小声で急かした。

出口がまた立ち上がり、咳払いした。参加人数は少ないから、一々立ち上がって声を張り上げる必要もないのだが。

「今回の件は、日本がオリンピックを返上した代わりに行われる大会です。私たちとしては、祖国で行われる大会に招聘されたので、これを受けることにしました。名誉の問題です。それに、大変な準備をしてくれた日本側に礼儀を果たす意味もあります」

「ハワイリーグも、毎年入念な準備を経て開催している。それにハワイ朝日は、古くからリーグ戦に参加してきた名門チームだ。そんなチームが、身勝手な理由で参加しないとなったら……私はここで、ハワイ朝日の除名を提案したい」

ハーバートがいきなりとんでもない話を持ち出した。今日、本気で議決まで持っていくのだろうかと、澤山は蒼《あお》くなった。せっかく日本へ行っても、来年以降ハワイリーグの試合に出られないとなったら、選手たちの間にまた動揺が広がるだろう。

「ちょっと待って下さい」出口がまた、慌てて立ち上がる。「それはあまりにも性急でしょう。リーグは来年以降も続くんですよ。うちを除名したら、来年はどうするんですか」

「参加したがっているチームはいくらでもある。ハワイリーグのレベルには及ばないということでこれまでは拒否してきたが、非常事態になったら、新規チームの参加も認めたいと思う」

完全に、結論ありきの発言だ。出口は顔を真っ赤にしたまま、黙りこんでしまった。

監督、何か言って下さい――しかし出口は口を開きそうにない。だったら自分が反論しなくてはと思ったが、やはりいい考えが思いつかない。考えがなくても、取り敢えず手を挙げて何か話せば道が開けるかもしれないとは分かっているが、その勇気が出ない。つくづく情けない……自分の弱気が嫌になった。

ドアをノックする音が響く。遅刻している人はいないはずだが――ハーバートが「どうぞ」と怒鳴った。

ドアが開き、予想もしていなかった人物が入って来る。ホテルマネージャーのヘンリー・ダグラスだった。レストランの制服を着たボーイを引き連れている。

「失礼します」芝居がかった態度で、ダグラスが室内を見回す。「本日はご利用ありがとうございます。ホテルからのサービスのコーヒーです」

そんな話は聞いていない……しかし、会議室の空気が一瞬緩んだので、澤山はほっとした。すぐに立ち上がり、コーヒーを配るのを手伝い始める。ダグラスはどういうつもりなのか、自分でカートを押してコーヒーを配った。ハーバートにコーヒーを注ぐと、突然澤山に「休暇願いは出してくれたまえ」と言った。それもやけに大きな声で。

「はい？」

内輪の事情を関係ない人たちに聞かせてどうするんだと澤山は訝ったが、ダグラスは気にする様子もなく続ける。

「二ヶ月の休暇願いだ。それを休暇として処理するかどうかは、ボスと相談するが、いきなり辞めることはない」

「お気遣いはありがたいのですが……」澤山は戸惑った。「そこまで気を遣っていただかなくて結構です。覚悟はできています」

「そう言わず、一応休暇願いを書いてみたまえ。ホテルとしては、ハワイ朝日の日本行きに反対する理由はない」

「はあ……」

　話がおかしな方向へ転がり始めた。ダグラスの真意も読めない。

　コーヒーが行き渡り、ダグラスが出て行くと、ハーバートが早速議論を再開した。澤山の感覚では「議論」ではなく「吊《つる》し上げ」だったが。

「ハワイ朝日側で、何か反論があればどうぞ」わざとらしく、ハーバートが右手を出口に差し向けた。「なければ、ハワイ朝日をリーグから除名するかどうか、ここで議決を取りたいと思う」

「お待ち下さい！」澤山はつい立ち上がってしまった。全員の視線が一斉に突き刺さってくる。何の勝算もないが、出口が何もしてくれないなら、自分が喋るしかない。

「マネージャーのサワヤマです」日本風にお辞儀してから話を始める。「私は、このホテルで働いています。しかし、ここでの職を失うかもしれません」

　一旦言葉を切り、全員の顔を見回す。様々な顔がある。ワンダラーズとブレーブスは白人のチーム。他に、中国からの移民のチーム、元々のハワイの住民によるチーム……

全員が厳しい視線を向けている。

「ミスタ・ハーバート、先ほど私とホテルマネージャーの立ち話を聞かれたと思いますが」

「休暇願いがどうとかいう話か?」ハーバートがつまらなそうに訊ねた。

「はい。私が二ヶ月も仕事を休むのは実質的に不可能です。ですから、辞表を書くことも考えていました。しかしマネージャーは、休暇願いを検討すると言ってくれているんです」実際にはそんなことは一言も言っていないし、先ほどの言葉の真意も分からないが、澤山は話を膨らませた。「当ホテルは、ハワイ朝日にも、日本で行われる大会にも何の関係もありません。しかし、私のために勤務について考慮してくれているんです。ハワイ朝日の遠征を応援してくれている人が、チームの関係者以外にもいるんですよ。それをご理解いただけませんか?」

「理解はするが、リーグにはリーグの都合もある」ハーバートは一切譲らなかった。

こんな話をしても、ハーバートの心を揺さぶることはできないか……ハーバートは

「それでは、挙手によってハワイ朝日の除名を決めたいと思う。個人ではなく、チームで一票とする」

五チームなので、多数決では絶対に同数にはならない。いきなりかよ……依然として出口は何も言わず、澤山も上手い手を思いつかなかったので、これ以上はどうしようも

ない。

「では、ハワイ朝日の除名に賛成のチームは挙手を」

自信たっぷりにハーバートが言ったが、手を挙げたのは、ハーバートとブレーブスの監督だけだった。

「賛成の方は挙手を！」

ハーバートが焦った調子で声を張り上げたが、結果は変わらない。二対三で否決。ハーバートは顔を真っ赤にしていたが、結果は結果である。

「いいかな」遠慮がちに手を挙げたのは、ハワイ先住民チームの監督、ジョナ・ワイヘエだった。本人は現役時代に俊足の外野手だったというが、でっぷり太った今の姿を見た限り、その面影は微塵《みじん》もない。明らかにフットボールのラインバッカーの体型である。

「提案がある」

「どうぞ」ハーバートが面倒臭そうに言った。

「ミスタ・デグチ、日本へは何人で行くんだ？」

「十八人。選手は十五人だ」

「こっちに残る選手は？」

「十三人」

「何だ、じゃあ、試合はできるじゃないか」ワイヘエがニヤニヤしながら言った。「十三人で心配なら、新たに選手を入れればいい。ハワイ朝日に入りたがっている日系人選手はいくらでもいるだろう」

澤山は呆気《あっけ》に取られた。こういう発想は、まったく頭になかった——しかしワイヘエが言う通り、チーム全員が日本へ行くわけではないのだ。もちろん、残る選手の力は遠征組よりも落ちるが、それでも試合はできる。

「それは可能なのか？」ハーバートが疑わしげに出口に質問をぶつける。

「人数は揃います」戸惑いながら出口が答える。

「では——残った選手に、さらに選手を補充して、リーグ戦に参加することは可能か？」

「可能です。すぐ準備しましょう」

「分かった。それでは、そのように進めてもらうとして、今日の臨時理事会は終了します」

ハーバートがコーヒーを飲み干し、さっさと立ち上がったので、澤山は一気に気が抜けるのを感じた。結局この男は、リーグ戦が無事に開催できればそれでいいのだ。「除名」は、ハワイ朝日を遠征させないためのブラフだったに違いない。

澤山はすぐに、ワイヘエに礼を言いに行った。ワイヘエが呆れたように肩をすくめた。

「何であんなに熱くなるのかね。あんたらもそうだよ。ちょっと考えれば、簡単に解決できる問題じゃないか」ワイヘエが首を横に振った。「少しは頭を使いなさいよ……とにかく、これで上手く収まるだろう」

「そうなるといいんですが」

「まあ、よろしく頼むよ。俺はちゃんとリーグ戦が開けて、金が入ってくればそれでいいんだから」

　ワイヘエの現実的な一面に驚きながら、澤山は安堵の息を吐いた。出口も北川も同じようで、二人は残る選手でどうリーグ戦を戦うべきかを早速話し合っている。この人たちも切り替えが早いというか……苦笑しながら澤山は会議室を出た。

　外にはダグラスがいた。まるで澤山を待っていたかのように……ふいに笑みを浮かべ、親指を立ててみせる。

「お礼を言うべきですか？」依然として彼の真意が分からない。

「お好きなように。私は、少しアシストしただけだ」

「何故ですか？　私の日本行きには反対していたじゃないですか」

「君が仕事を休むと困る。しかし、ハワイ朝日の日本行きに反対する理由は一つもない」

「それで助けてくれたんですか？」

「いや……ある人に頼まれてね。おかしな方向に話が進んだら、水をぶっかけて頭を冷やして欲しいと」

「それは――」

「あの人さ」ダグラスが、会議室から出て来たワイヘエを指さす。二人はがっちり握手を交わした。

「お知り合いだったんですか？」

「ミスタ・ワイヘエはうちのホテルの上客なんだよ。君の顧客名簿には入っていないのか？」ダグラスが、人差し指でこめかみを突いた。

「いえ――」ドアマンとしては失格だ、と澤山は恥ずかしくなった。もっとも、澤山は昼間の勤務が多いので、夜にレストランを利用する客の名前や顔はあまり把握していない。

「ミスタ・ワイヘエは、ハワイの王族の末裔《まつえい》なんだ」

「本当ですか？」ただの野球好きの大男だとばかり思っていた。言われてみれば、その顔立ちには高貴な感じが――いや、それはまったくない。

「辛うじて血が繋《つな》がっているだけだし、ハワイはもう王国じゃないけどね」ワイヘエが苦笑しながら答える。「まあ……とにかく野球は、平和的にやりたいものだね」

「君の処遇については、何とも言えない」ダグラスが冷静に言った。「やはり、二ヶ月の休暇は厳しい。全ては帰ってから決まる――それは了承してもらえるな？」

「はい」澤山は唾を呑んだ。覚悟しているとはいえ、改めてマネージャーから言われるときつい。

しかし今、自分の将来を考えても仕方がない。出発まで、やることはまだまだたくさんある。帰国後のことを考えるのは、帰りの船に乗ってからだ。

Ⅱ

1940年4月（昭和十五年四月）

四月二十一日、ハワイ朝日は日曜の練習を終えた。出発は五月九日と決まり、今日が遠征メンバー発表の日になっている。

既にメンバーは決まっていたが、ここまでは完全に秘密にされていた。残ったメンバーは、新しい選手を加えて今年のリーグ戦を戦う予定だが、その件もまだ伏せられている。「噂が飛び交うと、選手がまた疑心暗鬼になる」というのが出口の言い分で、これには澤山も納得せざるを得なかった。

選手が全員、ダグアウト前に集まった。希望に目を輝かせる者、不安そうにしている者……澤山も落ち着かなくなった。しかし出口は平然としたもので、メモ帳を広げ、淡々とした口調で遠征メンバーの発表を始めた。

「ではまず、ピッチャーから」選手の顔をぐるりと見回す。「横山、栗村、関、そして広瀬」

「よし！」広瀬が拳を固め、気合いの入った声を上げた。

「落ち着け、広瀬」

出口が冷たい声で言ったが、広瀬はすっかり舞い上がって、何度も「よし」と繰り返した。そんなに日本行きが嬉しいのか……最初は、どちらかというと反対派だったのに。

出口は広瀬を無視し、野手の発表を続けた。神岡は当然入る。

「――外野は田村《たむら》、清田《きよた》、鈴木《すずき》、以上、合わせて十五選手を日本遠征メンバーとする」

選から漏れたメンバーはがっかりしたり、怒りの表情を浮かべたり、とにかく機嫌がよくない。しかし出口は平然と、さらに指示を続けた。

「このメンバー以外の選手は、ハワイに残って、六月に開幕するリーグ戦に参加する」

ざわつきが溢れる。何の話だ？　今年はもう野球はできないと思っていたのに……そんな戸惑いが透けて見える。

「聞こえなかったか？」出口が怖い表情を浮かべる。「日本遠征メンバーがいない間、しっかり留守を守り、リーグ戦を戦ってくれ。名門ハワイ朝日の名前に恥じぬ成績を残して欲しい。当然、狙いは優勝だ。去年のような成績で終わったら、全員罰金だからな」

　ざわつきがさらに大きくなった。予想もしていなかった展開に、遠征メンバーも含めて全員が戸惑っている。

「それから、今回の遠征に北川は参加しない」出口が続けた。

「何でですか」広瀬が声を上げげた。「北川さんがいないと、チームが一つにまとまりませんよ」

「北川の代わりに、お前がまとめろ」出口があっさり命じた。

「しかし……」

　広瀬の不安も分かる。北川と広瀬の家は隣同士で、まだ小学生だった広瀬に野球の手《て》解《ほど》きをしたのが北川なのだ。広瀬にとって北川は精神的な導師であり、永遠のコーチでもある。

「北川」出口が北川を促した。

「あー」北川が一歩前に出て咳払いする。「実は、去年からずっと膝の具合が思わしくないんだ。練習はこなせるけど、試合は無理だな。それで今回は、若手に日本遠征を譲って、残るチームの指揮を執ることにした。これで優勝したら、出口さんから監督の座を引き継ぐつもりだ」

「おいおい」出口が苦笑する。ジョークなのか本気なのか、判断できない様子だった。

「とにかく、日本遠征も重要だが、残ってリーグ戦を戦うのも大事だ。リーグ戦におけるハワイ朝日の伝統をしっかり守っていこう。そのために、これから新しい選手を何人か迎えて、新体制を作る。ついてこられない者は、新しい選手に取って代わられるからな。油断したら、脱落だぞ」

北川の厳しい指示を最後に全体ミーティングはすぐに終わり、澤山はたちまち遠征組の選手に囲まれた。日本について、次々に質問が飛ぶ。しかしとてもさばき切れない――澤山は両手を二度叩き合わせて、選手たちを黙らせた。

「日本行きについての詳しいミーティングは、この後、場所を変えて行います。詳細はその時に」

それで選手たちが散らばった。しかし澤山は、広瀬を摑まえてグラウンドの隅に連れて行った。

「何ですか？」広瀬は不安そうだった。

「禁酒しろ」

「何でですか」広瀬がまなじりを上げ、いきなり逆らってきた。「俺はもう、酒を吞める歳ですよ」

「お前が二十一歳だってことは分かってる。ただお前は、酒で何回も失敗してるじゃないか」澤山は厳しく指摘した。

「逮捕されたことですか？　ホノルル警察の留置場に一晩入っていただけですよ」

「日本で酔っ払って騒いで逮捕されたら、そんなに簡単には済まないぞ。ハワイに帰って来られなくなる」

「そんなヘマ、しませんよ」広瀬が唇を尖らせる。

「お前はまだ、酒をコントロールできていないんだ。これからゆっくり慣れていけばいいけど、今回は完全禁酒しておけ。その方が無難だ。酒をやめて、練習と試合に専念しろよ。その方が絶対に、いい結果が出る」

日本では計六試合を行う予定になっている。広瀬は少なくとも一試合、試合展開によっては二試合以上の登板もあるだろう。みっともないピッチングだけは避けてもらわなくては。まだ不満そうな広瀬に、澤山はさらに語りかけた。

「船旅は十日近くかかるんだ。その間、練習もあまりできない。やることがないから酒ばかり――なんてことにもなりかねない。コントロールして酒を呑めない以上、禁酒だ」

「真剣な話ですか」

「これ以上ないほど真剣だ。遠征中に酒を呑んだら、試合には出さない」

「……分かりました」

広瀬は何とか納得して引っこんだ。これで一安心。後は細かい事務作業が待っている。

自分が日本へ行った時のことを思い出し、他の選手にも必要な準備を進めてもらうだけだ。とはいえ、細かい作業や事務手続きが苦手な人間が多いから、こっちで面倒を見てやらなくてはならないだろう。

マネージャーの仕事とはそういうものだが、全ての日程を終えて日本を離れる日まで、気忙しさは続きそうだ。

自分が関与していないところで、いろいろなことが決まってしまうんだよな……澤山は落ち着かない気分で、ビールの入ったグラスを握っていた。

出発前日の五月八日、ハワイ日本人会主催の壮行会がモアナホテルで開かれた。ハワイ朝日は、これまでも日本に遠征したことがあるのだが、出口によると、日本人会による壮行会は一度も開かれたことがなかったという。しかし今回は、東亜競技大会という大きな競技会への正規の招待なので、特別の意味があるという判断になったようだ。向こうが開いてくれるというのだから、こちらは出るだけなのだが……澤山は落ち着かなかった。自分の準備はすっかり終わっているが、遠征メンバーの準備の確認は済んでいない。今日は、全員の家を回って、持ち物チェックをするぐらいでよかったのだ。まあ……パーティが終わったら、全員を集めて確認しよう。あいつらは大きな子どもみたいなもので、どうにも頼りない。普段きちんと仕事をしているのだから、旅の準備ぐらいは何とかなりそうなものだが。

澤山は広瀬に近づいた。手にしているのはオレンジ色の液体が入ったグラス——そこに視線を向けると、広瀬が苦笑しながら「オレンジジュースですよ」と言った。

「呑まないで我慢できてるか？」

「もう覚悟しました」

澤山はうなずいた。「覚悟」とまで言うなら、これ以上余計なことを忠告する必要もないだろう。

お偉いさんたちの長い挨拶の後、出口が押されて演壇に上がった。

「えぇー」出口は間延びした声で始めた。既にかなり酒が入って上機嫌な様子である。

「今回は、我がチームの優秀なマネージャー、澤山君の尽力により、日本遠征が実現しました」

俺のことなんかどうでもいいよ……澤山は注目されるのが嫌で、パーティルームの片隅に移動した。そこで花子につかまる。彼女は嬉しそうな顔をしていた。俺が二ヶ月ハワイを空けるのが嬉しいのか……と卑屈に考えたが、すぐに「あなた、すごいのよ」と囁《ささや》かれて気持ちが持ち直した。彼女の笑顔は、自分を誇らしく思ってのものだったのだ。

「今回は、本来開かれるはずだったオリンピックの代わりの大会だと聞いています。

我々は特別に招待されましたが、アメリカ代表としての誇りを抱いて日本へ渡り、全ての試合に勝利することを、ここにお約束します。そしてその上で、日米の新たな架け橋になりたいと強く願っています。日系人こそ、日本とアメリカの平和の象徴でありたいと思います」

普段はだらしないくせに、なかなか立派な挨拶をするじゃないか。澤山はにやつきながら、出口の話を聞いた。それが終わって大きな拍手が湧き上がる中、花子がそっと身を寄せてくる。

「ちょっと出ない？」

「え？　まずいよ」

「でも、後は偉い人たちに頭を下げて回るだけでしょう？　そんなの馬鹿馬鹿しいじゃない」

「……そうだな」壮行会を開いてくれるのはありがたい限りだが、確かに彼女の言う通りだ。偉い人の相手は出口たちに任せればいい。それに、主催者側も実際に試合をする選手たちとは話をしたいだろうが、マネージャーに用はないだろう。

澤山はビールの入ったグラスをそっとテーブルに置き、先にパーティルームを出た。後から花子が出て来る。

手をつないで階段を下り、巨大なバニヤンツリーの脇を通ってビーチバーを抜け、ビーチに出る。夜のビーチはひんやりしていて暗く、二人だけの空間という感じだった。

「寒いわね」

花子が剝き出しの腕を絡めながら、身を寄せてきた。彼女の体温を感じながら、澤山はゆっくりとビーチを歩いた。ワイキキには元々砂浜はなく、ノースショアやカリフォルニアから運ばれてきた砂で作られたのが、人工のワイキキビーチである。そのせいかどうか、海岸につきものの磯臭さがない。気温はやや低いものの風は穏やかで、しかも人気《ひとけ》がないのでリラックスできる。夜空には満天の星。そしてビーチ沿いのホテルから漏れ出す灯りのせいで、すっかり日は落ちているのに、あまり暗い感じがしない。

「とうとう明日出発ね」

「そうだな」

「二ヶ月かあ……長いわね」

実際には、もっと長くなりそうだ。後から石崎が手紙で知らせてくれたのだが、東亜競技大会に参加した後に、満州でも試合をしないか、という誘いがあるのだ。満州には日本人も多く、野球熱が高い。今年は、職業野球の各チームも満州に渡って、公式戦を行う予定になっているという。向こうでは大歓迎される、と石崎は誘ってきたが、すぐに返事ができるものではない。日本から満州へは、船と鉄道を乗り継ぐ旅になるわけで、選手たちの負担は増える。満州、あるいは朝鮮からハワイへ直行する船便があるかどうかも分からなかった。となると、また日本へ戻ってきて、横浜から十日間の船旅になる可能性が高い。いくら元気な選手たちでも、これは無理がある。ハワイに帰ってきてからの仕事の問題もある。家族で農園、あるいは商売をしている選手が多いのだが、働き盛りの若者が何ヶ月もいなくなったら、商売は傾くかもしれない。無理はさせられない。

「本当に行けることになるとは思ってなかったわ、正直言って」花子が打ち明けた。

「そうか？」

「だって、皆反対してたでしょう？　あなた一人がいくら頑張っても、どうにもならないじゃない」

「俺は最初から、絶対行くつもりだった。それに、日本で友だちが頑張ってくれたんだ」

「石崎さん？」

「あいつには、感謝してもし切れない。恥をかかずに済んだよ」

「あなた、時々『恥』って言うわよね？　でも、英語で『shame』ってあまり使わないじゃない」

「そうかもしれない。でも、日本にいる四年間で、恥については散々言われたよ。損得じゃなくて、それが恥になるかどうかっていうのが、日本人にとっては大事なことらしい」

「よく分からないわ」

「例えばさ……金儲けをするチャンスがあるとするじゃないか。でもそれが、少しずるい方法だったりする。アメリカ人だったら、金さえ儲かれば手段を選ばない可能性が高いけど、日本人は、その行為が恥ずかしくないかどうかを真っ先に考えるらしい」

「それで金儲けし損なっていたら、もったいないんじゃない？」

「何を優先するかの問題じゃないかな。日本で財布を落とすと、ちゃんと戻ってくる確率が高いそうだ」

「本当に？」花子が疑わしげに訊ねる。「アメリカだったら、絶対に戻って来ないわよね。あなた、この辺で財布を拾ったらどうする？」

「うーん……警察に届けるかな」

「中に一万ドル入っていても？」

「財布に一万ドルも入れているのは、ギャングだよ。そんな危ない金には手を出せない」

「そうか……私は分からないな。その時お金に困ってたら、もらってしまうかもしれない。そういうのも、日本人の感覚だと『恥』なの？」

「たぶん」

「そしてあなたは、それが正しいと思っている」

「日本にいたら、恥をかかないように気をつける。ハワイではそんなに気にしない――そういう考え方はずるいかな」

「それが一番現実的かも」

二人は並んで砂浜に腰を下ろした。風が頬を撫で、ビールで少し熱くなった頬を冷やしてくれた。

「帰ったら、さ」

「帰ったら？」

「大事な話があるんだ」

「それ、もう言っちゃってるのと同じだけど」花子がからかうように言った。

「いや、もっとちゃんと話す。今はばたついているから……こんな状況では話したくないんだ」

「じゃあ、楽しみに待ってるわ」花子がにっこりと笑う。大輪の花が開いたような笑顔だった。

「君は、日本の恥の文化はおかしいと思うか？」

「おかしくはないでしょう。私がそれに慣れるかどうかは別だけど」

「日本は衣食住全部、ハワイと百八十度とは言わないけど、大きく異なってる」

「何？　何が言いたいの？」花子が不審げに訊ねる。

「君は、日本には興味ない？」

「ないことはないけど……でも、私はアメリカ人だから」

「例えば、ちょっと日本に住んでみようとか、考えたこと、ない？」

「それは……一度も考えたことないわね」花子が認めた。

「日本には親戚もいるだろう？」

「でも、うちは四国だから。四国って、田舎なんでしょう？」

「東京からも大阪からも遠い……でも、日本に住めば、日本人は優しくしてくれるよ。四年間住んで分かったんだけど、日本人は、見た目が違って言葉が通じない相手に対しては、頑なになって心を開かないんだ。自分たちと同じ外見で、日本語で話ができれば、すぐに打ち解けられる」

「タカ、もしかして日本で暮らしたいって思ってるの？」

「それもいいかなって……ハワイへ戻って来て、ホテルを馘になったら困るし。新天地で新しい生活もいいんじゃないかな」

「私も誘ってるの？」

「どうかな……と思って」緊張で、一瞬息が詰まる。「まったく興味がないのに行ってもしょうがないしな」

あなたと一緒ならどこへでも、と言ってくれるのではないかと期待していた。しかし花子の反応はどうにも鈍い。この持ちかけ方は失敗だったか、と澤山は悔いた。

「いいわよ」花子があっさり言った。

「え？」

「あなたがちゃんと食べさせてくれるなら、日本だろうが本土《メインランド》だろうが、暮らしていけると思う」

「それは――」

「帰ってから話すんでしょう？」花子が悪戯っぽい笑みを浮かべる。「その時、格好悪いやり方だったら、ダイヤモンドヘッドの頂上から突き落とすからね」

浅間丸の出航は昼前だった。乗りこむ前に遠征チーム全員が集合して、家族や日本人会の見送りを受ける。いよいよ長い船旅が始まるわけで、多くの選手は興奮すると同時に緊張していた。広瀬など、ガールフレンドに見送られて、涙を流している。しばしの別れがストレスになって、酒に手を出さないといいのだが……監視の目を厳しくしよう、と澤山は決めた。

「じゃあ」澤山は花子の手を取った。

「怪我しないでね」

「俺は試合に出るわけじゃないから」

「でも、何があるか分からないから」

「向こうで手紙を書くよ」

「手紙が届くまでに、あなたが帰ってきちゃうかも」

「それならそれでいいじゃないか」

二人はしっかり抱き合って別れを惜しんだ。二人の時間はここまで——マネージャーの自分は、選手たちをしっかり船に乗せて、点呼しなければならない。子どもじゃないんだから、とも思ったが、これは特別な海外遠征なのだ。絶対に失敗は許されない。

遠征チームは甲板に並び、見送りの人たちに向かって手を振った。船が港を離れれば、後はもう日本へ向かうしかない。泣いている選手がいるのを見て澤山は不安になったが、これは仕方がないと自分に言い聞かせる。ほとんどの選手がオアフ生まれのオアフ育ち、島を離れたことすらないのだ。十日近くかけて日本へ行くのは、人生最大の冒険だろう。二度目の訪日になる澤山も、胸が締めつけられるような思いを味わった。

汽笛が鳴り響く。動き出した感覚はなかったが、次第に見送りの人たちが遠くなり始めた。船は大きいし、最初はスピードも出ないから、こんな感じだったと思い出す。

感傷に浸る暇もない。

まだ船は動き出したばかりなのに、広瀬が青い顔で甲板にしゃがみこんでしまったのだ。おいおい、いきなり船酔いかよ……マネージャーの仕事は、これから増える一方になりそうだ。

Ⅲ

昭和十五年五月（1940年5月）

まずい、遅刻だ、遅刻……石崎は必死に走った。浅間丸はもう、横浜港に接岸しているはずである。間もなく、ハワイ朝日の選手たちが下りて来るだろう。その出迎えに間に合わなかったら、洒落《しゃれ》にならない。

まったく、どうしてこんなに混み合っているのかと、石崎は誰に向けていいか分からない怒りで一杯だった。今日は五月十八日……開会式まではまだ半月あるのに、体協の中は混乱して、指示も入り乱れている。この一週間で、石崎は二度、体協の事務局に泊まりこむ羽目になった。当然布団などあるわけもなく、机に突っ伏して、腕を枕にして……体は、早くもガタガタになりつつある。こんなことじゃ、大会が始まる前に疲れ切って倒れてしまう。

息を切らして埠頭《ふとう》に駆けこむと、長いタラップから乗客が次々に下りて来るところだった。ハワイ朝日の選手たちは見えない——体格がいいからすぐに分かるはずだが。既に上陸して、勝手にどこかへ行ってしまったのか？

石崎は人波をかき分けるように走り回り、ようやく泉を見つけた。高木も一緒だ。二人とも手持ち無沙汰で煙草を吸っている。どうやら間に合ったようだ。

「遅くなりました！」大声で言って頭を下げる。

「どうした、君らしくもない」泉が眉を吊り上げたが、石崎の顔を見た瞬間、同情の表情を浮かべる。「体調でも悪いのか？」

「いえ……何でですか」

「顔色がよくない」

「このところ、あまり寝てないんです」石崎は両手で顔を擦った。「いろいろありまして」

「大変そうだが、若い頃にはうんと苦労したまえ」

苦労しろと言われて「はい」と答えることはできない。石崎は苦笑しながらうつむいた。

「あれじゃないか」高木がタラップを指さした。

そうだ——間違いない。背広姿で、揃いの白いカンカン帽を被った一団が、元気にタラップを下りて来る。十日間の長旅だったが、皆体調は良さそうだ。石崎は目を凝らし、その中に澤山の姿を探す——いた。まるで選手たちを見守るように、しんがりを歩いている。かなり距離があるのに、石崎は思わず「澤山！」と叫んで手を振ってしまった。澤山が素早く反応し、パッと笑顔を浮かべて手を振り返す。ああ、あいつ、変わってないなとホッとした。いつも元気で愛想がよく、爽やかな笑顔が印象的な男なのだ。石崎は人の輪から抜け出し、カンカン帽の一団を出迎えた。大声で「大日本体育協会の石崎です！　ハワイ朝日の皆さんはこちらにお集まり下さい！」と声をかける。すぐに、彼の周りに人の輪ができた。中で一人だけ年長の男——これが監督の出口だろう——が進み出て来て、手を差し出す。石崎はその手をがっちり握り、うなずいた。長旅の疲れは見えない。他の選手を見ても、やはり元気そうだった。ただ、少年のような選手が一人、極端に顔色が悪いのが気になる。もしかしたら船酔いかもしれない。絶対に船に慣れない人もいるのだ。十日間も揺られ続けて、すっかり参ってしまっているのだろう。

選手たちの輪を割るようにして、澤山が近づいて来た。

「石崎……」澤山が満面の笑みを浮かべる。「よく呼んでくれた」

「そっちこそ、よく来てくれた」握手を交わしながら、石崎は泣きそうになるのを感じた。顎にぐっと力を入れてこらえる。「船旅、大変だったか？」

「大丈夫だ。皆元気だ」

「一人だけ、船酔いしてるみたいだな」石崎は、顔色の悪い青年に向けて顎をしゃくった。

「船が苦手なんだけど、大丈夫だろう。もう陸《おか》についたから。それに、酒で酔っ払うよりましだ」

「何だ、それ？」

「いや、内輪の話だ」

「積もる話もあるけど、まず宿に移動しよう。新橋だ。そこを宿舎にして、試合に備えて調整してくれ。練習場所は早稲田の戸塚《とつか》球場を貸してもらえることになっている」

「懐かしいなあ」澤山の顔が綻んだ。「あそこで試合したこともあった」

「そうだな……全員揃ったか？」

「ああ」

「まず、東京大学野球連盟の理事からご挨拶させてくれ。それから横浜駅まで、円タクで移動する」

「円タクか。懐かしいな」

「学生の分際で円タクに乗るなって、運転手に怒られたの、覚えてるか？」

「もちろん」澤山の表情が緩む。「あの頃の俺たちは生意気だった」

「そうだな……とにかく、やるべきことをやってしまおう」

石崎は、出口と話しこんでいる泉に近づき、歓迎の挨拶を促した。泉が咳払いし、一歩前に進み出て、朗々たる声で挨拶を始めた。

「ハワイ朝日の皆さん、東京大学野球連盟理事の泉です。東京大学野球連盟と大日本体育協会を代表して、皆さんを歓迎します。長旅お疲れ様でした。疲れを取って、練習で調子を整え、東亜競技大会本番ではぜひ野球の故郷、アメリカのチームならではの試合を見せて下さい。日本国民は、皆さんの試合を楽しみにしています」

拍手が湧き上がる。泉の挨拶は素晴らしい……ハワイ朝日の選手たちも興奮しているようだった。石崎は自然に頰が緩んでくるのを感じる。滑り出しは上々だ。

石崎が選手たちを先導して、待たせておいた円タクに分乗させる。横浜駅までは歩いて行けないこともないのだが、敢えて円タクを用意したのには訳がある。

これはパレードなのだ。パレードなら車がいい。

横浜駅までの短い道のりの間、沿道に多くの見物人が出て、日章旗を振っている。石崎は、隣に座った澤山に「手を振ってやれよ」と言った。

「俺はマネージャーだぜ?」澤山が怪訝そうな表情を浮かべる。

「歓迎してるんだから、応えてやれよ」

澤山が遠慮がちに窓をまき下ろし、手を振る。途端に、わあっという歓声が車の中にまで飛びこんできた。

「すごいな……」手を振りながら、澤山が驚いたように言った。

「ちゃんと準備しておいたんだよ。歓迎の人がいないと寂しいだろう」

「準備?」澤山が振り返った。

「ここは僕の地元だ。ちょっと声をかければ、人はいくらでも集まるんだよ。ああ、いたいた」

　人垣の中に立花の姿を見つけ、石崎は一人うなずいた。松葉杖はついていない。ちゃんと約束通りに歓迎に出てくれたんだ、と嬉しくなる。立花の顔は紅潮し、はっきりと興奮しているのが分かった。マウンドの上ではいつも冷静で、表情をまったく変えなかったのに。

　ふいに、目頭が熱くなる。肩にのしかかった重みを強く感じると同時に、とうとうここまできたんだ、という感慨が押し寄せてくる。

「どうした?」澤山が不思議そうな口調で訊ねた。

「いや……古い友だちが見ててくれたんだ」

「そうか。何だか、お前のパレードみたいだな」

「まさか」

「これだけのことを実現したんだから、胸を張って自慢していいんじゃないか?」

「いや、まだだ」石崎は鼻を啜り上げ、気合いを入れ直した。「君たちが無事に試合して、大会が終わってハワイに帰る――それを見届けるまでが僕の仕事だから」

「気合いが入ってるね」

「こういう仕事は、思い切り気合いを入れないとできないんだよ。君が想像している百倍大変だ」

横浜駅までの移動は何ということもなかったが、そこから先が大変だった。新橋まで短時間鉄道に乗るだけなのだが、ハワイ朝日のほとんどの選手が鉄道は初体験ということで、まとめて切符を買って選手たちに配り、改札を抜けて電車に乗る——そういう一連の動きでいきなり滞ってしまう。参ったな、と思いながら石崎は声を張り上げ、必死で選手たちを誘導した。澤山が手伝ってくれて——彼は鉄道に乗る感覚をすぐに思い出したらしい——何とか無事に全員を車両に押しこむ。それだけで石崎は汗だくになってしまった。まだ空《す》いている昼間の時間帯だからいいが、朝や夕方に鉄道で移動するのは危険だ、と石崎は肝に銘じた。予算をはみ出すかもしれないが、練習場への行き来にも円タクを使ってもらった方がいいだろう。

選手たちは固まって腰かけ、車窓に視線を奪われている。石崎は、子どもの頃、初めて省線に乗った時のことを思い出した。あの時も、外を流れる風景を見て初めて、自分がとんでもない速度で動いていることを意識させられた。

「この後の予定を確認させてくれ」澤山が手帳を取り出した。

「まず、宿に荷物を置いてもらう。新橋の丸屋《まるや》旅館だ。それから宮城遥拝《きゅうじょうようはい》、明治神宮と靖国《やすくに》神社に参拝——全部終わるのは五時ぐらいかな」

「移動はどうする？」澤山が眉をひそめる。「省線や市電は速くて便利だけど、皆慣れていないから心配だ」

「円タクを用意した方がいいな」澤山も同じことを心配しているのか、と石崎はうなずいた。「僕がずっと同行する」

「助かるよ」澤山の表情が少しだけ緩む。

「日本の雰囲気、思い出したか？」

「まあね。でも、完全には難しいかもしれない」

石崎はうなずいた。澤山が日本にいたのは、わずか四年ほどである。その時も、日本の習慣に完全に馴染んだと言えるかどうか。

それからは、ひどく忙しなかった。旅館に荷物を下ろしてから、一休みする暇もなく円タクに乗りこみ、宮城遥拝、明治神宮と靖国神社に参拝……日本の象徴とも言える場所を次々に訪問して、ハワイ朝日の選手たちは呆然としたままだった。その場の雰囲気に馴染み、きちんと対応できたのは澤山と出口だけ。他の選手は、二人のやり方を見ながら、何とか参拝を済ませた。ぎこちないその動きを見ながら、彼らは日本人なのか、それともアメリカ人なのかと、石崎はふと疑問に思った。

「普段、ちゃんと意識していないから、こういうところでぎくしゃくするんだよな」靖国神社を出たところで、澤山が愚痴を零す。

「普段って？」

「ハワイにだって神社はあるんだ。日系人が多いから、神社も移ってきたのさ」

「そうなんだ」

「年明けには初詣にも行くよ。でも皆、その後で酒を呑むことしか考えていないから、参拝の仕方も適当なんだ」

「君はさすがに、ちゃんとやってるわけだ」

「俺も、どちらかと言うと日本で覚えた口だけどね」

軽快に転がる会話が心地好い。ハワイ朝日の選手たちは特に疲れてもいないようで、宿に戻っても笑い声が絶えなかった。しかし澤山だけは真剣な表情……常にメモ帳を手にし、あれこれ書きつけている。昔から世話焼きというか、細かいことが気になって仕方がないタイプなのだ。キャッチャーというポジション故かもしれないが。

夕食の時間を前に、二人はようやくゆっくり話す機会を得た。幹部が泊まる部屋で、澤山とお茶を飲みながらくつろぐ。

「お前も大変だったんだな」澤山が切り出した。

「本当に大変だった」石崎は認めた。「オリンピックの代わりの大きな大会をゼロから作り上げたんだから……こんな経験、二度とできないだろうな」

「しかし、よく俺たちを呼ぶことを思いついた」

「いろいろな人のアドバイスがあったんだよ。でも、そっちこそ大変だったんじゃないか？」石崎は澤山の苦労に想《おも》いを馳《は》せた。「最初は、来られないような話だったじゃないか」

「日系人と言っても日本人じゃない。今、日本へ来ることにはリスクもあるんじゃないかって……腰も引けるよ」

「リスク……危険っていう意味か。でも、何の危険が？」

「日本とアメリカの関係は、今はあまりよくない。敵国とは言えないかもしれないけど、日系人が日本へ行けば、白い目で見られるんじゃないかなって不安になるさ」

「君もか？」

「俺はそうは思わないけど……日本では、よくしてもらったから。でも、その後、また状況が変わったのかな」

「どうかな」石崎は頭を掻いた。「アメリカがどうこうっていう話はあまり聞かない——僕は気にしたこともない。日中戦争に関しては、気がかりだけどね」

「それが、アメリカを刺激しているんだ」

「うーん」石崎は茶を一口飲んだ。

「俺が心配してるのは、この大会自体が、政治のために利用されているんじゃないかっていうことなんだ」

「そんなことはない」石崎はすぐに否定した。自分の気持ちに嘘をついて……。

「でも、紀元二千六百年記念の大会だろう？　それを強く打ち出しているのは、どうもね。政治的だ」

「政治というか、歴史だよ。歴史を大事にするのは、どの国でも同じだろう。アメリカは歴史が短いから、こういうのは不自然に感じるかもしれないけどな。国ができてからのことは、全部ちゃんと記録に残ってるだろう？」

「そうだね。伝説と事実は基本的に切り分けられている」

「僕たち――体協には政治的な狙いなんかないよ」

強く言いながら、石崎はずっと抱いていた違和感が蘇ってくるのを感じていた。末弘や下村は、政治的な発言をしていなかったか？……いや、そういう発言は間違いなくあった。そもそも彼らは、オリンピックをどう考えていたのだろう。体協の目的はあくまで国民体育の普及と体力の向上。オリンピックは、その活動を推進していく中での一環に過ぎない――末弘も下村も、公的な場でそのように発言していた。

末弘がベルリンオリンピックの視察で何かを摑んだのは間違いない。ドイツでは、日常の中にスポーツがある。普通の人が、日々の生活の中でスポーツを楽しむ。オリンピックは、そういう状況があった上で「普通に」開かれる大会だ――要するに、規模の大きな運動会ということか。

石崎は、オリンピックは四年に一度の最高の、特別な大会だと考えていた。世界中の人々が集い、各競技では世界最高の技が披露される……それが日本人に良い影響を与えるはずだと確信している。逆に言えば、日本ではまだドイツほど、一般にスポーツが普及していない。そもそも日本に西洋式のスポーツが入ってきたのは、明治になってからである。歴史が違い過ぎるのだ。

「どうした?」澤山が不思議そうに訊ねる。

「いや……ちょっと考え事をしていた。それより、君はずっと、チームと一緒なんだよな?」

「ああ。マネージャーっていうのは、そういうものだから」

「本当は、うちに泊まってもらいたいんだけど」

「放っておいたら、皆迷子になるよ」澤山が笑った。

「そうか……まあ、僕はずっとハワイ朝日の面倒を見るから」

「それでも、話をする時間はたっぷりあるさ」

「そうだな」

この話は打ち切りになり、二人は今後の予定を確認し始めた。本番までの練習、試合の組み合わせ、関西への移動、そして満州への遠征……結局ハワイ朝日は、満州での試合も了解してくれたのだった。今年は職業野球の試合も開かれることになっているし、満州の野球熱はさらに高まるだろう。

「今日はゆっくり休んでくれ」石崎は立ち上がった。積もる話はあるが、澤山にも少し休憩が必要だろう。

「もう帰るのか?」澤山は不満そうだった。

「君も疲れてるだろう。話しこんでると、キリがないぞ」

「そうだな」澤山が眠気を追い払うように目を瞬《しばたた》かせる。十日間も船に乗っていると、体が鈍《なま》ってしょうがないだろう。全身が凝り固まっているはずだ。今夜は柔らかい布団の上でゆっくり寝て、体と気持ちを楽にして欲しい。

戦いはこれからなのだ。

翌々日、早稲田の戸塚球場で最初の練習が行われたが、ハワイ朝日の選手たちは精彩を欠き、石崎ははらはらした。やはり、船旅の影響が残っているのだろう。選手たちの動きは鈍く、ノックでは打球をぽろぽろ零してしまう。練習を見学に来ていた早稲田OBの高木が、心配そうに言った。

「この調子で大丈夫なのかね」

「疲れているだけだと思います。長い船旅だと、体が鈍りますしね」

「まあ、それは分かるけど……何と言うか、基本ができていない感じだ」

ハワイ朝日は、半分職業野球のようなチームである。元々は野球好きの日系人が集まってできたクラブチームで、今も全ての選手が仕事を持ちながら、週末に練習や試合を行っている。試合には有料の観客を入れ、選手たちはその分け前を貰《もら》う。多寡はともかく、金が儲かるという意味では、まさに「職業」野球だ。

しかし、日本の職業野球や大学野球……いや、中学野球ほど練習をしているかどうかも疑わしい。日本の職業野球は毎日のように試合がある。大学野球は試合数が限られているが、日々厳しい練習を積んでいる。しかしハワイ朝日は、そもそもそこまで必死に練習していないのではないだろうか。これで、大学野球の精鋭を揃えた日本代表チームとまともな試合ができるかどうか……日本代表には、豪速球投手として注目を集める明治の藤本《ふじもと》ら一流の選手が名前を連ねているのだ。「百万ドルの内野陣」と評価される慶《けい》應《おう》の内野四選手のうち、宇野《うの》、宮崎《みやざき》、大館《おおだて》の三人が代表入りしており、石崎は密《ひそ》かに「七十五万ドルの内野陣」だと思っていた。

元内野手の石崎としては、やはり内野の守備が気になる。次第に慣れてきて、ノックの打球を零すようなことはなくなったが、それでもどうにも動きが鈍い。自分なら確実に追いつける打球を諦め、ヒット性の当たりにしてしまう。何だか情けない……もっとも、最初の練習で張り切り過ぎて怪我をしたら馬鹿馬鹿しいと思っているのかもしれない。

その評価は、ブルペンで投げる投手陣を見てひっくり返った。これはものが違う……澤山から「エースだ」と聞いていた左腕の横山は、スピードも申し分なく、変化球の切れも素晴らしい。それにコントロールがよく、ストライクゾーンの四隅にぴしりと決まる投球は、見ていて気持ちがいいほどだった。

そして、若手の広瀬の投球にも目を見開かされる。長身を大きく使って思い切り投げこむボールの速さは、石崎がこれまで見たピッチャーの中で最高かもしれない。ジャイアンツの沢村の速球を初めて見た時も驚いたものだが……沢村の速球は浮き上がってくるように見えるほど伸びがあるのだが、広瀬のボールはとにかく速い。ボールが指先を離れたと思ったら、もうキャッチャーミットに収まっているようだった。

「あの若いピッチャーはすごいね」石崎は思わず感嘆の声を上げた。

「禁酒させたからさ」澤山が苦笑する。「その分、野球に打ちこむしかないんだ」

何か事情がありそうだが、石崎はそれ以上突っこまずにおいた。酒が絡んだ話は、とかくややこしくなる。

ブルペンで並んで投球練習していた二人が、英語で何か話し始める。広瀬はしきりにボールをこねくり回して、不満そうな表情を浮かべていた。横山は黙ってうなずき、彼の話を聞いている。心配になったのか、澤山が話を聞きに行った。やがて戻って来ると、石崎にボールを手渡す。

「これは？」

「ハワイから持ってきたボールなんだけど……」

石崎は、縫い目に人差し指と中指をかけてボールを握った。慣れたボールと微妙に違う。もちろん同じ硬球なのだが、日本のボールに比べて、少しだけ柔らかい感じがした。中身がぎゅっと詰まっていないというか……そして縫い目が高い。内野手として送球するには苦労しないかもしれないが、ピッチャーにとってこの些細な差は大きいのではないか？

「試合用のボールは、全部こっちで用意するよ」石崎はボールを澤山に返した。「それで慣れてもらうしかないな」

「しょうがないな。うちのピッチャーはちょっと嫌がっているけど」

「でも、これがルールだから」

「そうだな……言っておくよ」

澤山にも苦労かけるな、と石崎は申し訳なく思った。野球のボールは規定でちゃんと作られるのだが、作る人によって微妙に違いが出るのは仕方ないのかもしれない。一つ一つ、手で仕上げているのだから……。

練習は一時間ほどで終わった。守備の練習には苦労していたが、投球練習、それに打撃練習には目を見張らされる。特に、神岡という三塁手の打撃には驚いた。確実に打ち返し、ホームラン性の当たりも何本か……石崎は、六年前に来日した大リーグのオールスターチームの試合を見ているのだが、右と左の違いこそあれ、ベーブ・ルースの打棒を思い出していた。あの頃ベーブ・ルースは引退直前で、かなり衰えていたはずだが、それでも日本人にはない力強さに驚かされたものだ。それまでは野球と言えば大学野球だったのだが、それよりも何段階も力強いプロの技を目の当たりにして、日本でも職業野球が生まれ、野球人気がさらに盛り上がる一因になった。

あの時も歓迎パレードが行われ、大変な人出だった。日本は、アメリカ人に対して悪感情は抱いていないと思う。いや、こと野球に関しては、国境も人種も関係ないのだと石崎は想いを強くした。

今回も、野球が日米の架け橋になってくれるといいのだが。

ハワイ朝日は、忙しい日程をこなした。初練習の翌日には、東京ハワイ協会の人たちが参加して、日比谷松本楼《ひびやまつもとろう》で盛大な歓迎会が開かれた。日本語と英語が混じり合う不思議な歓迎会だったが、選手たちが気楽な調子で歓談しているのを見て、石崎は安堵した。それに、食べ物で困っている様子がないのも助かっている。日系人は、普段からハワイで日本食を食べているようで、食べ物に関しては一切文句が出なかった。「あれが食べられない、これが食べたい」と注文が相次いだらどうしよう、と思っていたのだ。日本では用意できない料理もあるだろうし。

練習が休みになった日には、一行は東京見物と洒落こんだ。浅草《あさくさ》の芝居小屋で観劇を楽しみ、名所を回って美味い物を食べる。石崎もずっとつき合ったが、さすがにこれには疲れた。練習の世話をするのは何でもないが、大勢を引き連れて市内を移動するのはやはり大変なのだ。省線、市電に乗り降りする度に人数を確かめねばならず、手帳は「×」印ですぐ真っ黒になってしまう。全員を宿に送り届けた後にはげっそり疲れてしまい、浴びるほど酒が呑みたくなっていた。

澤山を誘うと、彼も乗ってきた。毎日チームに同行してあれこれ世話を焼いてきたので、疲れているだろう。彼にも、少しは自分の時間があっていいはずだ。

二人は、市電に乗って銀座に出た。昔一緒に訪れたことのある洋食屋を見つけて入る。澤山は店に入った瞬間、「ああ」と溜息を漏らして立ち止まった。目を閉じ、まるで店の空気そのものを味わっている感じである。

四人がけのテーブルにつくと、澤山はメニューを見もせずに「カツレツだな」と決めた。

「それでいいのか?」

「ああ。それとカレーライス」

「ずいぶん安く上げるな」

「ハワイにはカツレツがないんだよ。家でもあんな感じの揚げ物は作らないし、日本食を出すレストランでも見かけない。日本独特のものじゃないかな」

「そうか……洋食って言うから、アメリカかヨーロッパから入ってきた料理だと思ってたよ」

「少なくともハワイでは見かけない」

「じゃあ、僕も同じにするよ」

料理を待ちながら、二人は昔の仲間たちの噂話を続けた。澤山は、法政時代のチームメートとはほとんど連絡を取っていないようで、日本にいる間に再会できれば、と伝えてきていた。事前にその話を手紙で知って、石崎は澤山と同世代の法政ＯＢの居場所を調べておいた。連絡すれば、会う機会も作れるだろう。

湯気を上げて運ばれてきたカツレツを見て、澤山が満足そうな吐息を漏らした。ソースをかけ回し、ナイフを入れると、目を見開く。

「これだよ、これ。懐かしいなあ」

「料理を覚えて帰ればいいじゃないか。自分で作れるぞ」

「料理なんか、全然しないよ」

「作ってもらうだけか」

「ああ」

「今、つき合っている人とか、いるのか」

「いる」澤山があっさり認めた。

「へえ、誰だい？」石崎には初耳だった。

「同じ日系二世の娘だ」

「長いのか？」

「高校の同級生なんだ。つき合い始めたのは、ハワイへ帰ってからだけど」

「結婚するのか？」

「この遠征から帰ったら、正式に申しこもうと思う」

「そうか、おめでとう」

「気が早いよ」澤山が苦笑する。「受けてもらえるかどうか分からないんだから」

「君なら大丈夫だろう」

「いや、野球なら何とかなるけど、こういうことは別問題なんだ」

「何だよ、自信持てよ」

「お前の方こそ、どうなんだよ」澤山が逆襲した。

「いや、僕は……」この件については、石崎は黙らざるを得ない。とにかく女っ気のない毎日なのだ。

「何だ、ガールフレンドもいないのか。そう言えばお前は、学生時代から女性には弱かったな」澤山がニヤニヤ笑った。

「そう言うなよ。とにかく、ここ何年かは大変だったんだ。オリンピック開催返上から東亜競技大会の開催まで、自分の時間なんか全然なかったんだ」

「それもそうだな。ご苦労さん」

澤山がさっと頭を下げた。その動きが不自然で、石崎は思わず声を上げて笑ってしまった。

「平和だな」石崎は漏らした。

「ああ。平和だ」

「中国で戦争をやっているのが信じられないよ。実は、友だちが従軍していて、膝を撃たれて帰って来たんだ」

「それは気の毒に……」真剣な表情で澤山がうなずく。

「大阪タイガースへの入団が決まった直後に徴兵されたんだ。せっかくこれからという時に……軍も、少しぐらい気を遣ってくれてもいいと思うけど」

「そういうこと、大きな声で話さない方がいいんじゃないか」澤山が唇の前で人差し指を立てた。

石崎は肩をすくめざるを得なかった。澤山の言う通りで、どこで誰が聞き耳を立てているか分からない……何だか窮屈な世の中だ。

「そういうことがあっても、まだ日本が戦争をしている実感がないんだ」

「分かるよ」澤山が同意する。

「毎日微妙に不安があるけど、すっかり忘れている時もある」

「でも、歴史には一つだけ、絶対間違いない真実があるんだ」

「何だ？」

「終わらない戦争はない。どんなに激しく長く続いた戦争も、必ず終わっている」

「でも、百年も続いた戦争もあるじゃないか。僕たちが生きているうちに、終わらなかったりするのかな」

「それは、政治家や軍人が決めることで……俺たちにはどうしようもないな」澤山が肩を落とす。「取り敢えず、自分ができることをやるだけだ」

「野球、か」

「もう、試合する方じゃないけど」澤山が寂しそうな笑みを浮かべる。「でも、野球には関わっていける。その点、お前には感謝だよ」

「とんでもない。来てもらって、こっちこそ感謝してる」

「何だか他人行儀な会話だな」

「まったくだ」

二人は声を上げて笑った。澤山はカツレツとカレーをあっという間に平らげた。キャッチャーにしては体が細いものの、旺盛な食欲は昔とまったく変わっていない。

変わらないものだってあるんだ、と石崎は信じたかった。

Ⅳ

昭和十五年六月（1940年6月）

曇りか……石崎は朝から気を揉《も》んでいたが、天気ばかりは自分の力ではどうにもならない。開会式が始まる午後四時には、梅雨を思わせる曇天で、既に夕方になったように暗い。時折ぱらついていた雨が止んだことだけが救いだった。

神宮外苑《がいえん》。石崎にも澤山にも馴染み深い場所で開会式が行われるのは、喜ばしい限りだった。観客席があまり埋まっていないのは残念だったが、平日だし、こんなものだろう。

選手入場が始まった。これも石崎には仕事である。何が起きるか分からないから、グラウンドの片隅に立ち、各国の選手たちの入場を見守る。その様子は、まさに壮観の一言だった。参加人員は計七百三十二人。それが国別にまとまって行進し、整然とグラウンドに並んでいく。日本人選手が胸を張り、手足の動きをきっちりと揃えて行う行進は、やはり堂々たるものだった。

二十人にも満たないハワイ朝日に対する拍手も大きい。アメリカのチームだが、観客には抵抗感がないのだろう。やはり、国は関係なく野球人気は絶大だ。いち早く石崎に気づいた澤山が右手を突き上げてみせたので、石崎も手を上げてそれに応えた。あいつ、相変わらず目がいいな……。

宮城遥拝などの儀礼が終わった後、鳩《はと》が一斉に空に放たれる。この日のために用意された二千六百羽の鳩。空を覆い尽くすほどの大群に、石崎は仰天した。この話はもちろん前から聞いていたのだが、実際に目の当たりにすると、その迫力に完全に打ちのめされてしまう。

「すごいな……」つい見惚《みと》れてしまった。鳩の足には色とりどりのテープが結びつけられており、空が極彩色に塗りつぶされたようにも見える。しかし当然、鳩は程なく飛び去っていく……あの鳩はどうなるのだろう、と心配になった。「鳩を飛ばす」とは聞いていたが、どこから調達してきたかは知らない。伝書鳩なら、無事に持ち主のところに戻るだろうが。

そこからはまさに式典になる。秩父宮《ちちぶのみや》総裁の挨拶、近衛文麿《ふみまろ》大会会長の挨拶に続き、選手宣誓。

石崎はずっと軽い緊張感を抱えたままだったが、選手が引き上げて、ようやく一息ついた。儀礼的なことはこれで終わり。明日からは、競技のことだけを考えていればいい。これを待っていたんだ。

しかし胸の奥には、澤山と話したことで再び浮上してきた嫌な感覚が残っている。体協の上層部は、この大会を何だと思っているのだろう。そう言えば開会式には、何となく堅苦しい雰囲気が漂い、石崎の脳裏には「示威」という言葉が浮かんだ。日本の国力を内外に見せつけるための大会——それは自分が嫌いな、極めて政治的な大会ではないか?

ハワイ朝日は、本来の力を発揮できなかった。

大会二日目に日本、三日目にフィリピン、四日目に満州と対戦したのだが、三戦全敗で終わった。ただしスコアは3－4、2－4、0－1と、いずれも接戦だったのだが……ハワイ朝日のピッチャーは、やはりアメリカのものとは違うボールに慣れない様子で、コントロールに苦労していた。

満州戦を終えて、ロッカールームに選手たちを訪ねると、暗い雰囲気に呑みこまれる。どんな試合でも負けは負けで、選手たちもいい気分ではいられないだろう。澤山も深刻な表情だった。

「みっともない試合をお見せして申し訳ない」元気なく頭を下げる。

「勝負は時の運さ」石崎は澤山を慰めた。「だいたい、君たちが一番、長い旅程だったんだ。体調を整えるだけでも大変だっただろう」

「関西では、何とかいい試合をするよ。このままだと、我々もハワイに帰れない」澤山が溜息をつく。「リーグの他のチームにも散々反対されたんだよ。負けたまま帰って、『それ見たことか』って言われるのが一番悔しい」

「まだ終わったわけじゃないから」石崎はうなずいたが、ハワイ朝日が関西で勝利を積み上げられるかどうかは分からなかった。全体に選手の動きが鈍いし、これからは関西への長時間の移動もあってさらに疲れるだろう。

何とか勝ってくれよ——体協を代表する立場でありながら、石崎は完全にハワイ朝日に肩入れしていた。


六月九日に、東京大会の閉会式が行われ、各国の選手は関西大会への出場のために三々五々移動した。半日ほど時間ができたので、石崎は久しぶりに横浜に行って立花に会った。彼には、日本代表の試合全ての入場券を送っておいたのだが、見てくれただろうか。

「いやあ、ありがとう」立花は、満面の笑みで石崎を出迎えた。

「楽しんでもらえたかな」

「ああ。やっぱり、国を代表するチーム同士の試合は盛り上がるな。しかも日本は三戦全勝で、最高だった」

「そいつはよかった」友人が喜んでくれたので、石崎としても鼻高々だった。

「お前は？　何だか浮かない顔だな」

「ハワイ朝日が三戦全敗だからな……せっかく来てもらったのに、これじゃ申し訳ないよ」

「何言ってるんだ。真剣勝負だからこうなるんだろう？　日本には負けたけど、いい勝負してたじゃないか」

「まあな……」

「遠くから来てくれたチームだからって、八百長で勝たせるわけにはいかないだろう」

「やっぱり、ハワイから来ると、調整も難しいんだろうな」

「そりゃそうだ。十日も船に乗ってたら、その間は練習もできないだろう？」

「船の中じゃ、キャッチボールも難しい。せいぜい体操するぐらいじゃないかなあ」

「ふむ……やっぱり何事にも、練習は大事だな」

立花が立ち上がり、そのままゆっくりと石崎の周りを歩き始めた。書店の事務室なのでそれほど広いわけではなく、まさに小さな円を描くような動きだったが。

「おいおい、無理するなよ」石崎はつい忠告した。

「いや、毎日ちゃんと歩いて鍛えてるんだ」立花が右膝をポン、と叩いた。「今は、ほとんど足も引きずらなくなっている」

「本当かよ」

「今はまだ、走れって言われたら困るけど、いずれは走れるようになるさ」

「それで……どうするんだ？」

「もちろん、野球をやるのさ」事もなげに立花が言った。「俺はまだタイガースに籍がある。だから、もう一回やらせてくれって頼みこんだ。向こうは、来年の春までは待ってくれるそうだ」

「本当か？　すごいな」にわかには信じられなかったが、立花の歩く様子を見ると、あながち嘘とも思えない。しかし、銃で撃たれた怪我が、こんなに簡単に治るものだろうか。

「親父さんや長子さんはどう言ってる？」

「親父はとっくに諦めてるさ」立花が笑った。「早く俺に店を譲って楽隠居したいのかもしれないけど、そう上手くいくかい。もう少し頑張ってもらわないと」

「店を継ぐ気はあるのか？」

「そりゃあ、いつかはな。三十五になって野球をやっているとも思えないし。でもいずれにせよ、引退してからの話だよ。俺はまだ職業野球で一球も投げてないけど」

「治療が上手くいってるのは分かるけど、どうしてそんなにやる気になったんだ」

「お前のせいだよ」立花が椅子に腰を下ろした。やはり膝を庇《かば》っているように見えるが……。

「僕の？」石崎は自分の鼻を指さした。「僕は何も……」

「東亜競技大会を実現させて、神宮で野球を見せてくれた。いいよな……国が違っても、野球は野球でちゃんとできるんだから」

「そりゃそうだよ。ルールが同じなんだから。他の競技でもそうだろう？」

「でも、野球は、俺にとって特別なものだから」

「僕も同じだ」石崎はうなずいた。

「職業野球で投げて、もしかしたら次の東亜競技大会では、日本の代表として戦えるかもしれない」

「まあ……金をもらって野球をやっている人は、大会には出られないと思うけど」

「ああ、そうか。それはしょうがないけど、野球には夢があるよ。俺もまだ、諦めなくていいんじゃないかな」立花が両手を組み合わせ、そこに顎を載せた。

「そうだよ」石崎はうなずいた。「僕も夢を見させてもらったし」

「じゃあ、全員が万々歳だな」立花がにっこりと笑った。

野球は素晴らしい。野球は人と人をつないでくれる。しかしこの東亜競技大会そのものは……もやもやした気分は、簡単には消えないのだった。

切符の都合で、大阪行きは夜行列車になった。ハワイ朝日の連中は大丈夫だろうか、と石崎はずっと心配していた。船旅、それに省線や市電には慣れただろうが、長時間寝台列車に揺られてとなると、また違う大変さがある。ろくに眠れず、体調を崩すのではないかと不安でならなかった。

東京駅を出てしばらくは、和気藹々とした雰囲気だった。ハワイ朝日の選手たちは食堂車に陣取り、料理を全て食べ尽くす勢いで注文を続け、大声で笑い合っていた。石崎もその雰囲気に慣れてしまって、ずっと笑っていたが、気づくとすっかり疲れていた。この人たちは、日本人であって日本人ではないんだ……何というか、元気がよ過ぎる。日本人なら、食堂車で酒を呑んでも静かに話すぐらいなのだが、これではまるで走る宴会だ。六年前に来日したベーブ・ルースの一行も、各地で大騒ぎを繰り返したらしいが、アメリカ人というのは基本的に陽気で、どんちゃん騒ぎが好きなのだろう。日本人の両親から生まれても、ハワイで育つうちに、やはりアメリカ人らしくなってしまうのだろうか。

やがて澤山が、「これでお開きにするぞ」と宣言して立ち上がった。選手たちは、澤山の指示には素直に従う。どうやら彼は、マネージャーとして絶大な力を持っているらしい。

二人は同じ部屋になった。下段のベッドに向かい合って腰かけ、石崎が持ってきたウイスキーを分け合ってちびちびと呑む。

「皆、大人しく大阪まで行ってくれればいいんだけど」石崎はつい不安を口にした。

「大丈夫だよ。皆大人なんだから」

「さっきの騒ぎぶりを見ると心配だ」

「見るもの全てが珍しいだけだよ。国内での長い移動はこれが最後だから、大目に見てくれ」

「僕は、問題が起きなければ何でもいいけどね」

「そうか……なあ、お前は元気がないな」

「そうかな?」石崎は両手で顔を擦った。

「この大会が正しいかどうか、考えてるんだろう?」

「いや、いいこともあった」石崎は立花のことを話した。

「それは、本当にいいことじゃないか」澤山の顔がぱっと明るくなる。「試合がきっかけで、本格的に復帰する気になったら、俺も嬉しいよ。試合をやった甲斐があった」

「本当に復帰できるかどうかはまだ分からないけどな」石崎は難しいと踏んでいた。普段の生活に支障がないぐらいには回復するかもしれないが、バッターを圧倒するあの速球をまた投げられるかどうかは……怪我がなくても、兵役で数年の空白があるのだ。野球をするために必要な筋肉も落ちているだろうし、勘も鈍ってしまっているだろう。野球は、毎日反復練習を繰り返すことで、少しずつ上達していくものなのだ。石崎も現役時代、一日練習を休んだだけで、取り戻すのに二日、三日はかかった感じがする。

「いろいろあるけど、無事に大会は進んでいるからいいじゃないか」澤山が呑気に言った。「まだ神経質になってるのか？　気にし過ぎだよ」

澤山も、細かいことは気にしないアメリカ人なのだろうか。自分は……徹底して日本人だな、と石崎は苦笑した。

「またこういう大会があるといいな」澤山が言った。

「もちろん、やれるさ。また企画するよ」

「日本とアメリカが戦争になったりしないかな」

「まさか」石崎は笑い飛ばした。「そんなこと、絶対にないよ。アメリカには日系の人もたくさん住んでるんだし、あり得ない」

「そうか……そうだよな」澤山が自分を納得させるようにうなずく。「今、日系人は何かと肩身が狭くてね。俺はずっと心配だったんだ」

「戦争になりそうだったら、野球で白黒つければいいじゃないか。公正な勝負になるよ」

「それはいいな」澤山がようやく笑顔を見せた。

「スポーツは、戦争よりずっと上の存在だ。戦争なんかに負けちゃいけない」オリンピックは戦争に負けた――しかし、野球は戦争よりも強い存在であって欲しい、と石崎は自分に言い聞かせた。


関西大会は雨に祟《たた》られた。会場は、石崎にとっても懐かしい甲子園球場。ハワイ朝日は、六月十四日の日本戦を2－7で落とした。翌十五日の試合は雨で中止。そして十六日に、大会最後の満州戦が行われた。

試合が始まると、石崎はスタンドに陣取って観戦したのだが、そこで意外な人物を見つけた。タイガースの若林。気づいた石崎は慌てて立ち上がり、バックネット裏の特等席で観戦している若林に挨拶した。

「その節はありがとうございました」

「無事に開催できてよかったね……座りなさいよ」

隣に腰を下ろして、しばらく一緒に試合を見る。今日のハワイ朝日は打線が好調で、初回に3点を先制すると、三回にも4点を追加して一気に試合を決めてしまった。

「相変わらずだね。昔と変わらない」若林がぼそりと言った。

「そうですか？」

「私がいた頃もそうだったけど、打ち出すと止まらないんだ。逆に、打線がまったくつながらない時もある。ハワイ朝日は、昔から試合運びが大雑把なんだよ」

「大雑把ですか」その言い方がおかしく、石崎はつい笑ってしまった。

「アメリカの野球は、こんな感じが多いんだよな。一人打つと、後の選手も調子に乗ってどんどん続くけど、そうじゃない時は……あっさり相手ピッチャーにひねられる」

「それでは、日本のきめ細かい野球には勝てないかもしれませんね」

「もちろん、大リーグのチームなら、日本の職業野球チームでも勝ち目はないけどね」

「そうですか？」

「やはり、一人一人の力が違うんだよ。野球は一対一の勝負が多いだろう？」

「でもいつか、追い越しますよ。若林さんも職業野球のスターなんだから、もっと日本贔屓になってくれないと」

「僕は冷静なんでねえ」若林が腕時計を見た。「ちょっと球団に顔を出してこないといけないけど、この試合が終わったら、朝日の連中に挨拶できるかな」

「もちろんです。皆、若林さんに会うのを楽しみにしてたんですよ」

「では、また後ほど」若林がさっと一礼して立ち上がる。

タイガースのスター選手が歩き始めたので、観客はすぐに気づいた。若林は手を振り、時に握手に応えながら、それでも立ち止まらずにさっさと歩いていく。ファンのあしらいにも慣れたものだった。

ハワイ朝日の先発ピッチャー、横山は、四回まで満州打線を0点に抑えた。五回に1点を失ったものの、六回も無失点。その後七回からは、期待の若手、広瀬が投げた。しかし広瀬はコントロールに難があり、三連続で四球を出して、あっという間にピンチに陥る。結局この回、4失点。それでも出口は代えようとしなかった。こういうピンチを自分で乗り越えてこそ一人前になれる、と無言の叱咤《しった》をしているようだった。

九回表が始まる時、石崎は突然声をかけられた。末弘だった。どうして理事長がここに？　東亜競技大会では、末弘の専門である競泳が開催されていないから、彼自身はどこか手持ち無沙汰な様子だった。各国の代表幹部の接待などは大変だったようだが。

「どうだね」

「理事長……野球見物とは珍しいですね」

「私も野球は好きだよ。まあ、全競技を必ず一度は観戦しようと思っていて、野球はここまで先延ばしになっていたんだけどね」

「今日は何とか、ハワイ朝日が逃げ切れそうです」

「君もほっとしているだろう」末弘が少し皮肉っぽく言った。「君が呼んだハワイ朝日が全敗では、面子が丸潰れだ」

「彼らも、せっかく日本まで来て全敗だと、嫌な思い出になってしまいます」

「とはいえ、勝負は時の運だ」

先日、自分も澤山に同じようなことを言ったな、と思い出した。あれで澤山が安心したかどうかは分からないが。

時折小雨《こさめ》の降る天気だったが、末弘は傘もさしていない。満州チームの攻撃を見守りながら、背広のポケットから一枚の写真を取り出す。それを両手でしっかり抱え、膝の上に載せるようにした。

「理事長、その写真は……」

「嘉納治五郎先生だよ。嘉納先生も、甲子園で野球の試合を見せられるとは思ってもいなかっただろうけどね。まあ、これはあくまでオリンピックじゃなくて、東亜競技大会だが」

「そうですね。嘉納先生、お怒りじゃないでしょうか」

「そうかもしれない。晩年は短気だったからねえ」

石崎も嘉納の晩年は知っている。白髭を蓄えた講道館の創始者は、歳を取っても眼光鋭く、触れるもの全てを軽く投げ飛ばしてしまいそうな雰囲気を放っていた。迂闊《うかつ》に話しかけられない人だったのは間違いない。

「嘉納先生は、不思議な人だった」

「そうですか？」

「柔道というのは、日本で生まれて日本で育った、純粋日本の武道だ。その道を極められた嘉納先生が、ＩＯＣ委員として日本の代表を務めた——不思議な感じがしないか？」

「確かにそうですね」

「嘉納先生の生涯の夢——最後の夢が、東京オリンピックだった。でも、本当はその先にさらに夢があったんだ」

「東京オリンピックだけでは足りなかったんですか」つい皮肉な口調になってしまう。帰朝する船上で亡くなったのは後悔してもしきれないだろうが、石崎などから見れば、嘉納は全てを手に入れた完璧な人、という感じだ。

「柔道だよ。柔道をオリンピックの正式競技にしたい、とよく話しておられた」

「それは……」正直、あまりピンとこない。柔道は由緒正しき日本の武道ではあるが、そもそも海外で行われているのだろうか。

「ボクシングやレスリングは、オリンピック競技だろう。柔道を、武道であると同時に格闘技として見れば、ボクシングやレスリングと同列に考えてもおかしくはない。でも、嘉納先生が亡くなって、この計画は泡と消えてしまった。泡と消えたのは、東京オリンピックも同じだがね」

「もしも嘉納先生がご健在だったら、東京オリンピックは予定通りに開催されていたでしょうか」

「分からない」末弘が首を横に振った。「時局が時局だからな。でも、あんなに簡単に開催返上が決まることはなかっただろう。嘉納先生は、粘り強い人だった。相手がへとへとになっても攻撃の手を緩めないで、完全に『参った』と言うまで攻め続ける人だったから」

「柔道と同じじゃないですか」

「まさにそうだ。嘉納先生の根本には、やはり柔道があったんだろう。それに、国際的な影響力も持たれていた」末弘が遠い目をした。

「理事長……一つ、お伺いしていいですか」

「何を遠慮してるんだ」末弘が面白そうに言った。「君は遠慮がない……我々が相手でも、他の偉い人が相手でも、臆せず自分の意見を述べてきたじゃないか。何を今更遠慮することがある？」

「すみません」耳が赤くなるのを感じた。かなり図々しく振る舞ってしまったのは自覚している。それだけ必死だったのだが……東亜競技大会の計画立案を通じて、自分はすっかり変わったと意識せざるを得ない。成長したのか、性格そのものが変わったのかは自分では分からないが。

この話が持ち上がるまでの石崎は、セカンド、あるいはショートの守備方法を、人生にも当てはめていたと思う。ショートやセカンドは守備の要《かなめ》で、試合をぐっと引き締める役目を担っている。派手さはないが、内野守備が弱いチームは駄目になるのだ。人生もそれでいいと思っていた。末弘のように優秀で経験を積んだ人を支えていくこと——しかしここ何年か、どうしても我慢できなくなって自分で前に出ることが増えた。江戸時代だったら「斬り捨て御免」で一刀両断されていたかもしれない。そういう意味では綱渡りだったのだ……何も今になって、遠慮することもないだろう。

「今回、我々はいろいろな人に迎合してきたと思います」

「迎合？」末弘の目が細く鋭くなった。

「官僚に迎合し、政治家に迎合し、陸軍に迎合し……頭の下げ過ぎで背が低くなりました」

「そうかね」末弘が軽く笑った。

「それは我慢できます。目的のために人に頭を下げることぐらい、何でもありません。でも、自分の心に嘘をついたのは辛かったです」

「君が嘘をついた？　信念を曲げたということか？」

「はい。スポーツは、何かに影響を受けてはいけないと思います。例えば政治や戦争に……」澤山と話していて心に芽生えた確信だった。「でも我々は、若者の肉体を鍛えることで戦争にもいい影響が及ぶ、という理屈で軍部を説得してしまいました」

「君はそれを気にしているのか？」

「――はい」

突然、末弘が声を上げて笑った。そして嘉納の写真を石崎に突きつける。

「嘉納先生は、そんなことは気になさらないはずだ」

「嘉納先生こそ、正々堂々と主張されるんじゃないでしょうか」末弘の言い分には納得しかねた。

「物事には表と裏がある。本音と建前と言ってもいい。この件にも、本音と建前があるんだ」

「建前は……」

「厚生省や文部省、軍部に合わせること」

「本音は何なんですか」

「東亜競技大会をきちんと開くことだ。我々の面子など、どうでもいい。どれだけ頭を下げても、開催してしまえばこちらの勝ちなんだ。雨には祟られたが、この大会は成功したと思わないか？　多くの人に見てもらえて、スポーツで心が一つになった」

「それは……そうだと思います」

「それこそが大事だったんだ。多少嘘をついても、自分の誇りを捨てても、大会を開催することこそが一番の目標だった。それは嘉納先生のためでもあったんだ。あれだけ努力されて、招致に成功したオリンピックを返上したことを知ることなく、嘉納先生はお亡くなりになった。先生に対して申し訳ない、その一念で、私や下村会長は、東亜競技大会の実現に尽力したんだよ。これで、嘉納先生に対しても面目が立ったというものだ」末弘が笑みを浮かべる。

怜悧《れいり》、冷静という印象しかない末弘に、こんな一面があったとは……石崎は言葉を失ってしまった。

「スポーツはスポーツじゃないか。大きな大会を開催するのは大変だが、やってみれば悪いことは絶対にない。私も多くのことを学べた。結果的に、日本国民は一つになれたかもしれない。正直に言えば、他の紀元二千六百年記念式典が、どれだけ国民の心に届いたかも分からない。でも、東亜競技大会にはそれができたはずだ」

「建前と本音は分かります。でも私は……あくまでスポーツは政治経済とは別物だと思っています。その原理原則を推していただきたかった」

「それではこの大会はできなかっただろうな」

「それでも、です。嘉納先生が不可能を可能にしたように、私たちも正々堂々、スポーツを前面に押し出して戦うべきだったんじゃないでしょうか」

「君は若いな」末弘がふっと笑った。「しかし、理想主義を捨てる必要はない。その理想を、歳を取っても持ち続けられたら大したものだと思うよ」

「これから我々はどうなるんでしょう」ふと不安になり、石崎は訊ねた。

「どうかな」末弘が声を潜める。「政治や戦争とスポーツは関係ないと言っても、現実にはなかなかそうはいかない。ヨーロッパの戦争が落ち着かない限り、次のオリンピックがいつ開催されるかも分からない」

「はい」

「しかし、いつか東京オリンピック……大阪かもしれないが、日本で必ずオリンピックを開催する」

「オリンピックでなければいけないんでしょうか」ふいに頭に浮かんだ考えを、石崎はつい口にしてしまった。「オリンピックが全て……私も以前はそう思っていました。でも、オリンピックは、政治などに影響を受け過ぎます。そういうところから離れて、本当に選手たちのための大会は開けないでしょうか。この大会が、そのきっかけになれば……」

そこまで言って、石崎は口を閉ざした。今のはさすがに言い過ぎだったかもしれない。慌ててつけ加える。

「すみません、言い過ぎました」

「いや」末弘が短く言った。「君は若い。若い時に何の疑問も持たないような人間は、大成しないよ。疑問に思って考える――人間にとって、それは基本で、一番大事なことなんだ」

末弘が唐突に右手を差し出した。石崎は躊躇いながら、彼の手を握った。末弘の握手は思いのほか力強く、石崎は手に痛みを感じるほどだった。

「後はよろしく頼む。これからは君たちの時代だ」

「はい」

その時、巨大な甲子園球場に、一斉に歓声が上がった。広瀬が、満州の最後のバッターを綺麗に空振り三振に切って取ったのだ。石崎は思わず立ち上がり、両チームに拍手を送った。これでハワイ朝日も、一矢を報いたことになる。嬉しいのとほっとしたのと感情が入り混じり、目尻から涙が零れてくるのを感じた。

「よくやったぞ！」「いい試合だった！」声援と拍手はなかなか終わらない。それを浴びるようにして、ハワイ朝日の選手たちがダグアウトに戻って行く。ワイシャツにネクタイ姿の澤山が、拍手しながら選手たちを迎えるのが見えた。

試合は終わった。大会も間もなく終わる。しかしここから自分の新しい人生が始まるのだと石崎は強く意識した。

あとがき

二〇二〇年東京オリンピックの一年延期が決まった時、即座に思い出したのは、一九四〇年の東京オリンピックでした。戦争の影響でオリンピック返上が決まった後に、何が起きたのか——そこで知ったのが、「東亜競技大会」です。この大会について調べていくうちに、オリンピックという一大イベントがなくなった中でも、未来を探そうと足《あ》掻《が》いていた人たちの活躍に強烈な印象を受けました。

八十年以上前の出来事で、様々な環境が今とは比べ物にならないぐらい不便な中、スポーツのために多くの人たちが立ち上がり、努力していました。当時の出来事を、小説として再現したのがこの作品です。そのために、実在した先達の皆さんに、ご活躍いただきました。この場を借りて御礼申し上げます。

二〇二一年十月

堂場瞬一

文庫版あとがき

あの頃の自分は、いったい何を考えて何をやっていたのだろう。

二〇二〇年春以降、コロナ禍が世界を覆う中で、私は自分の小説を見直すはめになっていた。

コロナ禍が始まる前、私は二〇二〇年の東京オリンピックに向けて、出版社横断企画を計画していた。オリンピックに絡んだ小説を、四作連続で刊行しようというものである。

しかしコロナ禍のせいで、二〇二〇年にはオリンピックは行われず、結果的にこの企画は空回りに終わってしまった。オリンピックが行われていない状態で、「二〇二〇年東京オリンピックで～」という小説を書いても、全て架空の話になってしまう。私は架空設定を使うのが好きではないのだが、図らずも全てがそうなってしまった。

そしてこれ以外の予定も、コロナ禍のせいで滅茶苦茶《めちゃくちゃ》になってしまった。集英社では、近過去のヨーロッパを舞台にした作品を計画していたのだが、肝心のヨーロッパ取材の予定が吹っ飛んだ。二〇二〇年二月ぐらいにはかなり状況が深刻になってきていて、当時の日記を見ると、三月には既に、「別ネタを用意し始めることにする」と書いてある。現地取材ができない＝本来予定していたネタは使えないだろう、という判断だった。

そして、その「別ネタ」こそが、『幻の旗の下に』のモチーフである「東亜競技大会」だった。一九四〇年と二〇二〇年、八〇年の歳月を隔てて、オリンピックという一大イベントが中止になった（正確には一九四〇年は返上、二〇二〇年は延期だが）。それも同じ東京で、という偶然の一致について調べている中で東亜競技大会の存在を知り、考えついたものだった。

三月末には、早くもこのネタについて、担当編集者と話している。その後四月にかけて、集中的に打ち合わせを重ねた（リモートやメールで。そういう時期だったわけだ）。その後もコロナ禍は収束の兆しを見せず、六月にはヨーロッパ取材を正式にキャンセルして、いよいよ本書の取材と執筆に取りかかることになった。東亜競技大会は、まさに急遽《きゆうきよ》開催されたイレギュラーな大会であり、歴史の中に埋もれたような感じになっていたので、資料漁《あさ》りにかなりの時間がかかり、実際に執筆に取りかかったのは、二〇二一年になってからだった。

二〇二〇年東京オリンピックは一年延期になって、この年に開催されたわけだが、私は戦争で中止になった一九四〇年のオリンピックと今回のオリンピックを、ずっと重ね合わせていた。一九四〇年は、オリンピックの代わりの東亜競技大会。二〇二〇年は一年遅れでのオリンピック開催。状況は違うが、戦争と疾病という大きな悲劇に見舞われた二つのオリンピックの共通点に思いを馳《は》せたものだ。そして、オリンピックができないなら、別の形で巨大スポーツ大会を開催しようとした一九四〇年当時の関係者のバイタリティを、ぜひ現代に紹介したいと強く願うようになった。

もちろん、一九四〇年の東京オリンピックが返上された背景には、当時の日中戦争の戦況の悪化や軍部の反対があったわけで、東亜競技大会を手放しで褒め称えるわけにはいかなかったのだが、どうにもならない状況の中で知恵を絞る先人の取り組みは、コロナ禍で閉塞感に覆われた現在の日本に、多少は開放感を与えるのではないかと思っていた。

その時点では。

小説の外の世界で、事態はその後も大きく動く。

無観客で行われた二〇二一年のオリンピックの異様な雰囲気を、テレビ中継で見た人も多いだろう。拍手や歓声、熱狂と縁遠い環境の中で淡々と進められていく大会は、日本で開催されていながら、別の宇宙の出来事のようにも思えた。

大会期間中、私はずっとオリンピックに関係したことだけを綴《つづ》る日記を書いていたのだが、読み返すと、常に違和感を抱いていたことを思い出す。長い開会式にうんざりしたことに始まり、異常な状況下の大会でも、いつものオリンピックと同じようにバンザイ記事ばかり書いているスポーツマスコミに対しても不満たらたらだった。『幻の旗の下に』を書いていた頃には、まだオリンピックに期待する気持ちもあったのだが、コロナ禍の閉塞感の中で見たオリンピックは、私の気持ちを萎《しぼ》ませた。

そういう気持ちが募る中で、私は『オリンピックを殺す日』（文藝春秋）という物騒なタイトルの作品まで書いてしまった。

オリンピックを否定し、それに対抗するような新しいスポーツ大会を選手たちが開催するという内容で、二〇二一年の十一月には執筆に着手している。東京五輪汚職が発覚したのはその後だが、それを聞いた時にも、「やっぱりそういうことがあるんだろう」という諦めにも似た気持ちしかなかった。そして、この本のように、アスリートたちが立ち上がって、自ら大きな大会を開催するようなことはあり得ないだろうとも思っている。

そして二〇二二年、東京五輪汚職が発覚——巨大なスポーツ大会では大きな金が動く。スポンサー、放映権を持ったテレビ局、巨大スポーツ用品メーカーなどの思惑が絡むイベントは、ある人にとっては金儲《かねもう》けの手段だろうし、これをステップボードにして、ビジネスを拡大しようとする人がいるのも分かる。オリンピックに関しては、誘致などで不正な金が動いていると、以前から報道されていた。個人的には、裏で人間の欲がうごめくのは面白いというか、世の中の多くの出来事がそういうものだと思っていたが、ついに犯罪として立件されることになると、スポーツに対する気持ちが折れた。スポーツを利用して、犯罪行為になってでも金儲けをしようとする人間がいる。しかもそれに対して、アスリートたちは抗議の声も上げない。

その後私は、『スポーツウォッシング　なぜ〈勇気と感動〉は利用されるのか』（集英社新書）を巡って、著者のスポーツジャーナリスト、西村章《あきら》さんと対談したのだが、その時に、諦めの感覚はさらに強くなった。巨大スポーツイベントが、権力者の不正や民衆の不満を隠すために利用されている……現代の「パンとサーカス」か？

スポーツイベントは大きくなり過ぎた。だからこそ、さまざまな人の思惑が絡んできて、黒い部分も出てくるわけだ。いかに選手が純粋に競技に賭ける生き様を小説で描いても、その背景には黒い思惑が……と考えてしまうと、もう大きなイベントを舞台にした選手の活躍を描くのは、心情的に難しい。

近い将来、私はスポーツ小説を書かなくなるだろう。

今まで、システムとしてのスポーツイベントをあまり批判してこなかった自分を恥じる。そもそも私のオリンピック横断企画も「乗じて」やろうとしたのは間違いないわけで、ここも反省材料だ。

東京オリンピックから『幻の旗の下に』『オリンピックを殺す日』と続いた一連の流れの中で、私のスポーツに対する気持ちは大きく変わった。もちろんこれからも、大好きな野球やラグビーは観戦し続けるだろう。しかしそれを、小説の形で表すことはなくなるのではないか——それがスポーツ小説を書いてきた私なりの反省である。

二〇二四年七月

堂場瞬一

参考文献

『大日本体育協会史（補遺）』大日本体育会編
『布哇邦人野球史　野球壹百年祭記念』後藤鎮平著　野球壹百年祭布哇邦人野球史出版会
『越境の野球史　日米スポーツ交流とハワイ日系二世』森仁志著　関西大学出版部
『幻の東京オリンピックとその時代　戦時期のスポーツ・都市・身体』坂上康博、高岡裕之編著　青弓社
『電信電話事業史（第6巻）』日本電信電話公社電信電話事業史編集委員会編　電気通信協会
「オリンピック」（1938年16巻9号）大日本体育協会　成美堂

本書の執筆にあたり、東海大学観光学部の小澤考人教授にお力添えいただきました。深く感謝いたします。

本書は、二〇二一年十月、書き下ろし単行本として
集英社より刊行されました。

ボーダーズ

銀行立て籠もり殺人が四十年におよぶ罪の全貌を暴き出す。才能と個性豊かな刑事チームSCU「警視庁特殊事件対策班」が活躍！　圧巻の警察小説、新シリーズここに始動。

堂場瞬一の本

夢の終幕

ボーダーズ2

人気バンドがツアーバスごと忽然と消えた。警視庁最強の特殊能力刑事チームＳＣＵが残酷な罪を暴き、音楽業界の深い闇を抉り出す。書き下ろし警察小説シリーズ、第二弾！

堂場瞬一の本

野心　ボーダーズ3

警察社会のガラスの天井を突き破れ！　警視庁初の女性部長を目指す警部補・朝比奈由宇。特殊詐欺事件の容疑者を追跡中に爆破事件に遭遇、負傷し……。女性刑事の苦悩と死闘を描く。

集英社文庫

堂場瞬一の本

ホーム

東京五輪野球でアメリカ代表の監督となった、元日本人大リーガーの藤原雄大。目をつけたのは日米二重国籍を持つ若き天才打者で……。挑戦し続ける男を描く、灼熱のスポーツ小説！

集英社文庫

幻《まぼろし》の旗《はた》の下《もと》に

2024年 7 月25日　第 1 刷　　定価はカバーに表示してあります。

著　者　堂場瞬一《どうばしゅんいち》
発行者　樋口尚也
発行所　株式会社　集英社
東京都千代田区一ツ橋 2-5-10　〒101-8050
電話　【編集部】03-3230-6095
【読者係】03-3230-6080
【販売部】03-3230-6393（書店専用）

印　刷　TOPPAN株式会社
製　本　TOPPAN株式会社

フォーマットデザイン　アリヤマデザインストア　　マークデザイン　居山浩二

ISBN978-4-08-744670-8 C0193